# TAJNÝ ŽIVOT COCO PINCHARDOVEJ

## COCO PINCHARDOVÁ
### ČASŤ 1

## ROBERT BRYNDZA

PRELOŽIL
### JÁN BRYNDZA

RAVEN STREET

*Jánovi, bez ktorého pomoci, podpory a výnimočnosti by sa táto kniha nestala skutočnosťou.*
*Veľká vďaka patrí mojej svokre Vierke za starostlivosť a lásku a Martuške Púchovskej za skvele odvedenú prácu a pomoc pri písaní slovenskej verzie mojej knihy.*

# DECEMBER 2008

Štvrtok 25. december 20.01
Adresát: chris@christophercheshire.com

Milý Chris, šťastné a veselé Vianoce? Moje také nie sú. Švagrovci pricestovali včera v noci. Meryl a Tony pribicyklovali do Londýna z Milton Keynes na svojom novom tandemovom bicykli. Museli sa asi hodinu rozmrazovať v garáži pri kotle. Hlavne, že zachraňujú celú planétu bicyklovaním! Rosencrantz vyzdvihol babku Etelu z domova dôchodcov a, samozrejme, začala tým svojím starým známym: „Toto sú moje posledné Vianoce." A hneď sa pozvala aj na tie budúcoročné a aj na Veľkú noc a Deň matiek...
  Daniel opäť pracoval neskoro do noci (divadelnú oponu zatiahli až o jedenástej v noci). Pre nasiaknutie vianočnou atmosférou sme s Rosencrantzom, Etelou a Meryl vyzdobili vianočný stromček v obývačke. Tony strávil niekoľko hodín ukladaním dreva a novín v kozube. Celé sa to rozhorelo za

sekundu. Asi sa nudil. Keď sa zdobenie stromčeka zmenilo na krvilačné súťaženie, Tony sa vytratil. Nevedeli sme sa zhodnúť v tom, ako má stromček vyzerať. Etela a Meryl chceli strieborné gule a ja som chcela tradičné viacfarebné gule, pozlátky a škuľavého Mikuláša s vlnenou bradou, ktorého mi urobil Rosencrantz z toaletného papiera, keď mal päť rokov. Ani jedna zo strán nechcela začať hádku ešte pred Štedrým večerom, preto padali kompromisy. Budú u nás celý týždeň. Ľutujem, že som nemala dosť guráže povedať im: „Choďte do riti, kravy!" Nakoniec sme vyzdobili polovicu stromčeka striebornými guľami, druhú polovicu farebnými a dohodli sa, že budeme stromček otáčať každý deň na inú stranu. Rosencrantz sa múdro pripojil k Tonymu v záhrade, kde mu pomáhal naolejovať bicykel.

Štedrý deň sa začal sľubne. Bála som sa reakcií na moje kuchárske umenie, ale, našťastie, prekvapujúco ma zachránila HD televízia s uhlopriečkou 160 cm. Ak by sa mi nepodarilo úspešne odviesť pozornosť celej rodinky dobrými vianočnými filmami, ukameňovali by ma za to, že na Štedrý deň podávam mrazené polotovary.

Vďakabohu, že sme si extra priplatili za zvukový systém Dolby. Keď spievali koledníci v priamom prenose, dala som telku hlasnejšie, aby nikto nepočul cinkot mikrovlnky.

Etelinu pozornosť odviedol aj Rosencrantz, keď jej povedal, že za TV s Dolby sme zaplatili z preddavku za moju novú knihu Poľovačka na lady Dianu. Nechcela veriť, že mi niekto zaplatil za taký šrot. Nijako sa ma to nedotklo, aspoň nikto neprišiel na to, že neviem variť. :-)

Nasleduje zoznam darčekov, ktoré mi priniesol Ježiško:

1. Marlboro Lights. Neviem, či bolo smutnejšie, že mi môj syn kúpil 20 škatuliek cigariet na Vianoce, alebo to, že som ho o ne poprosila ja.
2. Sťahovacie nohavičky Spanx. Také, aké mala Bridget Jonesová. Sú skutočne mega, ale dokážu zázraky! Stiahnu brucho, zadok aj stehná. Veľmi som sa im potešila. Keď sú dobré pre Beyonce, sú dobré aj pre mňa. Potom Etela vysvetlila, odkiaľ pre mňa zohnala vianočný darček. Od kamarátky z domova dôchodcov, ktorej tlstá dcéra nedávno zomrela pri autonehode. „Už té bombarďáky nepotrebuje," a ešte sa uškrnula.
3. Tri kusy čiernych pančušiek/sprej na komáre, prelepené spolu lepiacou páskou. „To máš na tie tvoje veľké kŕčové žily," pošepkala mi Meryl verejne. Dúfam, že myslela na pančušky.
4. iPhone. K nemu sa ešte vrátim.
5. Od Teba dévedečká – špeciálne balenie môjho obľúbeného seriálu Sex v meste. Ďakujem. Chválila som sa Rosencrantzovi, ako sa pridám k šialencom seriálu a budem konečne kúl. „Mami, Sex v meste sa už skončil," zagúľal očami, „my teraz fičíme na Dexterovi."
6. Chanel No. 5 od Mariky. Stále sa mi s ňou nedarí spojiť. Chcela som jej zažiať šťastné a veselé. Ty si s ňou nehovoril? Asi majú pretrhnuté vedenie. Slovensko zasiahla hrozná snehová kalamita.

Meryl a Tony dali Rosencrantzovi knihu Nebezpečenstvá pre záhradkárov. Sú riadne leniví, tú knihu predávajú v každých potravinách a aj na benzínkach. Etela pozrela na knihu a povedala: „Dofrasa, má deväťnásť! Musí sa starať o inú hadicu ako o tú na polievanie!" Potom mu podala škatuľku Durex Vibrations. Meryl skoro odpadla.

„Je fešný hemosexuál!" vyhlásila Etela. „Môj darček ho ochráni viac ako tvoj, Meryl."

Vieš, že sa trafila. :-) Tony očervenel ako cvikla a radšej šiel po ďalšie šampanské.

Ja som každému darovala moju podpísanú knihu Poľovačka na lady Dianu, keďže sú takí žgrloši a nikdy si ju nekúpia. M + T zahrali bravúrne divadielko, akože sa knihe tešili. Etela knihu šupla do kabelky. Nenamáhala sa ani prečítať venovanie. Viac sa tešila z knihy, ktorú jej kúpili M + T. Bestseller Výroba vína na balkóne. „Víte, že hentá má toho istého vydavateľa jako Coco?" povedala Etela a prstom ukazovala na fotku autorky Reginy Battenbergovej.

„Hmmm, my milujeme Reginu Battenbergovú," povedala Meryl.

„Bola super v tej tolkšou minulý týždeň. Ako sa to volalo...?" pýtal sa Tony, „nespomeniem si teraz."

„Stretla si ju niekedy, Coco?" opýtala sa Meryl vzrušene. Povedala som im, že som Reginu stretla v jednom kníhkupectve. Obidve sme tam podpisovali svoje knihy.

„Šóra ľudí, čo steli jej podpis, sa musela ťahnúť až ven z obchodu v porovnaní s tvojou," povedala Etela so zákernou iskrou v oku. Rosencrantz išiel pohotovo zobudiť svojho otca, aby predišiel prvej nadchádzajúcej vianočnej hádke. Žasla som nad tým, ako Danielovi stačí k veľkej rodinnej popularite to, že spí do poobedia a potom sa priplichtí dole schodmi v župane. „Mama, segra, Tony," povedal a podával im darčeky z vrecka svojho župana. Meryl a Etela pišťali, akoby boli na koncerte Toma Jonesa. A to nemal ani umyté zuby.

Pobozkal ma a vytiahol krásne zabalenú škatuľku s veľkou bielou mašľou. Škatuľka bola v krásnom zelenom odtieni, hneď som si pomyslela, že je to Tiffany!!! Pred Vianocami sme sa párkrát stretli na Regent Street, kde sme obdivovali, ako nádherne je Londýn vyzdobený. Daniel nás zakaždým nasmeroval na Bond Street, kde ma nechal obdivovať výklad zlatníctva Tiffany a mudroval nad prekrásnym diamantovým náhrdelníkom. Vzrušene som strhla mašľu. Škatuľka sa otvorila a v nej bol uhniezdený... iPhone.

„Mobil?" opýtala som sa s umelo nahodeným úsmevom.

„To nie je hocijaký mobil," povedal Daniel. „Môžeš z neho posielať e-maily aj počúvať hudbu. Pravda, synak?" uškrnul sa a z druhého vrecka župana vytiahol navlas rovnakú škatuľku.

„Neverím," zakričal Rosencrantz. „Dofrasa, to je bomba!"

„Takéto slová sa tu používať nebudú," vyhlásil Tony a uhol Rosencrantzovi z cesty pri jeho víťaznom tanci obývačkou. Takmer zhodil vianočný stromček, ktorý bol na Štedrý deň otočený na polovicu so striebornými guľami.

„Obidvaja budete potrebovať dobré mobily, aby ste ma mohli pravidelne kontaktovať," uškrnul sa Daniel.

„Prečo ťa máme kontaktovať?" opýtala som sa zmätene.

„Pred vami stojí hudobný producent nového muzikálu Whistle Up The Wind – Piskot do vetra. Včera som podpísal zmluvu na turné po Severnej Amerike 2009."

Rosencrantz prestal tancovať. Všetci na mňa hľadeli so zmrznutým úsmevom.

„Čo?" neveriacky som sa opýtala.

„Piskot do vetra," odpovedal Daniel. „Je to nový muzikál."

„Nemyslíš Whistle Down The Wind – Piskot vetrom?" spýtal sa Rosencrantz.

„Nie. Piskot do vetra. Je to také neoficiálne pokračovanie. Nemá nič spoločné s Lloydom Webberom. Začíname skúšať o pár týždňov..."

Všetci pozerali na môj neveriaci výraz a na jeho vytešenú tvár.

„Je to moja vysnívaná práca," povedal netrpezlivo Daniel. „Príprava nového muzikálu... v Amerike... Dávajú mi osemdesiattisíc libier!"

Keď spomenul sumu, všetci sa zrazu rozjasali. Etela prihopkala k nemu, objala mu tvár dlaňami a povedala: „Ty si môj šikovný synak. Keby nebol dedo pod zemú, bol by na teba hrdý." Potom schmatla pohárik šampusu a pripila si na mŕtvych... a na veľa peňazí. Všetci si štrngli. Ja som odišla do kuchyne a Daniel šiel za mnou.

„Páči sa ti tvoj iPhone?" opýtal sa ma.

„Prečo si mi nič nepovedal?"

„Ale, Coco, nezačínaj. Sú Vianoce."

„Tebe pripadá správne, že si mi to oznámil len tak, akoby nič? A to pred celou rodinou?"

„Bola to vzrušujúca novinka!" rozhadzoval rukami.

Župan sa mu otvoril. Pod ním nemal nič.

„Dobré načasovanie má ten môj...!" Zasmial sa, zdvihol obočie a vytešene sa pozeral na svojho vtáka.

„Dokelu, schovaj si ho!" naštvala som sa ešte viac. „Takže ty si sa mi to bál povedať z očí do očí? Potreboval si mamu a Meryl ako ochranku?"

„Aj ja chcem mať úspešnú kariéru," zasyčal pri zaväzovaní župana. „Ty si celý rok písala knihu."

„Prečo som sa to musela dozvedieť takýmto spôsobom?"

„Prehovárala by si ma, aby som to nezobral," začal

zvyšovať hlas. „Myslíš, že chcem byť dirigentom v regionálnom divadle ďalších dvadsať rokov?"

„Je to veľa peňazí a si úžasný dirigent..." Ani som nestihla dopovedať, keď kopol do dverí na špajze a začal chodiť po kuchyni ako chrliaci drak.

„Dobre, Daniel, niečo mi o tom predstavení povedz. Je scenár dobrý?" Váhal s odpoveďou.

„Ty si ešte ani neprečítal scenár?"

„Dávajú mi osemdesiattisíc libier! Nepotrebujem ho čítať," zahučal. „Rozhodnuté!"

„Naozaj? Nemal si za muzikál Mickey Metalista dostať náhodou päťdesiattisíc libier?" „A sme doma," zavrčal.

„Produkčná firma muzikálu Duch na prenájom tiež zbankrotovala a do dnešného dňa ti dlhujú niekoľko tisíc libier," začala som zvyšovať hlas. „A keď ďalší tvoj slávny muzikál Ladyboys neprežil, musela som si nájsť aj druhú robotu po večeroch, aby sme mohli vyplatiť pokuty za parkovné tvojej kapely!"

„Bola to tvoja chyba, Coco, nemala si im požičať svoje volvo!" zahučal na mňa.

„Daniel, bola by som len rada, keby si pracoval na úspešnom muzikáli. Bohužiaľ, vždy podpisuješ príšerné zmluvy a robíš strašné pracovné rozhodnutia, pri ktorých nikdy nemyslíš na rodinu!"

Vtom vošla do kuchyne Meryl. „Prepáčte, že vyrušujem, ale mama si sadla na ovládač a teraz sú všetky programy v španielčine."

Daniel na mňa zazrel a odišiel s Meryl do obývačky. Čakala som, že sa vráti, aby sme mohli v diskusii pokračovať, ale po desiatich minútach som ho našla sedieť na gauči pri Etele.

„Hej, Coco," prihovorila sa mi Etela, „ohrej jedlo pre mójho šikovného synaka. O chvíľu bude vánočná reč kráľovnej." Daniel na mňa ani nepozrel. „Musím sa pozhovárať s Danielom." Tlak mi rapídne stúpal.

„Mój Danko bude kukat kráľovnú Betu," dupla Etela. Podišla som k vianočnému stromčeku, obrátila ho na stranu s farebnými guľami a zazrela na Daniela. „Vieš, kde je mikrovlnka."

Schmatla som svoj vianočný darček (cigarety), odišla do záhrady a zapálila si na schodíku pri šope. Mali by nás varovať, že ak sa zosobášime príliš mladí, jestvuje vysoká šanca, že náš milovaný sa po čase zmení na kreténa.

Keď sa zotmelo a bola som dostatočne prefajčená, vrátila som sa dnu. Vianočný film sa práve skončil a Meryl sa tvárila, akože sa nič nestalo. Nútila nás hrať hru Plastíno, ktorú kúpila špeciálne na Štedrý deň. Je to riadna kravina. Dva tímy modelujú hlúposti z plastelíny a navzájom hádajú, čo kto vymodeloval.

Meryl nás rozdelila do tímov. V mojom tíme bol Tony a Rosencrantz proti Meryl, Etele a Danielovi.

Posilňovali sme sa Baileys a sherry. Bolo to veľmi tesné... Už som len potrebovala, aby môj tím uhádol, čo vymodelujem, a vyhrali by sme.

Meryl (šéfka hry) mi dala potiahnuť z kariet. Vytiahla som si slovné spojenie „vták v hrsti". Etela zbadala, ako prekvapene som sa zatvárila, a Danielovi zamrmlala: „Toto posere, prehrá."

Usmiala som sa na ňu, akože mám ťa na háku.

Meryl odštartovala stopky a Rosencrantz začal moje snaženie nakrúcať na svoj nový iPhone (vďaka jeho filmovaniu sme nachytali Etelu, ako podvádzala pri svojom modelovaní). Cítila som veľkú zodpovednosť za celý tím.

Začala som modelovať, čo mi napadlo prvé – veľkú ruku s maxiprstami, takže mi nezostalo veľa plastelíny. Ešte som vymodelovala malého vtáka... Nie toho, čo vie lietať (ten mi ani nenapadol), ale chlapské prirodzenie. Chápeš? Vták v hrsti?!

Celá izba stíchla. Všetci hľadeli na plastelínový penis. Potom na Daniela. A nakoniec na mňa.

„Toto je môj... moja, tvoja pomsta?" zajachtal zmätený Daniel. „Zahanbiť ma?!"

„Nie! To nie je tvoj!" snažila som sa zachrániť situáciu. „Chcem povedať..."

„Coco, to bolo sprosté, nemusela si," povedala Etela. (Ženská, ktorá si každé Vianoce vytiahne z úst zuby, strčí ich morke do zadku a hýbe nimi, akože sa s nami morka rozpráva.)

Meryl ohromene sledovala, ako začalo malé plastelínové prirodzenie vädnúť pri teple z kozuba. Prečo som ho vymodelovala s erekciou? Pred mojím synom?! Meryl naň šmarila moju knihu Poľovačka na lady Dianu. Tony si rýchlo prekrížil nohy a Rosencrantz si ešte viac užíval nakrúcanie.

Ak to capne na YouTube, je mŕtvy!

Ja sa teraz schovávam v posteli s fľaškou Baileys. Zvyšok domu sa presunul do hudobnej izby. Daniel sa vybíja na klavíri a zvyšok klanu ho sprevádza spevom. Až sem počujem piskľavý hlas Meryl: „Kde je Coco, potrebujeme niekoho, aby spieval druhý hlas." Amen.

Ešte tu budú šesť dní. Chýbaš mi.

Cmuk

Coco

Piatok 26. december 23.33
Adresát: chris@christophercheshire.com

Je mi veľmi ľúto, že aj Ty máš hlúpe Vianoce so svojou rodinou. Prečo si ich vždy vešiame na krk? Áno, viem, Tvoja rodina sa Ti stále vyhráža, že Ťa vydedí. Chápem. Marika sa vždy rada vracia na Slovensko, lebo je to jej domov. Ale aký dôvod na masochizmus mám ja? So svokrovcami sme si nikdy nepadli do oka a s Danielom máme zatiaľ najväčšiu krízu, akú sme kedy mali... Vieš, čím to je, že sú tu naládovaní každučičké Vianoce? Som pre nich iba lacný hotel. Každý tu vyfasuje izbu a jedlo. Mala by som im začať vystavovať účty. Za koľko Vaši prenajímajú vilu v Španielsku?

Dnes ráno Meryl opekala slaninu na grile od Ježiška (kúpil jej ho Tony) a Etela pila tuk zo slaniny, ktorý odtiekol na malý tanier. Vianočný stromček pretočili na striebornú stranu, hoci dnes mal byť na mojej farebnej strane. Samozrejme, že som ho pretočila späť, čím som vykopala vojnovú sekeru.

Daniel sa vyparil o desiatej na predstavenie, ktoré diriguje. Po klobáskovom obede sme skočili na metro a odviezli sa do Richmondu, kde bola jeho poobedňajšia šou. Musím uznať, že hudbu zložil prekrásnu, ale scenár Snehulienky bol veľmi netypický.

V tejto verzii býva poštár Pat spolu s Noddym vedľa siedmich trpaslíkov.

Po predstavení sme šli do zákulisia, kde nám Sofia (hrala Snehulienku) urobila šálku čaju. K Danielovi sa správala až príliš familiárne a vedela, že si dáva štyri cukry do čaju. Celé mi to akosi nesedelo. Vyzerá ako ženská, ktorá nemá problém vyspať sa so siedmimi chlapmi naraz. Trochu sme si všetci poklebetili. Ja som ignorovala Daniela a on ignoroval mňa. Rosencrantz sa ho vypytoval, či má hra homosexuálny podtext, keď poštár Pat žije s Noddym. Budúci rok bude mať na konzervatóriu predmet Homosexualita v divadle a vo filme. Profesor mu preto povedal, nech sa poobzerá, čo sa aktuálne deje v tomto smere na doskách a filmových plátnach.

Daniel nevedel, čo povedať. Etela ho zachránila: „Nebuď sprostý, Rosencrantz, šeci veďá, že poštár Pat je ženatý."

Po ceste domov sa Meryl posťažovala, ako jej návšteva zákulisia pokazila okúzľujúci dojem z predstavenia. Povedala som jej, že až také okúzľujúce to nebolo, najmä keď postava zlej kráľovnej (hral ju chlap, museli šetriť rozpočet) spievala It's Raining Man s neoholenými pazuchami a Noddy pritom tancoval vo vypasovaných legínach.

Ľady sa nepohli ani večer v posteli. V hlave sa mi dookola premietalo, ako vyzývavo miešala Snehulienka Danielovi cukor v káve. Rozhodla som sa, že vyrukujem na neho so ženskými zbraňami, a obliekla som si takú štetkovskú spodnú bielizeň. Kým som sa do nej navliekla, Daniel zaspal. Meryl ho nadopovala čajom na spanie.

Nemilovali sme sa od prvého decembra. Veľmi dobre si to pamätám, v ten deň som si otvorila prvé okienko na adventnom kalendári. Som dosť sklamaná. Cez Vianoce sme zvykli mávať najlepší sex, vždy po hádkach.

Neviem spať, tak sa aspoň snažím zosynchronizovať môj iPhone s počítačom. Počujem, že synchronizácia ide oveľa lepšie Tonymu s Meryl. Zase bude stena za posteľou v ich spálni olúpaná. Už viem, prečo Tony nechcel čaj na spanie.

Sobota 27. december 9.44
Adresát: rosencrantzpinchard@gmail.com

Milý Rosencrantz, nie. Neprinesiem Ti slaninový sendvič do postele. Nie som Tvoja otrokyňa a neviem zapnúť gril. P. S.: Ak ideš dole, mohol by si priniesť moje okuliare na čítanie? Sú na stolíku vedľa postele. Práve prišli noviny. Chcem skontrolovať, či je Poľovačka na lady Dianu v Top 10.

Sobota 27. december 18.04
Adresát: chris@christophercheshire.com

Výroba vína na balkóne je už šiesty týždeň najpredávanejšia kniha v rebríčku The Times, kategória zdravie a životný štýl, hobby. Regina Battenbergová je na obálke sobotného vydania s Ozym Clarkom (vraj expertom na vína). Na fotke si vychutnávajú pohárik jej Croydon Cabernet Sauvignon. Na hlave má turban – kto si myslí, že je?

Modlila som sa, aby Poľovačka na lady Dianu bola v Top 10, ale nič, dofrasa. Môj knižný agent Dorian mi poslal esemesku, že kniha sa dostala do hitparády Top 100 kníhkupectva WH Smith, a to na sté miesto. Meryl a Rosencrantz sa ponúkli, že sa so mnou pôjdu pozrieť do kníhkupectva, ako vyzerá moja kniha na poličke medzi bestsellermi. Pešo sme sa prešli do pobočky malého WH Smith hneď za rohom na stanici Marylebone, ale rebríček sa končil na päťdesiatke. Medzitým kamaráti pozvali Rosencrantza cez facebook na iPhone na drink. Meryl sa ma spýtala, či sa s ňou nechcem bicyklovať na ich tandeme do kníhkupectva v Holborne.

Po chvíľkovom váhaní (rozmýšľala som, či si ľudia nebudú myslieť, že sme trafené lesby) som naskočila na bicykel a užívala si rolu pasažierky. Meryl nás bravúrne previezla cez Londýn úzkymi uličkami, parkami a miestami, ktoré som predtým nikdy nevidela. V kníhkupectve ma odfotila pri malej kôpke mojich kníh a dokonca odpútala predavačovu pozornosť, keď som ich prekladala na poličku označenú „Odporúčame" (zamenila som ich za najnovšieho Harryho Pottera, Rowlingová predala už viac ako dosť). Potom ma pozvala na kávu do Starbucksu.

„Coco, toto nie je káva len na oslavu tvojej novej knihy, chcem ti niečo povedať," šepla ponad svoje frapučíno a nahodila čudný úsmev, ktorým mi vždy pripomína Margaret Thatcherovú.

„Mala by si Danielovi dovoliť, aby nasledoval svoj sen s muzikálom Piskot do vetra do Ameriky."

„Volá sa Piskot vetrom," opravila som ju nasrato.

„Vieš, že má problém s tým, že ty ako žena zarábaš viac ako on, chlap, ktorý by sa mal postarať o svoju rodinu. A dom..."

„Stále to isté dookola, Meryl," zívla som iritovaná.

„Tvoji rodičia, Coco, ti zanechali krásny, veľký dom v najlepšej štvrti Londýna. S tým on nedokáže súťažiť, on ti nemôže nič také ponúknuť. Pozerala som na internete podobný dom, ako je ten váš. Predávajú ho za vyše miliónn libier!"

„Je to náš dom, Meryl, vždy to bol náš dom a nie môj."

„Chcem tým povedať, že tým musí trpieť jeho... mužnosť."

Nepáčil sa mi tón, akým vyslovila slovo mužnosť. Chcela

som jej vysvetliť, že ten malý penis z plastelíny na Vianoce nebol napodobeninou Danielovho prirodzenia, ale celá konverzácia bola trápna. Ja a Meryl nie sme predsa také kamošky ako baby zo seriálu Sex v meste.

„Pozri, ja nemám problém s tým, aby Daniel robil prácu, ktorá ho baví," povedala som jej. „Problém je v tom, že vždy robí zlé pracovné rozhodnutia."

Meryl vstala a odišla na záchod. O chvíľku mi zazvonil mobil. Volal Daniel. „Práve som sa dozvedel, že si sa dostala do Top 100 najpredávanejších kníh vo WH Smith. Gratulujem!"

„Ďakujem," povedala som podozrievavo, „my sa už rozprávame?"

„Samozrejme, že sa rozprávame. Vypočuj ma, Coco. Poznáš ten vzrušujúci pocit, ktorý cítiš v žalúdku, keď sa tvoja kniha dostane do hitparád? Presne to isté cítim ja pri pomyslení na produkovanie hudby pre Piskot vetrom."

Nastalo ticho.

„Volal mi Tony. Na internete skontroloval produkčnú firmu cez legálne evidovanú stránku. Firma vykázala za posledných šesť rokov zisky. Je v poriadku. Nebude nijaký problém."

„Dobre, Daniel. Zober to. Ale sľúb mi, že nabudúce sa so mnou poradíš, predtým ako podpíšeš zmluvu."

„Určite sa s tebou poradím, miláčik. Milujem ťa! Si najlepšia na svete. Uvidíme sa večer, Coco. Pa."

Meryl sa vrátila a tvárila sa až príliš prekvapene, keď som jej povedala, že mi volal Daniel. Určite mu brnkla zo záchoda. Neprekvapilo by ma, keby celý ten čas bola na streche Starbucksu a z mobilu diktovala Danielovi slovo po slove, čo mi má hovoriť. Myslím, že sa všetci proti mne sprisahali.

Marika je stále na Slovensku a nekomunikuje s nikým, lebo si zabudla zabaliť nabíjačku. Vieš, ako som sa to dozvedela? Poslednú minútku baterky využila na poslanie esemesky Rosencrantzovi. Poprosila ho, aby jej zmenil status na Facebooku na „zasnežená, zabudla som zabaliť nabíjačku".

Mala by som sa aj ja dať na facebook, určite mi tam uniká veľa zaujímavých informácií. :-)

Nedeľa 28. december 10.14
Adresát: zakaznickecentrum@apple.com/uk

Milý Apple, mám pre Vás malú technickú otázočku. Nenašla som na ňu odpoveď na Vašej webovej stránke. Môj syn a ja sme dostali na Vianoce nové iPhony. Môžu sa pokaziť, ak sa displej umyje okenou? Moja švagriná umývala okná na terase a zároveň nám poumývala odtlačky prstov na iPhonoch. Zatiaľ fungujú, ale prosím Vás o profesionálnu radu. Coco Pinchardová

Nedeľa 28. december 13.04
Adresát: chris@christophercheshire.com

Vianočný stromček je dnes otočený na stranu s farebnými guľami, ale keď sa nepozerám, zázračne sa pretočí na strieborné gule. Ráno som sa posadila na barovú stoličku v kuchyni a sledovala Meryl pri pekárskych prácach. Vždy ma núti sledovať, ako pečie chlieb, aj keď dobre vie, že ma to vôbec nezaujíma.

V dnešnom vydaní novín uverejnili zoznam najbohatších ľudí Británie. Meryl je v extáze vďaka Tvojmu otcovi. Sir Richard Cheshire je v ňom štyristo deväťdesiaty siedmy!

„Prečo si mi nepovedala, že si kamoška s kráľovskou rodinou?" vzrušeným hlasom sa opýtala Meryl.

Musela som jej vysvetliť, že Tvoj otec nie je rodina Alžbety II., ale že ho pasovali v roku 1999 za rytiera. Za zásluhy pri výrobe neroztrhateľných servítok, na ktoré má aj patent. Meryl povedala, že ak by to vedela, usadili by Ťa za vrchstôl na oslave výročia ich striebornej svadby. Potom sa ma spýtala, prečo sme s Danielom nemali nijakých priateľov doma cez vianočné sviatky. „Po dvadsiatich rokoch manželstva musíte mať nejakých spoločných priateľov."

„Nemáme nijakých spoločných známych," musela som ju sklamať.

„Chuderka malá. Určite je to Danielova chyba. Vie byť riadne sebecký s tou svojou hudbou. Som rada, že mám Tonyho... Mám veľké šťastie." Pozrela sa na mňa s takou ľútosťou, že som musela z kuchyne odísť do obývačky obzrieť si Tonyho, aby mi došlo, čo mi chýba. :-)

Uľavilo sa mi. Sedel rozcapený na gauči, mal rozopnutý zips, viazanku s obrázkom rozkrájaného uvareného vajca a upečenej klobásky a listoval v decembrovom vydaní časopisu Pohrebníctvo. Tony aj Meryl berú svoju prácu v pohrebníctve veľmi vážne. Neviem, či som Ti spomínala, že Tony je hrobár a Meryl upravuje mŕtvoly v márnici.

Etela sedela vedľa Tonyho a pozerala program o jedle. Skoro ma trafil šľak, lebo Regina Battenbergová (v HD vyzerala odstrašujúco) v ňom propagovala svoju knihu o víne.

Expertka na víno Jilly Gooldenová popíjala jej Croydon Cabernet Sauvignon.

„To víno vyzerá jak šťanka," zašušlala Etela s plnými ústami čokolády.

„Prečo ťa ten tvoj trápny vydavateľ alebo zbytočný agent nedostanú do telky, Coco?" spýtal sa ma Tony. „Battenbergerka je všade a pozri, ako sa predáva."

Mal pravdu. Zavolala som Dorianovi. Zdvihla jeho asistentka a povedala, že Dorian nemá čas. „Má krízové stretnutie. Veľmi dôležité," pachtila do telefónu.

„Čo sa deje?" bola som zvedavá.

„Máme problémy s knihou Reginy Battenbergovej. Niekto sa ju pokúša zdiskreditovať. Právnici nám celý deň vyvolávajú," kričal Dorian od zasadacieho stola a kázal asistentke zložiť telefón.

Som na poschodí vo svojej kancelárii. Je to jediná miestnosť v celom dome, ktorú mám sama pre seba. Chcem svoj dom späť, najmä kuchyňu, aj keď v nej používam sporák iba na zapaľovanie cigariet.

Utorok 30. december 17.09
Adresát: chris@christophercheshire.com

Meryl dnes upratala celý dom od pivnice po povalu. Bola ako dračica. Riadne sa pochytila s Danielom, zavesila mu voňavý stromček do klavíra. Do malej medzierky, kde sa jej nevopchal vysávač.

Danielovi prišli detaily skúšok a predstavení Piskot do vetra v Severnej Amerike. Skúšať začínajú najskôr v UK, za

Lidlom v Peckhame. Len ma to utvrdilo v mojich pochybnostiach.

Streda 31. december 16.47
Adresát: chris@christophercheshire.com

Konečne!!!!!!!!!!!!!!!!!!!!!!!!!!!!!!!!!!!!!!!!!!!!!!!!!!!!!!!!!!!!!
Po obede M + T konečne odbicyklovali na svojom tandeme domov do Milton Keynes a Etelu som odviezla naspäť do domova. Všetci sa mi poďakovali za krásne Vianoce a veľa zábavy. Na akej planéte žijú? Kde boli cez sviatky? :-) Pod stromčekom je vydratý koberec. Mala som si na Štedrý deň dupnúť a vyzdobiť ho celý po svojom.

# JANUÁR 2009

Štvrtok 1. január 00.15
Adresát: chris@christophercheshire.com

Ohňostroj z Londýnskeho oka mi vybuchuje nad hlavou a zalieva záhradku červenou, žltou a krásnou modrou farbou. Som sama. Neviem, kde je Daniel. Sľúbil, že príde domov najneskôr o jedenástej.
Šťastný nový rok!
Cmuk


Štvrtok 1. január 00.20
Adresát: marikarolincova@hotmail.co.uk

Som rada, že si sa ozvala. Teraz si želám byť s Tebou na Tvojej bratislavskej žúrke. Vďaka za fotku striptéra. :-) Je riadne sexy. Nevedela som rozlúštiť Tvoju esemesku! Takmer mi praskol mozog. V správe si napísala „Kúpila som striptéra aj um". Chcela si napísať „Kúpila som striptérovi rum"? Asi máš prsty zamastené detským olejčekom z jeho tela... :-) Daniel sa na mňa totálne vykašlal.

**Štvrtok 1. január 00.31**
Adresát: rosencrantzpinchard@gmail.com

Ďakujem za e-mail s videom. Spomalené zábery otvárania šampanského sú krásne, ale ešte krajšie by bolo, keby si mi zavolal. Ozval sa Ti otec?

**Štvrtok 1. január 12.04**
Adresát: chris@christophercheshire.com

Som strašne naštvaná na Daniela. Dokonca naštval aj Rosencrantza, ktorý bol s kamošmi na silvestrovskej oslave v disko Koko v Camdene. Daniel sa dotrepal na ich oslavu aj so Zlou kráľovnou, Snehulienkou a niekoľkými trpaslíkmi zo svojho predstavenia (prišli nahodení v kostýmoch). Hrozne strápňoval Rosencrantza a neskôr ho z diskotéky vyhodili, keď sa pokúsil z pódia skočiť do davu zabávajúcich sa tínedžerov. Dopadol na Peaches Geldof v sekcii VIP. Musela som sa Rosencrantza spýtať, kto je Peaches Geldof.

„Dcéra Boba Geldofa, mami."

„A prečo je celebrita?"

„Lebo je dcéra Boba Geldofa. Nechaj to tak, mami, nepochopíš," zagúľal očami.

Daniel sa chce z toho vyvliecť výhovorkami, že jeho drink niekto zdrogoval, a potom sa nevedel ovládať. Som hrozne rozčúlená, že ma nechal na Silvestra samu doma. Volal mi Dorian. Budem podpisovať svoje knihy v troch kníhkupectvách a šiesteho mám promo rozhovor v rannej šou rádia London FM. Každé ráno ho počúva viac ako milión ľudí! Po telefonáte som išla za Danielom do spálne a veľmi hlasno mu oznámila svoje novinky. Je v posteli, má opicu a vracal do kýbľa.

Piatok 2. január 11.35
Adresát: chris@christophercheshire.com

Odviezla som Daniela do práce. Poprosil ma, či by sme nemohli po ceste vyzdvihnúť Sofiu z nemocnice.

Včerajšok strávila v nemocnici University Collage of London s podozrením na otravu alkoholom. Je to dosť ironické, keďže celú noc pila jablkové martini od Zlej kráľovnej. :-)

Stála na rohu nemocnice pred stanicou Goodge Street v kostýme Snehulienky a mala čierne pery od toho, ako jej vyprázdňovali žalúdok. Vyzerala naštvaná na Daniela. Neprehodili spolu ani slovko, a keď som ich vyložila, ledva sa mi poďakovala za odvoz.

Z Richmondu som išla vyzdvihnúť Mariku na letisko Stansted. Bola dosť pochudnutá. Zhodila minimálne sedem kíl. V dedinke, kde býva jej mama, nemajú vodovod. Deň po

Vianociach sa tadiaľ prehnala veľká snehová búrka, teplota klesla na –27 °C a vedro im zamrzlo v studni. Aby sa mohli napiť, museli rozbiť ľad v bazéne a z chlóru dostali hnačku.

Keď sa k nim konečne prepracovalo odhŕňacie auto, vybrali sa so sestrou na oslavy Silvestra do Bratislavy. Marika to, jasnačka, opäť prehnala s alkoholom a ošukala striptéra v chodbe hotela Carlton! Nedokázali sa dostať do jej izby, no olej zo striptéra sa dostal na všetko vrátane kľučky. Vieš si predstaviť.

Odviezla som ju hneď domov, musela do pondelka oznámkovať dvestopäťdesiat písomiek z chémie.

Nebola veľmi šťastná, keď vystupovala z auta pred svojím bytom v Dulwichi. „Ahoj, Londýn, dovidenia zábava," povedala smutne.

Chýbala mi Marika. Aj Ty mi veľmi chýbaš, Chris.

Sobota 3. január 15.05
Adresát: dorianreid@reidandwright.biz

Milý Dorian, dnes som bola na dvoch podpisovkách a obe dopadli katastrofálne. Viem, že január je slabý mesiac pre kníhkupectvá, ale dúfala som, že ma aspoň dajú podpisovať knihy na lepšom mieste v obchode.

Dnes ma v pobočke v Bromley capli úplne dozadu do sekcie biznis. Dvaja ľudia sa pristavili a spýtali sa, či poznám Donalda Trumpa. Poobede v High Barnet ma zase capli do sekcie kráľovská rodina. Staršia pani sa ma spýtala, či som Camilla Parkerová Bowlesová!

Obidve sme blondínky a nemala som svoj deň, ale veď

uznaj... Keď budem podpisovať v utorok na Oxford Street, mohol by si upozorniť vedúcu, nech ma neposadia do sekcie umenie, lebo by som neprežila, keby si ma niekto pomýlil s Andym Warholom. Coco

Nedeľa 4. január 11.34
Adresát: chris@christophercheshire.com

Pri rušení vianočnej výzdoby ma chytila menšia depresia. Stromček skončil za šopou. Nič na ňom nezostalo, len vyschnuté konáriky. Ihličie už dávno opadlo. Chudák strom neprežil stresy Vianoc. Daniel je v práci, Rosencrantz sa niekde túla a Marika ešte opravuje písomky.

Nuda ako v kine na ruskom filme. Urobila som niečo, na čo som si nikdy netrúfala. Dala som svoje meno do Googlu.

Naskočili výborné recenzie na moju knihu v The Independent, The Times a Marie Claire, ale prvá na zozname bola recenzia od čitateľky z Amazonu, ktorú som nikdy nevidela:

Vaše hodnotenie 1 z 5 (úplne zle)
Predmet: Autorka by si mala skontrolovať históriu.
Meno: Daphne Regisová
Kniha: Poľovačka na lady Dianu

Som veľká fanúšička britskej kráľovskej rodiny (vždy si pozriem vojvodkyňu Fergie v tolkšou Oprah Winfreyovej). Ale som nasrdená, že autorka knihy Poľovačka na lady Dianu má pomýlené fakty. Píše v nej, že zásnuby Camilly Parkerovej Bowlesovej a princa Charlesa sa konali v roku 1981! V roku 1981 sa princ Charles oženil s Dianou, nie s Camillou. Autorka Coco Pilchardová by si mala skontrolovať históriu! Odporúčam jej knihu od Andrewa Mortona Diana – pravdivý príbeh. Nájde v nej potrebné informácie. ★

Jednu hviezdičku? A premenovala ma na Coco Pilchardovú! Daphne z New Jersey asi nepochopila, že píšem satiru, humor... Pohľad na to, ako by sa vyvíjala história, keby si Charles zobral Camillu v roku 1981 namiesto Diany.

Toto je prvá vec, ktorú si o mne prečítajú ľudia na internete. Všimla som si knihu aj v rebríčku predajnosti na britskom amazon.co.uk. Prebojovala sa do Top 50-tisíc na priečku 45 870.

Netušila som, že Amazon má rebríčky predajnosti, ani to, koľko kníh existuje. Horšie je to v USA. V predajnosti na americkom amazon.com je na mieste 400 034! Existuje aj Amazon Kanada, Amazon Francúzsko, Amazon Nemecko, Amazon Dánsko a Amazon Čína.

Pondelok 5. január 11.14
Adresát: chris@christophercheshire.com

Bavila som sa s Marikou o Amazone, ani ona nevie, ako funguje. Vravela, že ešte len objavila eBay. Od rodiny dostala na Vianoce kopu komunistických sračiek, ktoré sa tam snaží predať.

Zisťovala som aj od Rosencrantza, či nevie, ako funguje

Amazon. „Nejak tak, mama, že čím viac kníh predáš, tým si vyššie.." Vyzerám až taká hlupaňa? Daniel ma odbil zo sprchy. „Nemám čas, Coco, ponáhľam sa do roboty." Volala som aj Dorianovi, ale nezdvíha mi. Kúpila som si dva výtlačky vlastnej knihy, čo ma v britskom rebríčku Amazonu posunulo na miesto 21 984... Ale v americkom som klesla na 500 034. Poznáš nejakých Francúzov alebo Číňanov?

Pondelok 5. január 15.00
Adresát: danielpinchard@gmail.com

V tvojom divadelnom programe na chladničke som si všimla, že dnes nemáš predstavenie. Máš chuť na čínu? Asi by som sa mala trochu odvďačiť pánu Li. Donáška domov? Rosencrantz ide večer do národného divadla so spolužiakmi z konzervatória. Budeme mať celý dom sami pre seba.

Pondelok 5. január 16.33
Adresát: mrli@shanghaidonaskadomov.co.uk

Drahý pán Li, dobrý deň. Volám sa Coco Pinchardová (zvyčajne si objednávam kuracie mäso Chop Suey a praženú ryžu s vajcami). Roky rokúce ste sa ma po každej objednávke pýtali, či by ste pre mňa mohli ešte niečo urobiť. Teraz už môžem odpovedať, že áno! Niečo pre mňa môžete urobiť.

Prosím Vás, ak môžete, pozrite moju knihu Poľovačka na lady Dianu, na akom mieste sa drží v čínskom Amazone – amazon.cn. A povedzte mi, či má dobré, alebo zlé recenzie. Budem Vám veľmi vďačná. Coco Pinchardová

Pondelok 5. január 17.01
Adresát: chris@christophercheshire.com

Chris, práve mi prišiel tento e-mail od Doriana:
PRÍLOHA

Adresát: cocopinchardova27@gmail.com
Odosielateľ: dorianreid@reidandwright.biz

Celý deň som mal po celom Londýne únavné stretnutia, a keď som sa vrátil do kancelárie, čakalo ma množstvo Tvojich odkazov. Myslel som, že sa stala nejaká katastrofa, ale asistentka mi povedala, že všetky sa týkajú postavenia Tvojej knihy v amazonskom rebríčku. Coco. Som Tvoj knižný agent. Nie osobný asistent!

Amazon kupuje knihy priamo z Tvojho vydavateľstva a ich predaj s nami nemá nič spoločné. Ani ja, ani nikto v mojej firme alebo Tvojom vydavateľstve nemá dosah na rebríčky predajnosti Amazonu.

Na Tvoju žiadosť som strávil dlhý čas poučovaním vedúcich kníhkupectiev, ako majú organizovať Tvoje podpisové akcie. A môžem za seba povedať, že sa nepodobáš na Camillu Parkerovú Bowlesovú ani na Andyho Warhola.

A ešte čo sa týka amazonských rebríčkov, na ich webovej stránke som našiel túto informáciu:

**Pre férovosť rebríčkov si amazon.com vyhradzuje právo neinformovať verejnosť o spôsobe zostavovania rebríčkov predajnosti kníh.**

Takže, Coco. Ak nemáš niečo dôležitejšie alebo nový rukopis, prosím Ťa, aby si ma neoberala o čas.

Dorian

Dorian vie byť nepríjemný a zlý, keď chce. A ja som mu nepovedala, že si myslím, že vyzerám ako Camilla Parkerová Bowlesová a Andy Warhol, ale že si ma zákazníci s nimi pomýlili. :-)

Ozval sa mi pán Li. Zistil umiestnenie mojej knihy na čínskom Amazone – 5 015 001. miesto. Povedal, že „je to výborné umiestnenie v krajine s populáciou jednej miliardy". Dokonca mi zadarmo poslal porciu môjho obľúbeného jedla chop suey s praženou ryžou s vajcami. Mňam. :-)

Je smutné, keď jediným človekom, ktorý mi podá pomocnú ruku v kariére, je Číňan z mojej obľúbenej reštaurácie.

Pondelok 5. január 22.11
Adresát: chris@christophercheshire.com

Strašná hádka s Danielom! Poukázala som na jeho krásne prešedivené chlpy na hrudi, ktoré ma rajcujú. Poriadne sa rozzúril, vraj z neho robím starca. Zamkol sa do kúpeľne a len boh vie, čo tam robí. Asi si vytrháva chlpy na hrudi. Zhltla som obidve porcie číny a stále som hladná.

Utorok 6. január 20.00
Adresát: chris@christophercheshire.com

Z podpisovky na Oxford Street som sa vrátila domov oveľa skôr, ako som plánovala. Zrušili mi ju, lebo predavači štrajkovali proti úsporným opatreniam.

Ešte naštvaná som sa išla prezliecť a v mojej posteli bol Daniel so Snehulienkou. Nahý! Tie svoje kostnaté hnáty mala omotané okolo jeho chrbta ako had.

Bolo im všetko vidieť. Všetučko. Nič som si nemusela v hlave dokresľovať.

Ich sčervenené, zahanbené tváre pozerali na mňa v šoku. Utiekla som dole a zamkla sa v špajze. Nemohla som poriadne dýchať. Asi o päť minút niekto klopkal na dvere. Stál tam Daniel, oblečený.

„Coco, všetko ti vysvetlím."

„Ako mi to chceš vysvetliť?" zajačala som nedôverčivo.

„Prišla iba na hodinu spevu. Som hlupák."

Schmatla som vrecko múky. Chcela som ho do neho šmariť, ale chytila som ho za nesprávny koniec.

Celá múka sa mi vysypala na hlavu.

„Odchádzam," zašepkal Daniel a odišiel.

Zostala som v špajze zasypaná tak dlho, až sa mi začalo z múky formovať cesto na hlave a na lícach. Niekto klopal na vonkajšie dvere. Myslela som, že sa vrátil Daniel, ale bola to

Marika. Priniesla mi knihu Amazon pre začiatočníkov. Vysvetlila som jej, prečo som obalená v múke ako mäso na rezeň.

„To je štetka!" vypadlo z nej a silno ma objala. Vždy hreší po slovensky, keď sa stane niečo veľmi zlé.

Naliala nám whisky a išli sme hore na poschodie. Obrysy Sofie boli ešte vytlačené na posteli. Ako hriešny anjel v snehu. Marika vyzliekla postele a návliečky dala do koša na bielizeň. Našla som tabletku vália, ktoré tu zabudla Meryl cez Vianoce. S Marikou sme ju prelomili na polovicu a pred telkou zapili s whisky. Na BBC1 aj na Sky 3 dávali Srdcovú sedmu. Asi to niečo znamená.

V tej chvíli som si želala byť Gwyneth Paltrowovou, ktorá neprišla domov skôr a nenašla svojho manžela v posteli s inou ženou.


Streda 7. január 11.04
Adresát: marikarolincova@hotmail.co.uk

Dnes ma zobudilo Rosencrantzovo prehnané klopanie na kúpeľňové dvere. Tvár som mala prilepenú na kúpeľňovej rohožke. Posledná vec, na ktorú si spomínam, som ja na záchode s pohárikom brandy.

„Vyklopávam ti už niekoľko minút," povedal a pozoroval, ako nemotorne sa pokúšam postaviť na nohy.

„Vonku čaká nejaké auto. Vraj ťa má zobrať na nejaký rozhovor do nejakého rádia."

„London FM!" vzrušene som zamrmlala a prepchala sa okolo neho von z kúpeľne. Keď som sa dotramtárila ku schodom, vystrčil hlavu z izby. „Mami, prečo je fľaša brandy na záchode?"

„Hmm, Kim a Aggie mi povedali, že to je najlepšia vec na čistenie vodného kameňa v záchodovej mise." Nedôverčivo na mňa zazrel.

„Pozri, nemám teraz... Môžeme sa porozprávať neskôr," zakričala som mu. Utrela som si tvár mokrou vreckovkou a vracala som na svoj dlhý kabát. Očividne sa mu Daniel nepochválil. Zbabelec. Nemal by mu to povedať ten, kto podvádzal?

Nemala som viac času nad tým premýšľať, musela som utekať do auta. Šofér nevyzeral veľmi vytešene. Mal len dvadsať minút na to, aby ma dostal do štúdia v severnom Londýne. Podaril sa mu zázrak, doviezol ma tam s niekoľkosekundovou rezervou.

Pri dverách ma už čakala rozklepaná, nervózna producentka.

„Mám čas na kávu?" Bola som stále intoxikovaná a cítila zvyšok cesta vo vlasoch.

„Bohužiaľ, nie. Poriadne meškáte. Vanessa musela kvôli vám natiahnuť predpoveď počasia a rozprávať o histórii zemetrasení a hurikánov v Škótsku." Rýchlo ma nahnala do štúdia osvieteného halogénkami, kde ma v priamom prenose privítala moderátorka Vanessa Holubová. Očividne jej padol kameň zo srdca.

„A keď sa už bavíme o hurikánoch, jeden z nich nám sem zavial aj našu ďalšiu hostku Coco Pinchardovú."

Rozhovor, myslím, prebiehal celkom fajn.

Vanessa vychválila moju knihu. „Coco, Poľovačka na lady Dianu je bravúrne napísané dielko. Stavím sto libier na to, že si ju do svojho prestížneho televízneho knižného klubu vyberú aj Anna a Michael Branniganovci!"

Na druhej strane, ja som bola vtipná, pohotová a energická, možno až príliš energická. Dúfam, že zo mňa nebolo cítiť, ako som pred pár hodinami našla svojho chlapa v posteli s inou ženskou. To bude gól, ak si moju knihu vyberú Branniganovci do svojho legendárneho knižného klubu. To bude svetielko na konci tunela v mojom živote.

**Štvrtok 8. január 12.01**
Adresát: marikarolincova@hotmail.co.uk

Toto mi pred chvíľkou prišlo od Rosencrantza:
PRÍLOHA

Adresát: cocopinchardova27@gmail.com
Odosielateľ: rosencrantzpinchard@gmail.com

Ahoj, mami. Ľúbim Ťa. Volal otec. Povedal, že si ho nejak načapala, ako obhospodaroval Snehulienku!
Povedal som mu: „Obhospodaroval? Nie náhodou nejak trtkal?"
Vynadal mi za to, pokrytec.
Veď ona nevie ani nejako dobre hrať. Ako ju môže ľúbiť?
Zmazal som si ju z priateľov na Facebooku. Som na Tvojej strane.
Otec bude prespávať u babky Etely. Priplichtil sa k nej do domova dôchodcov. Nebola nejak nadšená. Účtuje mu dvadsaťpäť libier za noc bez stravy.

Drsné.
Ľúbim Ťa. Rosencrantz.
Cmuk
P. S.: Počúval som Ťa v rádiu. Bola si kúl jak blázon!

Bojím sa o jeho vyjadrovanie. Od Vianoc prehnane používa slovká nejak a jak. Myslela som, že na konzervatóriu to z neho vytlčú.

**Štvrtok 8. január 15.36**
Adresát: chris@christophercheshire.com

Škoda, že si ma nepočúval v rádiu, potrebovala by som Tvoj názor. Marika povedala, že som bola vtipná, ako keď som opitá. Rosencrantz tvrdí, že som bola „jak blázon". Nie som si istá, či to je zlé, alebo dobré.

Dorian ma zavolal na koberček zajtra ráno. Musí to byť v súvislosti s knižným klubom. Stretnutie chce iba vtedy, keď zaváňajú peniaze, a to je garantované cez Branniganovcov. Máš čas na kávu zajtra v Soho?

**Piatok 9. január 23.31**
Adresát: marikarolincova@hotmail.co.uk

Prvých desať minút toho Dorian nenahovoril veľa. Sedel za svojím tmavým kancelárskym stolom, z ktorého na mňa výrazne blikal žiariaci symbol jablka z jeho notebooku. Mňa usadil dosť ďaleko od seba. Čudák. Nechal ma trochu vypotiť, predtým ako zdvihol ruku.

Prestala som tárať a nahodila som trápny kŕčovitý úsmev, kým si napravil bezrámové okuliare, ktoré mu viseli na retiazke. Celý Sherlock Holmes. :-) „Coco, máš problém s drogami alebo alkoholom?" „Prosím?" šokoval ma svojou otázkou.

„Máš problém s drogami alebo alkoholom?" zopakoval hlasnejšie a pomalšie.

„Nie! Asi by to povedal aj závislák, ale naozaj nemám!" snažila som sa žartovať.

„Myslím to vážne, Coco. V poslednom čase mi pripadáš veľmi nevyrovnaná... Minulý týždeň si bola presvedčená, že si Andy Warhol."

„Nič také som nikdy nepovedala. Len som nechcela, aby si ma ľudia s ním mýlili. A to je veľký rozdiel." „Rozhovor v rádiu, Coco?" nadvihol obočie.

„Bolo super," snažila som sa zostať nad vecou.

„Super?" hodil na mňa znechutenú grimasu. „Prečo si musela kydať na Annu Branniganovú?"

„Prosím?"

„Zavtipkovala si na účet Anny v tom zmysle, že je alkoholička! Zošalela si?"

„To musí byť nejaký omyl." Dorian mi podal vytlačený prepis rozhovoru v London FM, ktorý mu poslali ľudia Anny Branniganovej.

Citujem: „Anča si ľúbi vypiť, dajte jej škatuľu červeného vína a hneď vás zaradí do svojho knižného klubu ako bestseller."

„Preboha, tak som to nemyslela. Vytrhli to z kontextu."

Snažila som sa byť vtipná. Vanessa Holubová sa pukala od smiechu." Zalial ma studený pot.

„Vanessa Holubová nepracuje pre knižný klub Anny a Michaela. Nevideli na tom nič vtipné. Poľovačka na lady Dianu už nefiguruje v zozname užšieho výberu nadchádzajúcich bestsellerov. Dovčera boli ešte presvedčení o kvalite tvojej knihy."

„Boli?"

„Coco, je mi ľúto..."

„Bol to len hlúpy vtip," prerušila som ho, „v štýle à la Jordan má veľké prsia! Každý vie, že ich má veľké, a veľa komikov si uťahuje z Anny Branniganovej, ako často sa dopuje vínom..."

„Coco," Dorian sa ma snažil zastaviť.

„Pamätáš, keď Anne minulý rok vypadla z ruky nová tisícdvestosedemdesiatdvastranová Biblia a zlomila si palec na nohe vedľa stojacej Martiny Colovej? Všetci vieme, že to nebolo preto, že pije sirupovú vodu." Dorianovi padla hlava do dlaní.

„Prepis rozhovoru sa dostal do rúk tvojho vydavateľa v TBB. Sám najvyšší mi volal. Zdesený z toho, že vydávajú autorku, ktorá nepodporuje knižný klub Anny a Michaela Branniganovcov."

„Ale ja ich podporujem." Po tvári mi začali stekať slzy. „Len sa mi celý život rozpadá pred očami."

„Coco," podal mi rozpačito vreckovku, „Regina Battenbergová je moja klientka. Nemôžem riskovať jej kariéru a účasť v knižnom klube Branniganovcov na úkor tvojho správania. Z tohto dôvodu s tebou rozväzujem zmluvu."

Zostala som sedieť prekvapená ako mucha puk.

„Ozve sa ti aj vydavateľstvo. Predaj knihy Poľovačka na

lady Dianu sa začal dosť slabo a množstvo kníhkupectiev začalo po tvojom rozhovore sťahovať knihu z pultov. Vydavateľstvo chce všetky tvoje knihy stiahnuť späť. Musia sa dištancovať od tvojich komentárov."

„Sťahujú moju knihu?"

„Áno, a potom ju dajú zošrotovať."

Dorian zavolal asistentku a tá ma odprevadila až von z budovy.

Neviem, ako som sa dostala až na ulicu Old Compton v centre Soho, ale mala som sto chutí hodiť sa pod idúci kamión. Bohužiaľ, natrafila som iba na idúce rikše.

Počula som, ako na mňa píska opálený, vytešený Chris.

„Pre boha živého," povedal, keď si všimol moje slzy. „Ty si to dokázala. Si v klube? Zaradili ťa do knižného klubu Branniganovcov?"

„Nie." Všetko som mu vyrozprávala.

„Všetci svätí, zmilujte sa," zapískal na taxikára, „potrebujeme lepšie súkromie, ako je v kaviarni Nero."

Uháňali sme Londýnom. Chris sa hrabal v taške a snažil sa ma zásobovať vreckovkami. Nos mi tiekol a v hrudi ma pichalo. Nemohla som si pomôcť.

„Päťdesiat libier, ak je chorá," zahlásil taxikár a sledoval ma cez spätné zrkadlo.

Zastavili sme pred veľkými drevenými dverami.

„Je to podnik len pre členov spolku Súkromná katedrála," povedal Chris a hostesovi pred dverami ukázal zlatú členskú kartu, ktorá nás dostala dnu. Aj v mojom stave mysle na mňa katedrála zapôsobila. Malý výťah nás odviezol do podzemnej časti Soha. Dvere sa otvorili v očarujúcom bare, ktorý vyzeral ako skutočná minikatedrála. Bol vytesaný do špinavého londýnskeho kameňa a obložený talianskym mramorom od podlahy až po strop.

Usadili sme sa v drevenej spovednici (vrchná časť bola odpílená) a Chris objednal martini u okoloidúceho kardinála.

„Vyser sa na nich, Coco. Podľa mňa Anna a Michael zneužívajú svoju neobmedzenú moc. Tvoja kniha by mala byť na prvom mieste ich prekliateho rebríčka bestsellerov."

„Keby som sa len neuvoľnila pri tom posratom rozhovore. Prečo mi tak šiblo?"

„Coco, lepšie knihy ako tie tvoje som v živote nečítal. Si nesmierne talentovaná." Chris sa usmial. „Len ti šťastie nepraje. Toto a ani Daniela si nezaslúžiš... Čakal som od neho viac."

„Nevieš si ani predstaviť, ako rada ťa vidím." Chris nevyzeral po dovolenke veľmi oddýchnuto. „Bola to ťažká práca a nie relax," povedal dramaticky. „Mama stále nechápe, že nie som na ženy."

„Máš už štyridsaťtri rokov," povedala som a Chris zosmutnel. „Myslím to v tom zmysle, že si samostatná jednotka a vieš, kto si."

„Odmieta tomu uveriť. Som syn a dedič jej nevyčísliteľného majetku. Po Vianociach pozvala všetky možné aj nemožné Pandory, Dominiky a Lujzy, pri ktorých by sa mi určite postavil, keby som bol heterák. Mali krásne vlasy a boli pestované ako výstavné psy. Pchala mi ich do pozornosti na terase vily, ale mňa viac zaujímal čašník... Skoro ju roztrhlo a po zvyšok Vianoc ma pri obedoch usádzala k sestriným deťom."

Dvere na výťahu sa otvorili a vystúpila z nich Regina Battenbergová. Oblečený mala kaftan, na hlave turban a pod pazuchou niesla svojho prašivého psa Pippina. Vyzerala ako vydymené osie hniezdo, ktoré našli v zaplavenom poli.

„Pozri!" zasyčala som na Chrisa.

„Ako sa sem dostala? Ja som na vstup do spoločenstva čakal vyše troch rokov."

Rýchlo som sa schovala za velikánskou napodobeninou Biblie, ale zbadala ma a namierila si to ku mne.

„Coco, aké milé prekvapenie," natiahla svoju bledú ovisnutú pokožku a usmiala sa.

Na diaľku sme si poslali bozky. Pippin na mňa zavrčal.

„Dovoľte mi predstaviť vám Richarda," teatrálne mávala rukami ako vlakový výpravca. „Je model, dnes nafotil novú kampaň pre Armaniho." „Hm, toto je Chris a on je... uhm... bohatý." Chris na mňa zazrel.

„Milé, je dobré byť bohatý. Aké máte zamestnanie, Chris?"

„Hm... pracujem tu a tam."

„Chris sa nedávno vrátil z Vianoc na ostrove, ktorý vlastnia jeho rodičia. Blízko Havaja," povedala som v povýšeneckom tóne, na aký som zvyknutá u Meryl.

Chris na mňa opäť škaredo zazrel a snažil sa zmeniť tému. „Je úľava byť konečne členom spolku. Tie prekážky, čo kladú pri prijímaní..."

„Ja som s tým starosti nemala," zasmiala sa ako kobyla, „môj priateľ Ian ma odporučil... Určite poznáte Iana McKellena? Často sa tu stretávame na drink." Všetci sme sa umelo smiali.

„Ešte jedna vec, Coco. Práve som sa bavila s Dorianom."

„Nevrav, Regina." Dúfala som, že jej nič nevešal na nos.

„Ale áno," povedala, „máš, skrátka, smolu. No skutočne si nemôžeme dovoliť tvoje výstupy a hádzanie kolienok pod nohy Anny a Michaela z knižného klubu." „Kolienok?" opýtala som sa rozčarovane.

Nagélovaný modelko jej niečo pošepol do ucha.

„Polienok, moja zlatá Coco. Vieš, čo to je?"

„Viem, čo sú polienka," zavrčala som na ňu.

„Tak ich prestaň pohadzovať, kadiaľ chodíš," chladne mi povedala a zmizla aj s modelkom.

„To je suka." Krv mi vrela v žilách.

„Čo hovorila o kolienkach?"

„Vravela, aby som nehádzala polená pod nohy Branniganovcov."

„Veru, je to suka, Coco! Objednám ďalšie martini."

Sobota 10. január 17.45
Adresát: chris@christophercheshire.com

Nedalo sa mi spať. Pred chvíľou som sa vrátila z burzy oblečenia v Crystal Palace. Bola som pomôcť Marike s predajom. Myslela si, že mi čerstvý vzduch prospeje a vytrhne ma z depky. Nepomohol! Január nie je najvhodnejší mesiac na trávenie času vonku na zamrznutom futbalovom ihrisku. Áno, burzu robili vonku, v mínus siedmich stupňoch. Aj snehuliaci sa odišli domov zahriať. :-) Marika si dala záležať na svojom stánku. Pozerá často televíziu, mala inšpiráciu. Oblečenie mala na vešiakoch zoradené podľa veľkosti a farby ako dúha. Skúšobnú kabínku urobila zo stanu. Zavalil nás húf babeniek, ktoré si chceli vyskúšať Marikine staré nohavičky. Niektoré boli také netrpezlivé, že ani nepočkali na skúšobnú kabínku.

Po ceste domov sme v McDonalde prediskutovali moju situáciu.

„Coco, napíš novú knihu a nájdi si chlapa," radila mi s plnými ústami hranolčekov.

„Nie je to také jednoduché. Nie je všetko čierne alebo biele."

„Prečo nie? Žiješ v Londýne, v meste s neobmedzenými možnosťami. Využi to. Vlastníš dom, máš talent a si sexy... Ľudia sa dávajú unášať len negatívnymi myšlienkami. Kde je Daniel?"

„Prespáva u Etely. Vôbec mi nevolal."

„Nekončí sa mu zajtra náhodou šnúra vianočných predstavení?"

„Áno."

„Zajtra to roztočíme na žúre po jeho predstavení," vyhlásila Marika, „musíš tam ísť a znepríjemniť atmošku jemu, jej... všetkým."

„Zbláznila si sa?"

„On dotiahol ženskú do tvojej postele. Musíš udrieť tam, kde to bolí najviac. Správa sa k tebe ako k debilke. Každý deň trávi s Pornulienkou a ty s tým nič neurobíš?"

Zapozerala som sa do odrazu svojej smutnej tváre v tmavom okne.

Marika pokračovala. „Vyraz ho poriadne a kompletne z domu. Vyhoď mu oblečenie pred dom na ulicu."

„Nie."

„Ale áno. Musí si zapamätať, že sa nemôže k tebe správať ako k hlupani, alebo aspoň to, že nie je v poriadku šukať iné baby a potom akože nič."

Tak ma rozpálila, že som bola psychicky pripravená na útok. Doma som otvorila Danielovu skriňu. Pri pohľade na jeho veci sa mi z očí spustil vodopád. Prečo sa to muselo stať práve mne?

Nedeľa 11. január 17.44
Adresát: chris@christophercheshire.com

„Drž sa, Coco, aspoň desať minút," snažila sa ma podržať Marika pri parkovaní za Danielovým divadlom, „povedz mu, čo máš na srdci, a pôjdeme preč."

Danielove veci sa zmestili do piatich vriec (pekne som ich poskladala). Marika na parkovisku skontrolovala každé vrece a vytiahla z neho voňavé vrecúška proti moliam, ktoré som tam priložila. „Čo si jeho čistiareň?"

Prešli sme cez zadné dvere divadla až hore do spoločenskej miestnosti. Sedel tam Daniel s kapelou a niekoľkými trpaslíkmi. Roboši prenášali kulisy. Keď sme vošli, celá miestnosť stíchla. Danielovi padla sánka. „Coco, Marika. To je prekvapenie... vyzeráš..."

„Vyzerá skvele na to, čo si jej porobil. Nemôže pre teba spávať," skočila mu do reči Marika.

„Mala si pekné Vianoce, Marika?" snažil sa zmeniť tému.

„Choď do riti," uzemnila ho a drzo schmatla dve plechovky piva z kýbľa plného ľadu.

„Hm..." oči mu blúdili po celej miestnosti, „chceš sa porozprávať?"

Len som zaregistrovala, ako som povedala dobre. Môj plán bol povedať niečo ironicky vtipné, prefackať ho a odísť s lepším pocitom. V tej chvíli mi to pripadalo detinské.

Marika na mňa zazrela. Vyšla som za Danielom

a nasledovala ho po tmavom schodisku dole do jeho šatne. Zavrel za nami dvere. Na zrkadle mal prilepenú fotku nás troch s Rosencrantzom z akvaparku. Škerili sme sa na nej v mokrých žltých pršiplášťoch. Zaliala nás nádielka vody z padajúcej loďky, takže sme mali pršiplášte nalepené na sebe a ja som vyzerala ako mrazená morka.

Daniel sa nadýchol a chystal sa niečo povedať. Vtom sa rozleteli dvere a do šatne vtrhla Pornulienka. „Ako som ti sľúbila, nemám na sebe..." Keď si ma všimla, v očiach mala smrť. Pery sa jej roztriasli, ústa si prekryla rukou a šokovaná sa rozbehla preč. Daniel sa pretláčal popri mne a bol naštartovaný utekať za ňou.

„To myslíš vážne?" začala som kričať a lomcovať ho za košeľu, „chceš ísť za ňou? A čo JA?!"

Odsotila som ho. Po schodisku utekal za ňou a kričal, aby som sa vrátila neskôr.

Vyzdvihla som Mariku a rútili sme sa k autu. Daniel vybehol z divadla v momente, keď Marika vyhadzovala jeho vrecia z kufra auta na ulicu.

„Ja krava som ti ešte aj handry poskladala!"

Nebolo to ideálne lúčenie, mala som to naplánované úplne inak. Zabuchla som kufor a pri štarte pozrela do spätného zrkadla. Daniel sa snažil pozbierať oblečenie z upršanej zeme. Chcela som mu pomôcť aj napriek tomu, čo mi urobil.

Marika zastavila pri autobusovej zastávke. „Coco. Je to strašné. Musíš byť silná," prstom mi utrela slzu na líci. „Moja mama celé štyri roky ignorovala fakt, že ju otec podvádzal. Skoro ju to zničilo. Nemôžeš sa k nemu vrátiť."

Doma som si ľahla a len tak niekoľko hodín civela do prázdna.

Utorok 13. január 8.48
Adresát: novinovystanokclive@gmail.com

Prosím Vás o zrušenie odberu časopisov BBC Music, BBC Orchester a Spoločník dirigenta.
Ďakujem.
Coco Pinchardová

Streda 14. január 23.47
Adresát:marikarolincova@hotmail.co.uk,
chris@christophercheshire.com

Daniel dnes prišiel niekoľkokrát. Ignorovala som jeho klopanie. Na štvrtý pokus som odomkla dvere, ale nechala som ich na retiazke. Cez párcentimetrový priestor som ho videla stáť neoholeného a premočeného v daždi. Vyzeral hrozne sexy.

„Môžem ísť dnu?" Chcela som povedať, že v nijakom prípade, ale vtom sa zo školy vrátil Rosencrantz, preto som bola nútená otvoriť. Daniel ho pozdravil a vošiel za ním dnu. Rosencrantz ho ignoroval a vypisoval niečo na iPhone.

„Ešte stále som tvoj otec," zakričal na neho Daniel, „aspoň sa na mňa pozri!"

„Nekrič na Rosencrantza," postavila som sa medzi nich.

„Stavím sa, že otec si prišiel len po pas," smutne na mňa pozrel a potom pohľadom preletel aj Danielovu tvár.

„Je to tak? Si tu len kvôli pasu?" opýtala som sa ho.

„Aj kvôli pasu, aj kvôli iným svojim veciam. Potrebujem ich do roboty!"

Vytlačila som ho z dverí, zabuchla a zamkla. Daniel ešte niekoľko minút vybuchoval na dvere. Potom zostalo ticho. Začalo pršať a dážď cinkal ako cimbal na strechu. Rosencrantz mi urobil kávu a zapálil cigaretu.

O niekoľko hodín volala Etela a mudrovala niečo o tom, ako Daniel spáva u nej na nafukovačke.

„Vím, že to je mój syn, ale ked spí, je moc hlučný, furt sa obráca a vrtí jako helikoptéra. Nemóžeš si ho zebrať naspák? Alebo mu daj aspom pas, nech ide do téj Ameriky."

„Drahá Etela, Daniel do našej postele dotiahol flandru a prichytila som ich, ako si to rozdávali."

Na moment stíchla. Počula som, ako si dáva ruku cez slúchadlo, aby som nepočula, že kričí na Daniela. „Prečo si mi nepovedal, čo si vyvédol?!" Slúchadlo začalo šušťať. Snažila sa zložiť a zároveň pokračovala vo vresku.

Idem si dať pepermintový keks a pôjdem spať.


Štvrtok 15. január 11.01
Adresát: marikarolincova@hotmail.co.uk
  chris@christophercheshire.com

Bol tu opäť Daniel. Vzdala som to. Podala som Rosencrantzovi otcov pas, nech mu ho prestrčí cez schránku na dverách. Má desať dní na to, aby dostal víza. Nedokázala som ísť za ním. Asi zostanem navždy v posteli. Chcem spať, spať, spať...

Ďakujem za Vaše e-maily. Držia ma nad vodou. C.
Cmuk

Nedeľa 18. január 16.45
Adresát: marikarolincova@hotmail.co.uk
chris@christophercheshire.com

Dnes ráno ma zobudila Etela v hosťovskej izbe. Priniesla mi šálku čaju, ktorú trepla na nočný stolík. „Hm... šmar si to do hrdla, moja," lapala dych, opretá o posteľ.

„Ako si sa dostala dnu?" natiahla som si perinu až k brade.

„Tvoj synak ma pustev. Bojí sa o teba. Susedov bude zaujímat, prečo máš zatáhnuté závesy celý den. Budú klebetiť."

„Etela, nežijeme v roku 1950," namosúrene som jej odvrkla.

„Keby boli padesáte roky, boli by ste s Danielom stále pár. Keby som mala vyhodiť mojeho Willa vždycky, keď čumákoval na sukňu, nemal by mi kdo zatĺcť poličky do steny. Moja, tu, vyslop čaj," pchala mi šálku pod nos. Dala som si riadny glg a skoro mi zabehlo.

„Je v ňem whisky," dodala Etela, „postaví ťa na nohy." Stratila sa v dverách do kúpeľne a začala napúšťať vaňu.

Z kúpeľne sa ozývalo: „Dany je na ceste, scem, aby ste sa porozprávali."

„Nechaj ma na pokoji," zapadla som ešte hlbšie do periny.

Etela sa vrátila do izby. Na hlave mala penu z kúpeľa. Posadila sa na posteľ.

„Je mu ľúto, čo povystrájal. Celý týždeň rumázgal u nás v spoločenskej miestnosti. Jedna babizňa mu dokonca povedala, aby zavrel hubu. Trepal cez jej milovaný seriál. Nemala bys vyhodziť dvadsať rokov v spechu."

Súhlasila som, že sa okúpem a oblečiem.

Etela odišla dolu a ja som civela na svoje nahé telo v zrkadle. Asi som trochu schudla, ale na Pornulienku nemám. Má krásnu napnutú pokožku. Bývavalo. Mne sa napínajú už len nervy.

Etela s Rosencrantzom boli na odchode, držal ju pod pazuchou. „Ideme do Soho kávičkovat a okuknút homíkov," popýšila sa a popravila si klobúk.

Rosencrantz ma objal. „Mami, vieš čo? Heterosexuálni muži jako celá rasa sú nejakí sprostí. Dúfam, že nejak vie, o čo prichádza."

„Poď už, trogár. Netrep srákoty," ťahala ho Etela odo dverí.

Keď odišli, poskladala som sa na stoličku v kuchyni a rozmýšľala nad sebou a Danielom. Ak sa mi ospravedlní dobre od srdca, možno sa s tým bude dať niečo urobiť. Možno by mohol prespávať v hosťovskej izbe zopár mesiacov... Možno som ešte všetko nestratila.

Zazvonil zvonec a... Daniel sa objavil vo dverách, lepšie už dávno nevyzeral. Pobozkal ma na líce a priniesol mi prekrásnu kyticu mojich obľúbených žltých ruží. Po ceste do kuchyne ma prepadol vzrušujúci pocit motýlikov v žalúdku. Uvedomila som si, že to celé možno bola iba skúška našej skutočnej lásky. Určite nás to scelí a posilní.

Nuž, ale človek mieni, pánboh mení. Povedal mi, že bol so mnou dlhý čas nešťastný. Zobrali sme sa príliš mladí a chce, aby sme to vyskúšali oddelene. Zízala som na neho s otvorenými ústami.

„Coco, pozeraj sa na to tak, že nám vlastne dávam dar. Môžeme sa pásť na nových pastvinách. Raz mi za to poďakuješ."

„Čo? Aký dar? Nové pastviny? Čo sme kravy?" od zlosti mi

navrela žila na čele a hodila som po ňom plný horúci čajník. Našťastie sa zohol. Čajník sa rozbil na milión kúskov a voda sa liala po stene.

„Mohla si ma zabiť!"

„Si tu len preto, lebo sa bojíš svojej mamy," hučala som.

„Chceš si to zjednodušiť pri nej na pár dní, kým sa nevyparíš za tou poondiatou robotou do Ameriky."

„Poondiata robota?!"

„Áno, poondiata robota!" zarevala som. „Tvoja poondiata mater mi niekoľko hodín rozprávala, aký si nešťastný. Išlo jej len o to, aby ma pripravila synáčikovi, keď mi príde dať oficiálne kopačky. To je sviňa."

„Takto sa o mojej mame nevyjadruj! Idem si hore po svoje veci."

„Nejdeš!" odsotila som ho. On ma sotil späť. Narazila som do stola. Vyburcovala sa vo mne taká sila, o akej som ani len netušila, že ju mám. Schmatla som ho za vlasy a ťahala k dverám. Voľnou rukou som ich otvorila, vyrazila ho von a zamkla za ním.

Poštová schránka na dverách sa otvorila a cez otvor ma preklínali jeho oči.

„Vytrhla si mi vlasy," kričal šokovaný.

„Neboj, nechcem ich!" zoškriabala som jeho vytrhané čierno-šedivé vlasy a šmarila mu ich do poštovej schránky.

Vrátila som sa do hosťovskej izby a ďalej som zízala do prázdna. Po chvíli ma hnev prešiel. Uvedomila som si, že som prišla o manžela. Som sama.

Počula som zdola vchádzať Etelu a Rosencrantza, ktorí si to namierili do kuchyne.

Rosencrantz ma prišiel pozrieť, ale tvárila som sa, že spím.

Pondelok 19. január 10.07
Adresát: rosencrantzpinchard@gmail.com

Ahoj, zlatko, keď som vstala, bol si už preč. Dúfam, že Ti neprekáža, že nasledujúcu informáciu e-mailujem, ale je to jednoduchšie, ako Ti to povedať do tváre.
S Tvojím otcom sme sa nadobro rozišli. Je mi to veľmi ľúto. Príde si dnes večer po svoje veci. Kým bude u nás, pôjdem ku Chrisovi.
Obaja Ťa stále veľmi ľúbime. Prosím, nehnevaj sa ani na jedného z nás.
Mama


Utorok 20. január 11.38
Adresát: marikarolincova@hotmail.co.uk
chris@christophercheshire.com

Daniel vzal mixér! Presťahoval sa do hotela Travelodge v Peckhame, kde má skúšky nového muzikálu.
Načo mu je mixér v hoteli?
Rosencrantz je naštvaný. Je v polčase diéty Katie Priceovej a potrebuje mixér na špeciálne džúsiky. Chce sa vtesnať do džínsov, ktoré objavil v American Apparel. Majú len o dve čísla menšie, ako nosí on.
Etela vyhodila Daniela zo svojej izby, lebo sa rozvádza. Je riadne naštvaná. Keby sa to o jej synáčikovi rozprieslo po celom dome dôchodcov Dúha, umrela by od hanby.
Keby bolo keby. :-)

Piatok 23. január 13.34
Adresát: chris@christophercheshire.com

Neignorujem Ťa. Vypla som si mobil, urobila hniezdočko v hosťovskej izbe a dala sa do pozerania seriálu Sex v meste, ktorý si mi daroval na Vianoce. Seriál je vynikajúci.
    Marika ma prišla pozrieť cez svoju obedňajšiu prestávku. Rosencrantz ju udržiaval informovanú cez facebook. Poprosil ju, či by mi nemohla uvariť môj obľúbený karfiol zapekaný so syrom. Vďakabohu mi ho urobila.
    Trochu ma sprdla, keď uvidela hosťovskú izbu zavalenú prázdnymi obalmi od cukríkov a čokolád.
    „Toto nie, moja. Takto sa nikam nedostaneš. Ku ktorej sérii Sexu si sa dopracovala?"
    „Som na štvrtej sérii. A sladkosti mi odvádzajú pozornosť od zlých vecí."
    „Dávam ti čas na dopozeranie do pondelka. Potom ťa musíme z toho dostať a hodiť medzi ľudí. S Chrisom niečo chystáme."
    Kde ma beriete? Nechcela mi povedať. Odmietam ísť na oldies diskotéku!


Sobota 24. január 11.33
Adresát: marikarolincova@hotmail.co.uk

Chris dnes so mnou pozeral moje dievčatá v Sexe v meste. Priznal sa, že má slabé miesto pre pána Božského. Aj ja ho milujem. Je taký chutný, sexy... Asi to bude tou mocou, ktorou disponuje. Sme všetci takí priehľadní ako ja s Chrisom? :-) Rozhodla som sa presťahovať späť do spálne. Uvidíme, ako moje sťahovanie dopadne. Chris mi pomohol preniesť periny a telku. Hádaj, čo som našla pri posteli v spálni? Náušnicu, ktorá nie je moja.

Chris svojím módnym okom usúdil, že je to náušnica z poslednej kolekcie Viktórie Beckhamovej zo Selfridgesu. Hneď som si predstavila, ako si to Daniel rozdáva s Pornulienkou.

Chris náušnicu spláchol.

Som späť v hosťovskej izbe.

Nedeľa 25. január 20.08
Adresát: chris@christophercheshire.com

Dofrasa! S Rosencrantzom sme pozerali Sex v meste. V polovici poslednej časti z ničoho nič vypadol obraz. Teraz sa vŕta v telke, aby zistil, čo sa stalo. Praskajú mi nervy. Chcem hneď vedieť, ako sa to skončí. Neprezraď mi!

Nedeľa 25. január 21.34
Adresát: chris@christophercheshire.com

Prečo si mi nepovedal, ako sa skončí Sex v meste? Rosencrantzovi sa ani po štyridsiatich minútach nepodarilo zistiť, kde je problém. Stlačila som play na ovládači a obraz naskočil. Bežali titulky. Ja krava som sedela na ovládači (gombík pauza). :-) Záhada vypadnutého obrazu objasnená. Strávila som toľko hodín pri Sexe v meste, že ten koniec ma nejako nenadchol. Cítim sa oklamaná. Rosencrantzovi sa zase zdal geniálny.

Pondelok 26. január 10.30
Adresát: chris@christophercheshire.com

Daniel dnes na obed odlieta do Chicaga. Rozlúčil sa s Rosencrantzom telefonicky. Trepal mu o tom, akým veľkým hitom sa stane Piskot. Volal ho, aby sa s ním prišiel rozlúčiť na letisko. Rosencrantz odmietol. Ešte stále nemáme mixér, takže Rosencrantz neschudol na vysnívanú (nerealistickú) hmotnosť. Povedala som mu, nech si kúpi svoju veľkosť – pás 32. Je to perfektná veľkosť, nemá sa za čo hanbiť. Vraj chalani na konzervatóriu by ho vysmiali a nazvali tlsťochom.

    Volala mi Marika. Vraj ma dnes večer niekam beriete, že nemám na výber.

Utorok 27. január 10.43
Adresát: rosencrantzpinchard@gmail.com

Ak sa naozaj musíš po škole ožrať, tak nezabúdaj, že toto je aj môj domov. Ráno som si išla vyzdvihnúť donáškové mlieko pred dom a našla som tam nedojedený kebab.

Utorok 27. január 17.18
Adresát: chris@christophercheshire.com

Rosencrantz sa vrátil zo školy vyškerený. Kebab pred domom bol môj. Ráno o jednej ma tam našiel na zemi, vraj som sa držala kľučky ako o život a kričala: „Všetko sa mi točí." Hanbím sa ako nikdy v živote. Naozaj sme jedli kebab?




Utorok 27. január 18.43
Adresát: chris@christophercheshire.com

Ďakujem za osvieženie pamäti. Konečne si trošku spomínam. Pili sme v kúlovom gay bare Shadow Lounge, štamprlíky Drambuie... Barman oprašoval prach z fľašky a sekal frajera, že ten alkohol pijú iba starší ľudia, keď sa omylom zatúlajú do ich baru. Bol drzý, zasran.

    Skutočne dúfam, že tam neboli nijakí Rosencrantzovi kamoši. Ešte si spomínam, ako ste sa vytrepali s Marikou na pódium, aby ste hodnotili súťaž o najlepšieho striptéra, a ja som potom tancovala vedľa víťaza.

    Nie, obtierala som sa o neho ako taká stará šľapka...

    Jediné, o čo by som sa mala obtierať v mojom veku, je kuchynská linka.

    Bola sranda?! Aspoň som na chvíľku zabudla.

    Cmuk

Streda 28. január 9.07
Adresát: rosencrantzpinchard@gmail.com

Práve mi prišiel e-mail z Tvojho konzervatória. Poslali zoznam kníh, z ktorých si mal na výber, a zoznam kníh, ktoré si si z neho objednal. Tridsaťdva kníh? Budú stáť vyše 300 libier. Naozaj ich všetky potrebuješ? Kníh od Shakespeara si sa nikdy ani len nedotkol a vysolila som za ne 49,99. Ani Dostojevského si ešte neprečítal. Jediné, čo čítaš, je časopis OK a Star.


Streda 28. január 11.22
Adresát: danielpinchard@gmail.com

Prosím Ťa, môžeš presunúť nejaké peniaze na spoločný účet? Je prázdny. Potrebujem vyplatiť Rosencrantzove knihy do školy. Coco


Streda 28. január 15.01
Adresát: chris@christophercheshire.com
marikarolincova@hotmail.co.uk

Preposielam Vám, čo mi prišlo od Daniela:
    PRÍLOHA

Adresát: cocopinchardova27@gmail.com
Odosielateľ: danielpinchard@gmail.com

Coco,
presunul som 100 libier na spoločný účet. Viac si teraz nemôžem dovoliť. Ešte mi nezaplatili za nový muzikál. Prečo stále platíme nájomné a vodu celoročne? Minulý týždeň nám stiahli z účtu skoro štyritisíc libier.

To je viac ako polovica mojej vianočnej výplaty. A pýtaš odo mňa viac. Musel som vyplatiť aj účty za Tvoj a Rosencrantzov mobil. Jeho bol 87 libier za mesiac?! Už som si to s ním vydebatoval.

Prečo si mi nepovedala, čo sa stalo s Tvojou knihou? Je mi to veľmi ľúto. Napriek všetkému, čo sa medzi nami odohralo, chcem, aby si vedela, že si myslím, že Poľovačka na lady Dianu je skvelé dielo.

Keďže mobil som Ti daroval na Vianoce, vyplatím zostávajúce mesiace kontraktu, ale mala by si začať riešiť svoju finančnú situáciu.

Tvoj Daniel

Moju finančnú situáciu? Drzý bastard, on ma predsa opustil!


Štvrtok 29. január 14.55
Adresát: marikarolincova@hotmail.co.uk

Bola som dnes u Chrisa. V jeho knižnici som našla skoro všetky knihy, ktoré Rosencrantz potrebuje. Jediná, ktorú

nemá, je Nákupy a jebačka. Bojkotuje ju z jediného dôvodu. Autor Mark Ravenhill ho predbehol cez prestávku v divadle a kúpil posledný balík cibuľovo-syrových čipsov. Chris má vystavenú Poľovačku na lady Dianu v sekretári na vankúšiku. Je zlatý. :-)
V tom chaose som takmer zabudla, že som vydala knihu. Nemáš náhodou knihu Nákupy a j...čka? Ak nie, poobzerám sa na nete.

Piatok 30. január 15.32
Adresát: prianiaastaznosti@westlondonbooks.co.uk

Milé kníhkupectvo,
 chcela by som sa sťažovať. Pokúšala som sa dnes vo Vašom internetovom obchode kúpiť knihu Nákupy a j...čka od Marka Ravenhilla. Váš systém ma vykopol z netu pre používanie vulgárnych slov. Zavolala som na zákaznícke číslo. Recepčná mi vynadala za hrešenie a zložila telefón. Sú Vaši zamestnanci zaučení? Nákupy a j...čka je známa divadelná hra. Pred chvíľkou som sa vrátila zo záložne, mali v obchode tri kusy. Staršia pani predavačka mi povedala, že prednedávnom ona a jej kamarátky čítali túto hru a potom o nej diskutovali. O tom to celé je, drahé kníhkupectvo! Aj o tom sú knihy. Teším sa na čítanie Nákupov a j...čky a verím, že sa naučím niečo nové ako pri každej dobrej knihe. Coco Pinchardová (bývalá zákazníčka)

Sobota 31. január 10.56
Adresát: rosencrantzpinchard@gmail.com

V noci som čítala Nákupy a j...čka. Už som to oľutovala. Musela som vypiť fľašu červeného vína a dať si tri ibalgíny. Chúďatká deti, pomenované po spevákoch z Take That. Ako sa len zaplietli s drogami a prostitúciou! Jeden má toľko rokov ako Ty. Kedykoľvek budeš potrebovať peniaze na nákupy, príď za mnou. Radšej tráv čas po obchodoch, akoby si mal robiť tie iné veci z knižky.

Sobota 31. január 12.22
Adresát: chris@christophercheshire.com

Prišla mi prvá a posledná výplatná páska od Doriana. Pribalil list od vydavateľa, v ktorom je napísané, že v dôsledku slabého predaja a ťažkej situácie na trhu s knihami sťahujú Poľovačka na lady Dianu z trhu. Zrušili kontrakt a vracajú mi stopercentné práva na moju knihu. To znamená, že zvyšok preddavku mi nevyplatia.

Je to katastrofa. (Môžem sa už len spoliehať, že mi Daniel dá peniaze na chod domácnosti.) Radšej by som sa videla v riti.

A to nie je to najhoršie. Zvyšných tritisíc kusov knihy zošrotujú budúci týždeň vo firme KBŠ (asi to znamená Kniha Bola Šrot).

Priložili e-mail na firmu, keby som si náhodou chcela zobrať pár kusov. Prišla Marika. Priniesla celú škatuľu Chardonnay. Nechceš prísť a nechutne sa ožrať? Osláviť koniec najhoršieho mesiaca v mojom živote? Myslím, že hlbšie sa už nedá klesnúť.


Sobota 31. január 23.56
Adresát: info@kbslinka.co.uk

Báseň šrotára
Autorka Coco Pinchardová

Šrotári z Essexu, čo musia žiť bez sexu!
Otvorte brány svoje a ukážte mi svetlo.
Neviem si to vysvetliť, asi vám len preplo.
Nahodím sa do naj šiat a ukážem vám neskutočný hrad.
Je to miesto veľmi vzácne, rodia sa tam knihy.
Poľovačka na Dianu rodila sa krásne, ale aj jej svetielko čochvíľočku zhasne.
Milí, drahí KBŠáci!
Nevraždite knihy pre peniaze, hádžete autorom na ruky reťaze.
Šrotujete sny talentom, nie štátnym agentom!
U vás sa nič nerodí, nerobte si z toho srandu, čo ste to len za ľudí, keď nemáte hanbu?
Tri tisíce mojich kníh u vás o chvíľu zomrie, ak by Coco tristo mala, bolo by to dobre.
Na poličke z Ikey miesto pre ne urobím.
Bola by to dobrá správa, budem šťastná ako krava.
Múúúúúúúúúúúúúúúúúúúú.
Slečna Coco Pinchardová (autorka a poetka)

# FEBRUÁR

Nedeľa 1. február 12.33
Adresát: rosencrantzpinchard@gmail.com

Niečo sa deje. Celý dom sa trasie!

Nedeľa 1. február 12.37
Adresát: rosencrantzpinchard@gmail.com

Dokelu, môžeš stlmiť zvuk Star Treku Voyager? Myslela som si, že je zemetrasenie, keď vesmírna loď Enterprise naskočila na plné obrátky. Prečo si ma nechal spať až do jednej poobede?

Nedeľa 1. február 13.47
Adresát: marikarolincova@hotmail.co.uk

Prišla si domov v poriadku? Chris sa zobudil asi pred hodinou v záhradke pred domom. Pamäť sa mi pomaly, ale isto vracia. To koľko fliaš sme vyslopali? :-) Rosencrantz nás prišiel dvakrát utíšiť. Hlava ma bolí, akoby mi v nej ježkovia hrali futbal.
 A moja poéma... Prišla mi na ňu odpoveď:
PRÍLOHA

Adresát: cocopinchardova27@gmail.com
Odosielateľ: ian.anderson@kbslinka.co.uk

 Milá slečna Pinchardová, zvyčajne neodpovedáme na korešpondenciu autorov alebo čitateľov. Naša práca je pre nich veľmi ťažko pochopiteľná a, prirodzene, v nich vyvoláva negatívne pocity.
 Nemohol som však neodpovedať na Vašu poéziu, keďže mňa a zamestnancov chytila za srdce. Nášho závozníka dokonca rozplakala. Veľmi sa nám zapáčila irónia, ktorou je báseň poprepletaná.
 Preto vo Vašom, len vo Vašom prípade urobíme výnimku a ako píšete, „Otvorte brány svoje a ukážte mi svetlo", radi Vás privítame u nás pri príležitosti šrotovania Poľovačky na lady Dianu.
 Odoslali sme Vám požadovaných tristo kusov Vašej knihy a ako najmilšej zákazníčke sme Vám odpustili poštovné. Prosím Vás, nedávajte písaniu zbohom.
 Po každom daždi vychádza slnko.
 Vaša návšteva je načasovaná na 10.30 budúcu sobotu 7.

februára. V záujme bezpečnosti prevádzky Vás môžeme privítať iba s jedným hosťom.

S pozdravom
Ian Anderson (vedúci šrotovač) KBŠ

Je mi z toho zle. Mám husiu kožu na krku z tých kravín, čo som im napísala. Prečo si ma nezastavila!!
Na konci som napísala Múúúúúúúúúúúúúúúúúúúúú?
Čo asi budem robiť s tristo knihami vo svojom dome?

Pondelok 2. február 17.56
Adresát: chris@christophercheshire.com

Dnes mi nedoručili noviny k dverám. Volala som Clivovi do novinového stánku a vraj účet za január nebol zaplatený. Našťastie som našla desaťlibrovku pod matracom gauča. Vyplatila som účet a kúpila si noviny The Independent. Na siedmej strane je vytlačený zoznam kníh, ktoré si vybrali Branniganovci do knižného klubu.
　　Na fotke sa vyškierali aj s Reginou Battenbergovou. Regina mala v ruke pomarančovú šťavu (skôr si myslím, že to bolo campari s pomarančovým džúsom). Samozrejme, na prvom mieste ich zoznamu je kniha Výroba vína na balkóne.
　　Rozhodla som sa ísť do KBŠ na šrotovanie mojej knihy. Chcem uzavrieť aspoň jednu kapitolu vo svojom živote. Nie som zvyknutá uzatvárať kapitoly, ale veľa známych mi tvrdí, že to pomáha. Uvidíme. Každý deň si v hlave premietam pád

svojej literárnej kariéry. Chceš ísť so mnou? Marika má v sobotu sexy rande s ešte väčším gréckym sexošom.

Pondelok 2. február 19.04
Adresát: marikarolincova@hotmail.co.uk

Ponižujúci telefonát od Daniela. Ten vypchatý bastard mi oznámil, že je ochotný na môj účet platiť mesačnú rentu vo výške 300 libier. Potom položil, vraj je zaneprázdnený skúškou.

Utorok 3. február 17.01
Adresát: marikarolincova@hotmail.co.uk

Dnes ráno ma zobudila donášková služba DHL s tristo kusmi knihy Poľovačka na lady Dianu. Sú nakopené pri stene v obývačke. Vyzerá to ako iglu. Tvárim sa, že to je moderná dekorácia a ja mám umelecké cítenie. :-) Ďakujem Ti, Marika, že si sa prihovorila v škole, ale ešte vydržím a uvidím, čo príde po búrke. Možno by aj bola zábava, keby sme boli kolegyne. Neviem však, či mám pevné nervy vrátiť sa k povolaniu učiteľky angličtiny. Pamätáš, ako som všetkým pri odchode povedala, že budem úspešná spisovateľka a nie učiteľská nula?

Piatok 6. február 16.30
Adresát: marikarolincova@hotmail.co.uk

Mala som strašne depresívny týždeň. Pred chvíľou som sedela na schodoch a z ničoho nič revala. Myslela som, že ma to už prešlo a všetko sa obracia na lepšie. Necítim sa na zajtrajšie sledovanie môjho dieťaťa v šrotovacej mašine. Chris trvá na tom, že by som mala ísť.
 P. S.: Uži si zajtra rande.


Sobota 7. február 18.00
Adresát: marikarolincova@hotmail.co.uk

Hľadala som kľúče od auta, keď vtom niekto zazvonil pri dverách. Pred domom stál Chris, nahodený vo veľmi elegantnom, drahom obleku. Na ceste pri starej červenej britskej poštovej schránke bol zaparkovaný bentley svojej mamy. Z neho vyšiel upravený šofér (pôsobil ako robot bohatej paničky) a otvoril mi dvere.
 „Myslel som, že by sme mali ísť vo veľkom štýle," povedal Chris.
 „Ako sa dostane tvoja mama do Harrodsu bez svojho auta?" spýtala som sa a schmatla kabelku.
 „Vysvetlil som jej, ako funguje metro. Vyskúša ho so svojou priateľkou Hyacintou. Sú z toho dosť vytešené."
 Bentley sa ticho predral cestami Londýna až ku šrotárskym skladom KBŠ. Sú enormne veľké. Pripadala som si v nich ako liliputánka. Za bránou nás prehľadali, poučili o núdzových východoch a prinútili podpísať akýsi papier, že

budeme mlčať o tom, čo uvidíme. Zvláštne. Myslela som si, že nám ukážu, ako sa vyrába jadrová zbraň.

„Coco, nezabudni na jednu vec. Nie si zlá spisovateľka. Si výborná. Jedného dňa určite tromfneš Reginu Battenbergovú," snažil sa ma upokojiť Chris vo výťahu smer cintorín kníh.

„Ďakujem. Mojou ambíciou nie je tromfnúť knihu, ako je Výroba vína na balkóne. To radšej nechám zošrotovať aj seba."

Výťah sa otvoril. Priestor skladu pod zemou bol ešte väčší ako horné poschodie. Knihy boli naskladané na sebe od zeme až po strop a vysokozdvižné vozíky sa tam hemžili ako na Picadilly Circus.

Hlavný bonus šrotárskeho skladu však bol vedúci Ian Anderson. Mohol mať asi 35 rokov. Stelesnenie gréckeho boha sexu. Predstavovala som si, že to bude starý zhrdzavený trtko. Keď mi podal ruku, očervenala som ako tínedžerka na koncerte Justina Biebera.

„Coco Pinchardová," vyslovil moje meno sexy hlasom, „spisovateľka a poetka."

Takmer mi zabehlo. Potom si položil ruku okolo mojich ramien a naložil nás do malého žeriava, aby sme mali dobrý výhľad na šrotovaciu mašinu. V žeriave sme boli natlačení ako sardinky. Celkom sa mi to páčilo. Cítila som jeho vypracované tehličky na bruchu a slintala nad jeho krásnymi plnými perami a neoholenou tvárou. Naozaj bol riadne sexy. Chris ma prichytil, ako si ho premeriavam röntgenovým pohľadom, a súhlasne žmurkol.

„Prišli ste práve včas. Chlapi začali navážať vašu knihu." Palety plné mojej tvorby sa nezadržateľne približovali k šrotovacej mašine. Mala som slzy na krajíčku. Chcela som ich poslať na druhý svet nejakým múdrym výrokom, ale šoféri vozíkov boli rýchlejší. Nahádzali celý náklad do stroja. Pri náraze kníh na ostré kotúče píly som sa neovládla. So zaslzenou tvárou som sa hodila na Ianovu hruď. Bola nádherne svalnatá a krásne voňala.

Keď som si uvedomila, čo robím, rýchlo som sa od neho odtiahla. O jeho košeľu zostal zachytený môj dlhý sopeľ.

Nevieš si predstaviť, ako som sa zahanbila. Najradšej by som sa v tej chvíli videla vo vlastnom zadku. Nemohla som ani utiecť (stále sme sa tlačili v žeriave).

Chris mi pohotovo podal papierovú vreckovku.

„Často zabúdame, aké je ťažké byť spisovateľ." Žeriav nás začal spúšťať na zem.

Neviem, či sa snažil zmeniť tému, alebo bol taký galantný v celej sopľovej situácii.

„Veľa našich zamestnancov si prečítalo vašu knihu. Je výborná. Dokonca sme na ňu dali recenziu do nášho interného časopisu Šrotárska fikcia."

„Ďakujem," povedala som, akoby mi to malo s niečím pomôcť.

„Je mi ľúto, že nemám na vás viac času, ale musím sa vrátiť k svojej robote. Veľa šťastia, Coco."

Tým sa to skončilo. Bol to veľmi rýchly proces.

Cestou domov sa ma Chris spýtal, či mi to pomohlo a či som sa dočkala očakávaného uzavretia kapitoly.

„Nie. Ale získala som nepríjemnú sopľovú spomienku na sexy mladíka."

„Nie je smiešne, že keby bol trpaslíkovský gadžo, až tak by ťa to nemrzelo?"

„Dnes som si uvedomila, že v mojom veku by som nemala flirtovať s nikým pod štyridsať a že som prepásla svoju mladosť s mužom, ktorý má radšej rozprávkové bytosti."

„Coco, vži sa do mojej kože. V homo rokoch som už dôchodca. Vieš, homo roky sa počítajú podobne ako psie roky."

Doma ma čakal e-mail od Iana. Poslal mi recenziu z časopisu Šrotárska fikcia. Odkopírovala som Ti ju.

Poľovačka na lady Dianu. Autorka Coco Pinchardová, Vydavateľstvo TBB, 19,99 £
Vynikajúci kúsok komickej fikcie, prvotina od spisovateľky Coco Pinchardovej. Príbeh sa odohráva v roku 1981 v paralelnej realite, kde sa princ Charles chystá oznámiť zásnuby s Camillou Parkerovou Bowlesovou. Týždeň pred škandalóznym oznámením navštívi kráľovnú duch kráľovnej Alžbety Prvej a z druhého sveta ju oboznámi s tým, že kráľovstvo a celý svet postihne veľká tragédia. Ak chce zachrániť kráľovský rod a budúcnosť ľudstva, musí oženiť princa Charlesa s krásnou mladou dievčinou Dianou Spencerovou, ktorá pracuje ako lyžiarska inštruktorka vo francúzskych Alpách. Kráľovná je nútená podstúpiť epickú cestu hľadania Diany, skôr ako sa svet zrúti do záhuby. Príbeh je plný humorných situácií a drámy. Odporúčame prečítať pred plánovaným zošrotovaním. ★★★★★

Nedeľa 8. február 13.30
Adresát: chris@christophercheshire.com

Si dnes doma? Chcela by som Ťa pozvať na nedeľnú večeru. Rosencrantz je zaľúbený, Marika je zaľúbená, len ja nie som zaľúbená. Prídeš? Vieš, že Ti vždy prajem to najlepšie, ale, prosím Ťa, nepovedz mi, že aj Ty si sa odvčera do niekoho zaľúbil. Potrebujem spolupútnika tŕnistou cestou.

Marika prežila romantický večer s gréckym chalaniskom Aristotelom. Bol galantný, rozveseľoval ju po celý večer a na konci rande ju bozkal opretú o benzínové čerpadlo tak vášnivo, že stratila chuť fajčiť. „Jeho feromóny mi opantali telo a myseľ takým spôsobom, že mi tabak vôbec nechýba," dodala a ja som si zapálila svoju pätnástu rannú cigu.

Rosencrantz stretol svoju lásku dnes ráno počas flash mobu na stanici King's Cross. Organizovala to mládež cez Facebook. Zišlo sa ich tam tristo a presne o 11.09 tancovali makarénu. Keď ich odtiaľ hnala polícia, dal sa pri železničnej pokladnici do reči s Clivom, postarším fešákom v okuliaroch Prada.

„Mami, som nejak zamilovaný, fakt jak blázon. Tá stanica mi bola osudná."

To mi je svet. Dnešná mládež. Hm?

Varím zemiakovú kašu (instantnú).

Cmuk



Pondelok 9. február 10.00
Adresát: marikarolincova@hotmail.co.uk

O siedmej ráno som prechádzala po chodbe okolo svojho počítača, keď začal vydávať podivné zvuky. Ako keď sa pokazí tranzistor. Potom niečo pinklo a zrazu sa na obrazovke zjavila Meryl. Sedela vo svojej obývačke, vytapetovanej „nádhernou" tapetou s palmovým vzorom. Ústa sa jej otvárali, ale nevydávala nijaký zvuk. Vyzerala ako kapor.

Rozospatá som si uvedomila, že je to Skype, ktorý Rosencrantz stiahol, aby mohol klebetiť so svojím pradovým fešákom Clivom. Volá ho tak, lebo za nijakých okolností si nedáva dole svoje značkové slnečné okuliare. Rosencrantz mu ešte nevidel oči. :-) Zapla som zvuk. Meryl sa ozývala ako z nejakej jaskyne.

„Coco! Kohúty už kikiríkali a ty si stále v nočnej košeli?" Vysvetlila som jej, že sa dávam dokopy po tekutom obede s Chrisom, Rosencrantzom a Tebou, pri ktorom sme rozoberali chlapov.

„Prečo Rosencrantz rozoberá chlapov?"

„Lebo je GAY. Nespomínaš si? Povedal nám to na oslave tvojho svadobného strieborného jubilea."

„Veľmi dobre si to pamätám, Coco. Napriek všetkým okolnostiam si si istá, že je gay? Hocijaké dievča by ho bralo všetkými desiatimi."

„Meryl, nebudem s tebou rozoberať sexualitu môjho syna. Opäť! Mali sme si to všetci uvedomiť, keď ti dával šiť šaty pre svoje barbiny. Chcela si niečo odo mňa?"

„Chcela som ťa len pozvať na Veľkú noc."

„Kedy je Veľká noc?" Nemala som šajnu, aký je deň v týždni.

„Kedy je Veľká noc?" ironicky povedal Tony spoza Merylinho chrbta. „Vy liberálky. Určite by si vedela povedať, kedy je Ramadán, ale kedy sú veľkonočné sviatky, to nemáš ani potuchy."

„Tony, padaj. Ja sa rozprávam s Coco." Meryl odsotila Tonyho. „Coco, pripadá to na desiateho apríla. Príde aj mama. Daniel je v Štátoch. Jeho muzikál má veľký úspech... Nechcem, aby si bola sama na svoje prvé sviatky bez Daniela."

Meryl žmurkla a čakala odpoveď. Nemala som síl narýchlo vymyslieť výhovorku, a tak som súhlasila.

„Skvelé, pošlem ti info s časom. Musím bežať."

Niečo opäť pinklo a Meryl sa vyparila z obrazovky.

Čo robíš cez Veľkú noc? Nemohla by si vymyslieť príbuzného, ktorý zomrel na nejakú exotickú chorobu? Pozvala by si ma na vymyslený pohreb a ja by som mala pokoj. Musím sa z toho nejako vyzuť. A musím povedať Rosencrantzovi, aby vypínal Skype. Napríklad včera večer ma nechtiac predstavili cez Skype Clivovi, keď som prechádzala zabalená v uteráku. „Aha, koho to tu máme. Jaké má mama super krivky." Clive ustrnul. Neviem, či to mám brať ako kompliment, alebo urážku. A stále mal na sebe tie hlúpe slnečné okuliare. Vnútri v tme!

No povedz.

Zajtra večer majú prvé oficiálne rande.

Streda 11. február 23.18
Adresát: rosencrantzpinchard@gmail.com

Ďakujem za esemesku. Prečo nemôžeš klamať ako väčšina tínedžerov? Nepotrebujem vedieť, že rande ide podľa plánu a že ideš ku Clivovi na „kávu".

Je tu Chris. Práve mi ukázal správu, čo si mu poslal:

„Myslíš, že s okuliarmi pôjdu dolu aj slipy?"

Prosím Ťa, neposielaj správy takéhoto druhu Chrisovi. Posúva ho to do nepríjemnej situácie, keď vie príliš veľa a potom cíti potrebu bonzovať. Bola som na káve u Tvojej babky. Etela Ťa pozdravuje.

V domove dôchodcov majú nový prírastok. Pani Burbridgeovú, ktorá sa snaží uchopiť opraty nadvlády nad ovládačom v spoločenskej miestnosti do svojich rúk. Včera nedovolila Etelinej skupinke pozerať obľúbený seriál. Radila som jej, nech ide za vedúcou pani Braunovou.

„Nemám päť rokov, Coco. Ja si s Burbridgkou poradím sama. Bude ľutovať dňa, keď sa okotila!"

„Ja vládnem ovládaču a tomu, čo sa tu robí."

„Etela, len neurob niečo, čo by ťa neskôr mrzelo."

„Neboj, moja, čokoľvek urobím, nenechám po sebe žiadne stopy."

Pripadá mi to ako nejaká reality šou z MTV – Dôchodkyne – súboj. :-)

Štvrtok 12. február 15.47
Adresát: chris@christophercheshire.com

Rosencrantz sa rozišiel s Clivom. Na druhé rande išli do hororovej časti voskového múzea Madame Tussaud. Z bezpečnostných dôvodov každého kontrolovali. Bola tam veľká tma. Ochrankár vyzval Cliva, aby si dal dole slnečné okuliare. Bol to ten pravý horor. Vraj to Clive dosť prehnal s plastikami okolo očí, ktoré teraz vyzerajú ako ošúpané, natvrdo uvarené vajcia. Rosencrantz vykríkol od zdesenia, keď ho zbadal v plnej kráse, a nechtiac padol do náručia voskového Draculu.

Sobota 14. február 13.44
Adresát: chris@christophercheshire.com

Ty si dostal šesť valentínok? Mne prišiel len účet za plyn. Marika nedostala valentínku od Aristotela. A tak im to dobre išlo. Na poslednom rande ju zobral do luxusnej reštiky Oxo Tower.

    Rosencrantz dostal množstvo darčekov od Cliva. Mali naplánovanú luxusnú valentínsku jazdu na Londýnskom oku... To je ale irónia. :-)


Sobota 14. február 17.07
Adresát: chris@christophercheshire.com

Darčeky od Cliva stále prichádzajú. Len pred chvíľkou doručili šampanské, ručne robené belgické čokoládky a striebornú lyžičku od Tiffanyho. Clive sa zjavil pri dverách okolo pol piatej.

    „Mami, neotváraj," poprosil ma Rosencrantz a utekal sa schovať do špajzy. Clive neprestal vyklopávať a nazrel dnu cez poštovú schránku. Utekala som do obývačky. On sa rozbehol za mnou a zízal na mňa cez záclonu. Tvárila som sa, že som si ho všimla až teraz, a išla som mu otvoriť dvere.

    „Ako si získam Rosencrantza späť?" prosíkal Clive.

    „Mal by si si hľadať niekoho, kto sa chce viac usadiť. Rosencrantz je mladý," snažila som sa ho milo upokojiť.

    Clive si dal dole okuliare a začal kričať: „Asi nevie, aký som bohatý! Môžem mu dať všetko, o čom sníva."

Trochu som sa zľakla a nevedela som sa nepozerať na jeho oči. Naozaj vyzerali ako dve ošúpané natvrdo uvarené vajcia, ktoré sa ledva držali jeho hlavy.

„Hm... Peniaze nie sú všetko, Clive," povedala som neisto.

„Ak si to naozaj myslíte, potom ste hlúpa!" vyprskol. „Viem, že si tu, Rosencrantz, a tiež si hlúpy. Mohol by som z teba urobiť hviezdu!" Postávali sme tam ako strašiaci v poli. Rosencrantz zostal skrytý.

„No dobre." Otočil sa na svojich drahých lakovkách a odišiel, aby privolal taxík.

Rosencrantz na neho veľmi rýchlo zabudol. Až tak rýchlo, že do štyridsiatich minút si zorganizoval rande s baleťákom z Facebooku. Mne sa Clivova zúfalá tvár vryla do pamäti. Trochu som ho ľutovala. Nájde si ešte niekoho? Stretnem ešte ja niekoho?

Chris si za nijakých okolností nemení program. Som v poriadku. Marike sa konečne ozval Aristotel a berie ju konským záprahom do Hyde Parku. Ja skočím do vane, dám si Rosencrantzove belgické čokoládky s jeho šampanským a poriadne sa vyspím. :-)


Nedeľa 15. február 11.44
Adresát: chris@christophercheshire.com


Nie, nemala som pekný večer. Zberala som sa spať, keď vtom zavolal Daniel. Dúfala som, že mi volá kvôli Valentínkovi a chce sa ospravedlniť, ale jediná vec, čo ho zaujímala, bolo, či nemá Etela v jeho stole náhradnú protézu. Volala mu vystresovaná, že jej niekto ukradol zuby z nočného stolíka.

Včera Etela ukradla pani Burbridgeovej parochňu a schovala ju v kuchyni do rozohriatej rúry. Myslí si, že to spolu nejako súvisí.

Suma sumárum, strávila som večer hľadaním a čistením Etelinej protézy. O chvíľu jej ju zanesiem. Na obed majú steak a to si nedá.

Nechceš skočiť na drink? Príde aj Marika. Chce mi porozprávať svoj valentínsky zážitok s Aristotelom Kostasom. Stále do mňa hučí, aby som sa dala na Facebook. Vraj sa tam spriatelím s množstvom zaujímavých ľudí. Ona tam stretla Kostasa.


Pondelok 16. február 17.00
Adresát: marikarolincova@hotmail.co.uk

A som na Facebooku! Bingo! :-) Snažím sa pochopiť, ako funguje. Čo znamená, keď Ťa niekto na Facebooku štuchne? Bývalý spolužiak zo základnej Rhydian ma pred chvíľou štuchol. Bol to môj prvý frajer. Rozišiel sa so mnou, lebo som mu hodila piesok do očí. Mala som vtedy len šesť. :-)


Utorok 17. február 4.01
Adresát: marikarolincova@hotmail.co.uk

Spomínaš si na Regan Turnbullovú? Pobili sme sa s ňou na strednej. Na Facebooku má našu spoločnú fotku z osudnej noci v roku 1998. Ožrali sme sa po inšpekcii z ministerstva školstva. Foto je katastrofa! Zlý uhol, hrozný účes, nevydarená diéta. Vyzerám na nej na päťdesiat – mala som vtedy iba tridsať!

Utorok 17. február 4.12
Adresát: marikarolincova@hotmail.co.uk

Prepáč, že som Ťa zobudila. Úplne som stratila pojem o čase. Pošlem Regan správu, nech tú fotku stiahne.
    Rhydianovo štuchnutie bolo iba platonické. Je ženatý.

Utorok 17. február 21.00
Adresát: marikarolincova@hotmail.co.uk

Už mám 100 priateľov na Facebooku. Všetok ten humbug je dosť únavný a neprehľadný. Mám z toho chaos v hlave.
    Cez fotku neznámeho človeka som natrafila na babizňu, ktorú som naposledy videla v piatich rokoch pri príležitosti kradnutia jej barbiny. Jej zostalo telo a mne hlava. Vieš, čo teraz robí? Padneš na zadok. :-) Pracuje pre celosvetovú organizáciu, ktorá bojuje za zrušenie odtínania hláv v arabskom svete.
    Dnes ma musel Rosencrantz odťahovať od počítačovej myši. Ani neviem, ako dlho som bola na ňu prilepená. „Mami, nejak si sa ešte dnes ani nesprchovala."
    Regan Turnbullová sa neozvala. Prečo sa ma aspoň

neopýtala, či tu trápnu fotku môže vycapiť na obdiv celému svetu?

Streda 18. február 16.30
Adresát: marikarolincova@hotmail.co.uk

Prepáč. Nepočula som, keď si volala. Zapla som počítač o deviatej, a keď som pozrela na hodiny, boli tri. Dvestojedenásť priateľov na Facebooku a noví pribúdajú každú chvíľu. Četovala som dnes s Rhydianom. Kúpil mi virtuálny kaktus. Nesmiem ho zabudnúť virtuálne poliať. Ja som mu kúpila virtuálnu čokoládu. Zabávali sme sa vymýšľaním svojich mien pre pornobiznis. Moje je Nadržaná Bambi a jeho Vajčiak Ken. Strašne dobre sa s ním četuje. Jeho dcéra má toľko rokov ako Rosencrantz.

Mám novinky od Reganinho muža. Všimla som si, že Regan nepriložila nič nové na Facebook niekoľko mesiacov, preto som jej zavolala na číslo, ktoré má na profile. Zodvihol jej muž. Povedal mi, že Regan ušla minulé leto s milencom a odvtedy sa mu neozvala.

Chlapíka stretla na Facebooku.

Poprosila som ho, či by mi nemohol prezradiť jej facebookové heslo, aby som mohla stiahnuť tú sprostú fotku.

„Keby som vedel Reganino heslo, určite by mi neušla s nejakým čudákom z počítača." Prišlo mi ho ľúto.

Streda 18. február 17.03
Adresát: marikarolincova@hotmail.co.uk

Toľkokrát som pozerala na tú hlúpu facebookovú fotku, že teraz, keď si niekto vyhľadáva cez Google Coco Pinchardovú, vyskakuje na prvom mieste! Na druhom vyskakuje recenzia od Daphne z New Jersey. Zabudla som virtuálne poliať virtuálny kaktus.
    Je kaput. :-(



Streda 18. február 21.47
Adresát: marikarolincova@hotmail.co.uk

Prvá roztržka s Rhydianom. Nastavila som si status na „Coco je momentálne napálená na Rhydiana".
    A prečo? Namiesto kaktusu mi kúpil virtuálnu zlatú rybku. Nemám čas starať sa o nejakú sprostú rybu. Mám aj iné povinnosti s pribúdajúcimi priateľmi a pátraním po Regan.



Štvrtok 19. február 8.04
Adresát: marikarolincova@hotmail.co.uk

Nezažmúrila som ani oka. Rhydian tvrdí, že ryby nepotrebujú veľa pozornosti. Tá moja v noci ochorela.
    Našla som profil Pornulienky. Má ho nastavený na súkromie. Takže jej fotky a veci, čo píše na nástenku, môžu

vidieť iba jej priatelia… Nemôžem si ju predsa len dať do priateľov?

Napadlo mi, čo ak je stále s Danielom?

Štvrtok 19. február 9.15
Adresát: marikarolincova@hotmail.co.uk

Prišla som na spôsob, ako sa dostať do Pornulienkiných priateľov. Otvorila som si ďalší profil na facebooku pod menom Karen Pritchardová. Už som tam. Má tam hrozne veľa fotiek. Väčšinou z diskoték. Na každej fotke má perverzne vyplazený jazyk a je s iným chlapom. Ani na jednej nie je s Danielom. Chvalabohu!! Spriatelím sa s ňou (myslím to tak, že Karen Pritchardová sa s ňou virtuálne spriatelí) a vysajem z nej infošky.

Štvrtok 19. február 10.01
Adresát: marikarolincova@hotmail.co.uk

Dúfam, že sa nenahneváš, ale použila som Tvoju fotku na svojom novom facebookovom profile. Klebetila som s Pornulienkou a bola zvedavá, ako vyzerám. Musela som zareagovať pohotovo. V počítači som mala iba Tvoju fotku alebo Goldie Hawnovej. Myslím, že nie je až taká sprostá, aby nespoznala fotku známej herečky. Tak prepáč.

Pornulienka je momentálne vo vzťahu s dídžejom

z Manchestru. Povedala mi, že prednedávnom randila so starším pánom, ktorý bol nahovno v posteli.

Normálne ma to urazilo... Daniel je/bol dosť dobrý. Čo som až taká neskúsená? Myslíš, že by som mala ísť viac do ulíc? Kam sa v dnešných časoch chodí loviť mužov?

Štvrtok 19. február 11.46
Adresát: marikarolincova@hotmail.co.uk

Spravila som niečo, na čo nie som veľmi hrdá. Na Pornulienkinu nástenku som napísala štetka.

Okrem Daniela sa vyspala aj s princom z ich predstavenia!

Štvrtok 19. február 11.56
Adresát: marikarolincova@hotmail.co.uk

Dočerta! Asi som unavená alebo slepá. Na jej nástenku som namiesto štetka napísala štetna. Pornulienka je taká tupá, že si myslí, že to je kúlové slovo, ktoré znamená niečo ako krásavica. Dokonca založila na Facebooku skupinu pod názvom Štetna. Zatiaľ sme členkami len my dve. :-)

Štvrtok 19. február 12.30
Adresát: marikarolincova@hotmail.co.uk

Prezradila som sa a povedala Sofii, čo si o nej naozaj myslím. Odpísala mi jednoslovne: chudera. Vykopla ma aj z facebookovej skupiny Štetna, ktorá sa medzitým rozrástla na 124 členov vrátane Chrisa!

Štvrtok 19. február 19.00
Adresát: chris@christophercheshire.com

Ďakujem, že si vystúpil zo Štetny. Oceňujem Tvoju lojálnosť. Práve som prežila nájazd Mariky a Rosencrantza. Potichu sa priplichtili a vrazili do mojej izby. Marika ma vtiahla do kúpeľne a prinútila ma pozrieť sa na seba do zrkadla. Bola som zhrozená. Odraz v zrkadle vyzeral ako starogrécka neumytá vykopávka s velikánskymi tmavými kruhmi pod očami.

Rosencrantz zmenil heslo na mojom Facebooku a deaktivoval ho. Zlatú rybku presunul na svoju stránku. Vraj sa o ňu postará. Zobrali ma dole, naliali mi pohár vínka a nakŕmili ma. Myslela som, že ma to riadne naserie, ale práve naopak. Bolo to príjemné. Momentálne nie som v tom najlepšom rozpoložení, ale internet ma vtiahol ešte hlbšie do špiny.

Piatok 20. február 16.33
Adresát: marikarolincova@hotmail.co.uk

Ďakujem za včerajšok. Konečne som sa dobre vyspala a svet vidím ružovejšími okuliarmi. Etela volala, ako sa cítim (vraj tu bola a vôbec som ju neregistrovala).
„Keby môj starý neskapal, též by bol závislý od internetu. Šecko to porno, čo tam je zadara... by sa nevedel kontrolúvať. Mal by lachkejší život. Na staré kolená ho tak bolel chrbet, že nemohol dočáhnut na vrchné poličky ve stánku, kde mali erotické magazíny."
Povedala som jej, že preto nie som na internete, a zložila som telefón. Prišla mi správa od Rhydiana, či by som s ním nešla večer na drink. Vraj mu chýbam na Facebooku. Mám ísť? Je to len drink a náš vzťah len facebookovo-platonický.
Asi by mi pomohlo vypadnúť z domu... Presedela som celé ráno na schode pred domom a fajčila.


Piatok 20. február 20.00
Adresát: chris@christophercheshire.com

Ja sprostá krava som išla na ten drink. Prečo nedvíhaš? Musíš ma zachrániť. Rhydian je totálny debil. Žena ho minulý piatok nechala. Dal sa na Facebook, aby si našiel novú frajerku. Na drink dotiahol aj svoju dcéru Lízu (ktorá je, mimochodom, tiež riadne trafená), vraj aby sa jednoduchšie stmelila s jeho rodinou. A ešte povedal, že sa nemal so mnou nikdy rozísť (mali sme šesť rokov!). Schovávam sa na záchode.

Dokelu, čo to robím? Potrebujem Tvoju pomoc.

Piatok 20. február 21.44
Adresát: chris@christophercheshire.com

Kde si? Je tu riadne natrieskané. Práve sme dojedli, aj keď to nebolo vôbec príjemné. Nejaká prechádzajúca panička mi stále vrážala kabelkou do hlavy. Líza mi veľmi detailne porozprávala, ako ich mama zradila. Prišla domov skôr zo školy a načapala mamu, ako sedí ich záhradníkovi na tvári. Jediné, čo som dokázala na to povedať, bolo: „Máte šťastie, že máte takého vybaveného záhradníka." Prosím Ťa, ponáhľaj sa. Musíš ma odtiaľto dostať!

Piatok 20. február 22.00
Adresát: chris@christophercheshire.com

Nie, nie sme tam, sme v bare All Bar One. Okná sú zahmlené. Nevidieť von. Sme úplne vzadu. Neviem sa ani poriadne postaviť, vypila som veľa vína. Kým bol Rhydian na vécku, Líza sa mi vopchala skoro až do hrdla a povedala: „Vedela som, že mi otec nájde novú mamu na Facebooku. Mala si najlepší profil zo všetkých, ktoré sme našli."

Čo ak neušla so záhradníkom? Čo ak ju zabili?

Sobota 21. február 11.19
Adresát: chris@christophercheshire.com

Myslela som, že som Ti povedala, že sme v All Bar One v Covent Garden. Prepáč. Aspoň vieš, kde sú všetky All Bar One v centre Londýna. O polnoci som vypadla. Vymyslela som si, že som doma zabudla tabletku, ktorú potrebujem nutne zobrať, lebo len nedávno mi transplantovali srdce. Neviem, prečo som to neurobila skôr. :-)
„Choď si ju zobrať a vráť sa po nás!" nakázala mi Líza. Rhydian ma odprevadil von na chodník. Zastali sme pred oknom reštiky. Začula som piskľavý zvuk. Líza stála v okne a na zaparené okno nakreslila srdce s R + C. Potom sa usmiala na otca a palcom mu dala na niečo povel. Rhydian sa na mňa vrhol, aby ma pobozkal. Žalúdok sa mi v tej chvíli zovrel a moja večera sa vybrala zo žalúdka smerom VON. Rýchlo som ho odsotila. Večera skončila na kapote vedľa zaparkovaného mercedesu. Tváre mali znechutené asi tak, ako som sa ja cítila celý večer. Rhydian mi podal vreckovku. Líza mala tvár zaliatu slzami. Rozbehla som sa a zastavila až na Leicester Square. Asi ma tie vývratky nakoniec zachránili.
   Odvtedy sa mi neozvali.


Pondelok 24. február 16.18
Adresát: rosencrantzpinchard@gmail.com

Skúšala som Ti volať. Kde si? Si na hodine pantomímy, keď nezdvíhaš? Tvoja babka veľmi nebezpečne spadla. Utekám za ňou do nemocnice. Neviem žiadne podrobnosti.

Kľúč nechám vonku pod smetiakom. Dávaj pozor, keď si ho budeš brať, vieš, akí sú naši susedia zvedaví. Nič im neujde.

Pondelok 24. február 21.33
Adresát: danielpinchard@gmail.com

Dofrasa, zdvihni ten telefón. Nechala som Ti tri odkazy. Tvojej mame museli núdzovo vymeniť bedrový kĺb. Doktor povedal, že operácia dopadla dobre. Bola som pri nej, keď sa prebudila z narkózy. Pobila sa s pani Burbridgeovou. Etela jej nechcela dovoliť vyhlásiť víťazné čísla Binga. Pustili sa do seba a Etela spadla/sotili ju z pódia. Pýtala som sa jej, či nahlásila pani Burbridgeovú vedúcej. „Né som bonzáčka."

Utorok 25. február 15.04
Adresát: danielpinchard@gmail.com

Zaniesla som Tvojej mame nikotínové náplasti. Tie ju potešia viac než strapec hrozna. Dnes mala väčšie bolesti ako včera. Bola veľmi bledá. Sestričky nemali vôbec žiaden záujem. Hrali nejakú chujovinu na počítači, kde sa starali o virtuálnych pacientov. Zavolala som vedúcej domova dôchodcov a pani Braunová mi povedala, že keď sa Tvoja mama dolieči, nie je vítaná späť v domove. A vraj, keď sa snažila od seba odlepiť obidve bitkárky, Etela jej vykričala rôzne oplzlosti a nazvala ju dojnou čiernou kravou.

Snažila som sa ju presvedčiť, že mňa nazvala aj horšími menami.

„Pani Pinchardová, u nás v domove máme nulovú toleranciu, pokiaľ ide o rasizmus."

Hneď som zavolala Meryl. Mixér mala na plné gule, nemohli sme sa slušne porozprávať. Akoby nemala záujem o svoju mamu. Vraj je až po uši v pečení štvorposchodovej torty a minimálne do víkendu nemá čas. Aj Tony bol zaneprázdnený. Márnicu mal zapratanú plnými truhlami v dôsledku epidémie legionárskej choroby.

Povedala som im, že Vaša mama bude bezdomovkyňa, keď vyjde z nemocnice.

„Coco, musím ísť. Naozaj nemám čas," buchla telefón. Potrebujeme to doriešiť!!


Streda 26. február 15.01
Adresát: marikarolincova@hotmail.co.uk

Chris bol so mnou v domove dôchodcov. Etelina izba je vyprázdnená. Na recepcii jej nechali tri prehistorické kufre a škatuľu s klobúkom. Nenechali ani list, ani odkaz, NIČ! Sopľaňa na recepcii nás informovala, že riaditeľka pani Braunová je na prestávke. Burbridgeovú nevyhodili. Videli sme ju cez zasklenú stenu. Okolo nej krúžili dôchodcovia, rehotali sa a tancovali... a na jej plešine sa odrážalo slniečko.

Štvrtok 27. február 21.34
Adresát: marikarolincova@hotmail.co.uk

S Rosencrantzom sme večer navštívili Etelu. Bola som šokovaná, ako prudko sa jej zhoršil zdravotný stav. Preložili ju na druhé, veľmi smradľavo-špinavé oddelenie, plné papuľnatých melancholických babiek. Jediná sestra na oddelení sedela na riti a čítala knihu o alternatívnej medicíne. Etela vyzerala ako zabalzamovaný Lenin. Leskla sa a bola ako v delíriu. Snažili sme sa jej dať napiť, ale keď sa jej slamka dotkla pery, začala sa hrozne triasť. Zakričala som na sestričku a Etela stlačila núdzové tlačidlo. O niekoľko sekúnd sa k nám privalilo niekoľko doktorov. Poslali nás čakať na chodbu. Asi o hodinu nás lekár informoval, že sa Etele zastavilo srdce. Podarilo sa im ju oživiť, ale bola v bezvedomí a napojená na prístroje. Po dvadsiatich otázkach sa doktor priznal, že to pravdepodobne vyvolal stafylokok, ktorý sa do nej dostal cez nehojace sa rany.

„Chcete mi povedať, že to dostala z tej vašej špinavej nemocnice?" nechápavo som tam stála.

„Previezli sme ju na oddelenie intenzívnej starostlivosti. Prepáčte, musím utekať," zbavil sa ma doktor.

Meryl a Tony prídu do nemocnice zajtra ráno a Daniel čaká na prvý voľný let.

Piatok 28. február 3.30
Adresát: rosencrantzpinchard@gmail.com

Počujem, že si ešte hore. Ani Ty nemôžeš spať? Máš chuť na horúcu čokoládu?

Piatok 28. február 10.06
Adresát: marikarolincova@hotmail.co.uk

Ráno o siedmej som volala do nemocnice. Etela je stále v bezvedomí, ale jej stav je stabilizovaný. O pol deviatej dorazila Meryl s Tonym na ich tandeme. Boli premoknutí ako myši a vlasy mali rozviate vetrom. :-)
   Vo dverách natiahla nútenú veselosť. Meryl išla hneď do kuchyne, nahodila si gumené rukavice a začala čistiť moju rúru. Tony vytiahol z cyklistickej kapsičky vazelínu a začal olejovať pánty na dverách. Keď sa vytratil, zapálila som si cigaretu a sledovala Meryl v akcii.
   „Si v poriadku?" opýtala som sa jej.
   „Ďakujem, som," čistila rúru ako zmyslov zbavená. „Trochu ma od sedačky bolí zadok, okrem toho..." Rozplakala sa. Podišla som k nej a objala ju.
   „Čo budem robiť, ak..." zajakávala sa. Tony vchádzal do kuchyne. Naznačovala som mu, aby išiel objať svoju ženu.
   „Hm, musím..." Očervenel, nevedel ani dokončiť vetu a vyparil sa do záhrady. Naliala som nám veľké brandy a po prvý raz, čo bola Meryl u mňa, nevarila ani neupratovala.
   Usadili sme sa v obývačke a pozerali Sex v meste. Trochu

ju to rozveselilo, aj keď sa stále pýtala, čo znamenajú niektoré americké výrazy.

Daniel priletí večer o deviatej.

# MAREC

Nedeľa 1. marec 9.45
Adresát: chris@christophercheshire.com

Daniel pricestoval o desiatej večer a bol riadne šokovaný, že som ho nevyzdvihla z letiska. Bol opálený, mal minivrkoč a na ruke handrové náramky. Sršala z neho kríza stredného veku vrátane neprirodzeného amerického akcentu. Zdržala som sa komentárov. Aspoň prvých pätnásť minút. Keď mi umelým akcentom poďakoval za mikrovlnkou dorobené hranolčeky, už som to nevydržala.

„Daniel, si Londýnčan. Z najväčšieho zapadákova, z Catfordu. Nemusíš sa na nič hrať. Všetci dobre vieme, čo si zač."

„V Amerike môžem byť, kým chcem."

„Fajn. Tak môžeš prestať byť blbec?"

Spal v obývačke na gauči. Meryl robila veľké rodinné raňajky aj s Danielom. Zostala som v posteli a dala si suchére. Rosencrantz radšej zdúchol bez raňajok do školy. Otca iba veľmi chladne pozdravil zo schodov. M + T odišli-odbicyklovali do nemocnice. Ja s Danielom čakám na taxík. Cítim sa ako v nemom filme. :-) Zúfalo civiem do sivého dažďa a Daniel hrá niečo morbídne na klavíri.

Pondelok 2. marec 16.30
Adresát: rosencrantzpinchard@gmail.com

Babkin stav sa vôbec nezmenil. Dokonca ju pripojili k ďalším prístrojom. Je ich toľko, že sa do izby zmestíme naraz iba dvaja. Striedame sa. Ja s Tonym a Tvoj otec s Meryl. Nevyzerá to dobre. Musíme byť pripravení na najhoršie.

Utorok 3. marec 19.00
Adresát: marikarolincova@hotmail.co.uk
chris@christophercheshire.com

V taxíku domov som držala Daniela za ruku. Doktor povedal, že Eteline šance sú biedne, takmer nulové, a že sa už nepreberie. Dvanásť minút nemala prívod kyslíka.

Doktori otestovali, ako je na tom jej mozog. S nedobrými výsledkami. Nereagovala, ani keď sme jej zapli šou Jerryho Springera.

V nemocnici sa pošuškáva, že ju onedlho odpoja od prístrojov.

Rosencrantz prišiel zo školy domov a zapálil si jednu

z mojich cigariet. Nič som mu na to nepovedala. Etela by bola hrdá, vždy mu vravela, že „cigy robá z chlapca chlapa".

Meryl umýva celkom čistú podlahu v kuchyni. Znova. Tony mastí vonku naleštený tandem a Daniel sa usilovne realizuje pri klavíri. Hrá ďalšiu depku od Rachmaninova.

Príjemný deň.


Streda 4. marec 23.56
Adresát: marikarolincova@hotmail.co.uk
chris@christophercheshire.com

Ďakujeme za krásne kytice. Etele by sa páčili, ale nedovolili nám ich vziať na jej oddelenie.

Z nemocnice sme sa všetci vrátili domov, otvorili vínko a v obývačke pri kozube si pozerali Eteline fotky. Na všetkých sa mračí, dokonca aj na svojej svadobnej. Jediná fotka, na ktorej vyzerá šťastná, je z roku 1949, keď vyhrala súťaž v spoločenských tancoch Catfordský krčmový zvonec. Vyzerá na nej ako iný človek. Mladá, vyškerená, v úzkych elegantných šatách stojí pri Danielovom otcovi. Opýtala som sa, prečo sa inde neusmieva.

„Mame po vojne vypadali zuby a protézu jej urobili príliš veľkú," vysvetlila Meryl.

„Prečo si nedala urobiť menšiu protézu?" opýtal sa Rosencrantz.

„Nemala peniaze," odpovedal Daniel, „potom zomrel otec a nechal ju celkom bez peňazí s dvomi deťmi. Život bol v tom období veľmi ťažký. Radšej si zvykla neusmievať sa."

V nemocnici nás tlačili, aby sme súhlasili s odpojením od

resuscitačného prístroja. Otvorili sme ďalšie víno a diskutovali o tom, čo je pre Etelu najlepšie. Cítili sme sa hrozne pri rozhodovaní či žiť, alebo nežiť. Neželám to nikomu. Nakoniec sme sa zhodli na tom, čo nám vždy sama vravievala.

„Keď budem nekedy trafená na mašinke, neondejte sa a nemínajte na mňa elektriku."

Po našom rozhodnutí akoby sa na izbu zvalil čierny mrak. Meryl, Tony a Rosencrantz sa pobrali spať.

Zostala som sama s Danielom. Lampa začala blikotať, oheň v kozube vyhasínal a prudký dážď klopal na strechu.

Daniel sa ku mne nahol a... dolial mi víno.

Hlúpym americkým akcentom si vypýtal vodu.

„Prosím ťa, Daniel, prestaň rozprávať ako dvojník Cliffa Richarda."

Vrátila som sa s fľaškou minerálky a našla som ho zaliateho v slzách. Rýchlo si ich utrel do rukáva.

„Bol som presvedčený, že sa mama dožije stovky." Objala som ho.

„Chceš vedieť, prečo som to urobil? Prečo som ťa podviedol?"

„Nemusíme to teraz rozoberať," povedala som.

„Nechcel som dopadnúť ako mama. Zatrpknutý, stále nasratý a bez akéhokoľvek úspechu."

„Ako si chcel dosiahnuť úspech šukaním dvadsaťročnej Snehulienky?"

„Potrebovala ma."

„A ja som ťa nepotrebovala?" Veľmi sa ma to dotklo.

„Jasnačka. Odišiel som a nič to s tebou neurobilo. Si v poriadku."

„Nie som!"

„Mama vravela, že si užívaš život na plné gule. S Chrisom a Marikou stále chľastáte v tvojom dome, ktorý by som ti nemohol kúpiť, aj keby som sa posral."

Chcela som namietať, ale uvedomila som si, že Etel sa už nikdy nebude môcť obraňovať. Vidíš, aká je šikovná? Ešte aj na smrteľnej posteli ma dokáže poraziť.

„Som veľká nula," smrkal do vreckovky. Prisadla som si k nemu.

„Vieš, aká som bola na teba vždy hrdá?" pohladkala som mu vlasy a pritúlila sa k nemu ešte pevnejšie. „Veľmi ťa potrebujem."

Odtiahol sa, pozrel mi do očí a pobozkal ma. Bolo to, akoby mi tisíc motýľov privialo do žalúdka teplý jarný vánok. Kým sme sa nazdali, utekali sme hore schodmi, strhli zo seba oblečenie a skončili v posteli. Bol to ten najúžasnejší sex, aký sme kedy mali. Potom sme zostali ležať na holom matraci v našej manželskej posteli. Prstom mi jemne prechádzal po bruchu.

„Coco," pozrel mi do očí.

„Áno, Daniel?" opýtala som sa takmer v bezvedomí. Prst mu prechádzal ešte nižšie. „Chcem, aby si pre mňa niečo urobila." „Áno?" pošepla som a privrela oči.

„Vypneš mamin resuscitačný prístroj?" Odsotila som jeho prst, vyskočila z postele a hľadala svoje oblečenie.

„Čo?" A pokračoval: „Meryl povedala, že to nedokáže, Tonymu nedovolí a ja nemôžem... Prosím ťa."

Snažila som sa napchať do džínsov. „Prečo si sa to musel pýtať práve teraz?"

„No," poťukával si po hodinkách, akoby sme meškali do divadla. Navliekla som si staré tričko. Daniel zapálil cigaretu a podal mi ju.

„Prosím ťa. Ja by som to pre teba urobil. Prosím." Nedokázala som povedať nie. Mal taký ustarostený šteniatkovský výraz na tvári. Odišla som do hosťovskej izby a nedokázala zaspať. S čím som to súhlasila?


Štvrtok 5. marec 14.30
Adresát: marikarolincova@hotmail.co.uk
chris@christophercheshire.com

Do nemocnice sme dorazili o ôsmej ráno. Nič nie je také depresívne ako stará viktoriánska nemocnica v upršaný deň. Pri pohľade na Etelu sme vedeli, že sme sa rozhodli správne. Na intenzívke ju prezliekli do čistého župana. Zdravotný brat ju práve dokúpal. Bol veľmi zlatý a mal hrozne kostnaté prsty. Etela neznášala kostnaté prsty, mala z nich husiu kožu.

Neónové svetlo zoslablo a resuscitačný prístroj vydával zvuky pri nasávaní a vysávaní vzduchu z Eteliných pľúc. Vlasy mala učesané, ústa bez zubov vcucnuté do tváre.

„Myslím si, že by sme mali nejako niečo povedať, predtým jak ju odpojíme," vyhlásil Rosencrantz.

Išli sme jeden po druhom.

„Babi, ľúbim ťa. Budem sa nejak snažiť vyspať s Rupertom Everttom, jak som ti predtým sľúbil. Nejak som myslel, že budeš žiť tak dlho, že ti poviem všetky podrobnosti o tom, jaké to bolo," povedal Rosencrantz. Všetci na neho zazerali. Nasledoval Tony. Sľúbil jej, že truhla bude najkvalitnejšia, akú má v sklade. „Momentálne máme skvelý výber, je sezóna. Z čerešne, z javora s nádhernými mosadznými ornamentmi. Zbohom, Etel."

Na rade bola Meryl. Plakala tak veľmi, že sa nedokázala vykoktať a len pobozkala Etelu na čelo.

Pokračovala som ja. „Zbohom. Viem, že nie vždy sme vychádzali, ale je mi veľmi ľúto, že ťa toto postihlo... Ak náhodou počuješ, tak chcem, aby si vedela, že som sa nenominovala odpojiť ťa od prístroja, ale vybrali ma."

Daniel šiel posledný, a ak mám povedať pravdu, naozaj to dosť naťahoval...

„Mama, som smutný. Nikdy ma neuvidíš v rozkvete, ako sa mi darí. Aká som hviezda."

Už som len čakala, že Etela otvorí jedno oko a povie mu: „Prestan fňukať, ty mamin cecek."

Aj doktor začal pri jeho príhovore zívať. Kývol mi a ja som podišla k prístrojom. Bola som zmätená z množstva mašiniek, všetkých tých káblov a gombíkov. Nikto v nemocnici mi nevysvetlil, ako sa prístroj vypína, a pripadalo mi hlúpe pýtať sa. Zhlboka som sa nadýchla a stlačila najväčší vypínač. Ten naštartoval veľký ventilátor stojaci za stolíkom, z ktorého odfúkol na zem všetky blahopriania, čo Etela dostala. Ďalší vypínač zapol televízor, kde práve bežal začiatok filmu Štyri svadby a jeden pohreb.

„Prepáčte, doktor," ohlásila Meryl primára, akoby sme sa stratili v potravinách, „mohli by ste nasmerovať moju švagrinú na správny gombík?" Nevydržala som to. Dusený smiech mi tiahol zo žalúdka a explodoval v ústach. Všetci zízali, či mi šibe.

Ospravedlnila som sa a stlačila správny gombík. Vieš, ako to chodí. Do tretice všetko dobré. Resuscitačný prístroj naposledy naplnil Eteline pľúca vzduchom a pomaly sa vrátil do vypnutej polohy.

„Babka stále dýcha!" povedal šokovaný Rosencrantz.

„Je to normálne. Niektorí pacienti po vypnutí ešte niekoľko minút dýchajú," vysvetlil doktor.

„Ona akože teraz nejak umiera?" zakoktával sa smútkom Rosencrantz. Všetci sme sledovali Etelinu mierovo zamračenú tvár. Meryl to prežívala veľmi zle, s Tonym sme ju vyviedli von z izby. Rosencrantz s Danielom išli hneď za nami. Nechceli sme vidieť, ako odchádza farba a život z Etelinej tváre. V nemocničnej kaviarni sme pri káve civeli do prázdna. Neviem, ako dlho sme tam sedeli, keď k nám prišiel Etelin doktor.

„Pani Pinchardová stále dýcha bez pomoci prístrojov a dokonca má aj pulz. Je to nepríjemná situácia, pretože to ešte nemusí nič znamenať, ale za poslednú hodinu prejavovala veľmi silné známky života. Silnejšie, ako by sa očakávalo!"

Stále sme v nemocnici. Etela funguje bez prístrojov už vyše štyroch hodín. Meryl sa snaží dovolať do Steakhousu, v ktorom sme objednali kar. Tony predbežne vyplatil zálohu päťdesiat libier. Behá po chodbe a opakuje ako papagáj: „Viem, že sa nachádzame v citlivej situácii, ale päťdesiat libier je päťdesiat libier."

Piatok 6. marec 11.09
Adresát: marikarolincova@hotmail.co.uk
chris@christophercheshire.com

Etela dýcha samostatne 24 hodín!!! Príprava na pohreb a celá situácia okolo jej zdravotného stavu bola neúnosná. Teraz sa musím pripravovať aj na variant, že prežije. Ak sa prebudí, môže mať vážne poškodený mozog.

Keď sme sa večer vrátili z nemocnice, s Danielom sme pofajčievali v záhrade. Túlili sme sa k sebe na schode pri šope a pozorovali krásnu oblohu plnú hviezd, ktorá sa tiahla nad Londýnom. Daniel ma zabalil do svojho kabáta.

„Chcel by som to ešte raz vyskúšať," vyfúkol cigaretový dym do jasajúcej oblohy. „Milujem ťa a pri pomyslení, že ťa stratím, ako som dnes skoro stratil mamu, mi je zle."

„Ale ty odchádzaš, Daniel."

„Nie navždy, miláčik," pozrel mi do očí, „chcem, aby to tentoraz vyšlo správne. Prepáč. Milujem ťa."

Pobozkal ma. Opäť sme skončili v našej posteli...

Prečo sú emócie také silné afrodiziakum?


Piatok 6. marec 17.33
Adresát: chris@christophercheshire.com

Marika je niekedy až príliš priama. Ráno mi volala, aby mi povedala, že moje e-maily sú v posledných dňoch ako z lacného románu. Je jej ľúto, ako dopadla Etela, ale nepáči sa jej, ako bezducho sa vraciam k Danielovi. Vraj Daniel sa na mne len vezie, aby sa cítil lepšie, a využíva moju dobrotu. Musela som jej nakoniec tresknúť telefón.

Etela je oveľa silnejšia, ako sme si mysleli. Ráno o tretej sa prebrala a povedala Meryl, že vyzerá ako napuchnutý osúch. O 3.15 jej doktor robil mozgové vyšetrenie. Nevedela si spomenúť na meno kráľovnej, ale kto je krčmárka v jej obľúbenom seriáli, to vedela hneď. Doktori ju považujú za nevídaný zázrak. S niečím takým sa ešte nestretli.

Sobota 7. marec 10.14
Adresát: chris@christophercheshire.com

Som sklamaná, že nesúhlasíš s mojím rozhodnutím, pokiaľ ide o Daniela. Ja som vždy stála pri Vás oboch, keď ste sa vrátili späť do náručí svojich expsychopatov.

Stála som pri Tebe, keď si sa trikrát vrátil k ženatému bankárovi Gusovi. Raz Ťa dokonca jeho žena načapala schovaného v ich špajze, kde si sa tváril, že im opravuješ svetlo. Stála som aj pri Marike, keď ju John (telocvikár) dva roky oberal o sebadôveru a správal sa k nej ako posledný chrapúň.

Vždy som stála pri Vás. V mojom prípade ide o dvadsaťročné manželstvo. Rodina je rodina, miluješ ju bez podmienky.

Musím utekať, počujem, ako sa debil Tony naváža do Rosencrantza.

Sobota 7. marec 12.05
Adresát: rosencrantzpinchard@gmail.com

Kam si odišiel? Môžeš sa vrátiť. Vzduch je čistý. Meryl a Tony sú preč.

Sobota 7. marec 12.12
Adresát: meryl.watsonova@yahoo.com

Meryl, pri tom Vašom náhlom odchode si si tu zabudla natáčky. Coco


Sobota 7. marec 13.23
Adresát: meryl.watsonova@yahoo.com

Rosencrantz, ozvi sa. Kde si, dokelu? Meryl a Tony sú fuč. Je mi ľúto, že sa ten spotený slizký smraďoch Tony do Teba pustil. Obidvaja sa vyparili hore potom, čo si zmizol, a asi o hodinu stáli vo dverách obývačky nahodení v cyklistických úboroch.

„Odchádzame," zavelila Meryl v obtiahnutých lykrových kraťasoch a zabuchli za sebou dvere. Určite sa vrátia. Sme pre nich ako hotel „zadara" pri ich londýnskych návštevách. Príď už domov. Otec nám chce zahrať na klavíri hudbu zo svojho muzikálu Piskot do vetra. V takejto zostave sme neboli už večnosť.


Sobota 7. marec 15.01
Adresát: rosencrantzpinchard@gmail.com

Dofrasa! Dofrasa! Dofrasa! Písala som Ti e-mail, ale omylom som ho poslala Meryl. Riadne som im v ňom dala. Dočerta!

Moderná technológia je hrozná. V starých zlatých časoch (pred rokom 1994) sme mali množstvo možností, ako si rozmyslieť, či poslať, alebo neposlať list. Nemusel si dopísať na obálku adresu, nemusel si nalepiť známku alebo si ho, skrátka, neodniesol do poštovej schránky. Kde si?


Sobota 7. marec 15.54
Adresát: rosencrantzpinchard@gmail.com

Prečítaj si, čo mi prišlo od Tvojej tety Meryl. Stojí tam, že Tony mal v hádke s Tebou navrch:
PRÍLOHA

Adresát: cocopinchardova27@gmail.com
Odosielateľ: meryl.watsonova@yahoo.com


Coco, poslala si mi omylom e-mail, ktorý mal zrejme ísť Rosencrantzovi. Nechcela som byť zvedavá, preto som ho vymazala, aj keď sa priznám, že pár slov, ako napríklad „bastard", neuniklo môjmu zraku. Prečo píšeš také niečo svojmu synovi? Ako spisovateľka by si mohla používať aj elegantnejší slovník.

Dotandemovali sme domov za dve hodiny štrnásť minút a dvanásť sekúnd. Priznávam, že nám pomohol aj silný vietor v chrbte a to, že Tony má po vyhratých hádkach, akú mal s Rosencrantzom, neskutočne veľa energie. Cez týždeň pôjdem za mamou do nemocnice, ale neboj, neprespím u Vás. Pôjdem vlakom.

Meryl

P. S.: Natáčky! Dom máš veľký, mám Ti poradiť, kde ich môžeš strčiť? Vôbec si neuvedomuješ a nevážiš, akým veľkým priestorom disponuješ. Ak sú Ti naozaj na ťarchu, pošli mi ich poštou. Poštovné Ti uhradím.


Sobota 7. marec 16.30
Adresát: meryl.watsonova@yahoo.com

Drahá Meryl, teší ma, že ste dobicyklovali v rekordne krátkom čase.

Upokojil sa už Tony po tej hádke s Rosencrantzom? Bola to hádka o ničom. Nemyslíš? Vyhrabala som knihu Harry Potter a skontrolovala názvy v Hogwarte. Rosencrantz mal pravdu. Volajú sa Gryffindor, Ravenclaw, Hufflepuff, Slytherin a nie Silvikrin, ako na tom tvrdohlavo trval Tony.

Silvikrin je výživný šampón na zväčšenie objemu vlasov. Mala by si ho vyskúšať na svoje riedke vlasy. Možno Ti pomôže.

Daj mi vedieť, ako to dopadne s Etelinými domovom dôchodcov. Dúfam, že to pani Braunová nemyslela vážne, keď nám v hneve vykričala, že sa postará, aby dal mestský úrad Etelu na čiernu listinu domovov dôchodcov. Coco

Pondelok 9. marec 10.43
Adresát: rosencrantzpinchard@gmail.com

U akého kamoša nocuješ? Kto je to? Dúfam, že sa prídeš zajtra rozlúčiť s otcom. Na Veľkú noc plánujem ísť za ním. Bude mať predstavenia v Los Angeles. Chceš sa pridať?
Vždy som Ťa pekne prosila, aby si nebol jednostranný. Prosím, rešpektuj to. Otec Ťa veľmi ľúbi. Nechcem sa hrať na šťastnú rodinku, akože sa nič nestalo. Nikomu z nás neublíži, ak strávime spolu trochu času v trojke ako kedysi. Poobede sa ideme poprechádzať do Regents Parku. Prídeš za nami? Budeme ťa čakať.
Mama


Streda 11. marec 23.44
Adresát: danielpinchard@gmail.com

Aký bol let? Chýbaš mi. Posledné dni boli také krásne. V Tvojom náručí som sa cítila ako princezná.
Tvoju mamu dnes presunuli z intenzívky a budúci týždeň začína so psychoterapiou. Asi prídem za Tebou do Los Angeles sama. Chris, Marika a Tvoj syn sa so mnou nebavia.
S láskou Coco

Štvrtok 12. marec 18.01
Adresát: rosencrantzpinchard@gmail.com

Koho si dovliekol v noci domov? Nabudúce nás aspoň predstav a opýtaj sa, či Tvoj kamoš môže prenocovať. Tvoja posteľ strašne škrípala. Pre pokoj svojej mysle verím, že ste v sprievode hlučnej hudby skákali po posteli. Viem, že máš mobil so sebou, tak sa láskavo ozvi.
    Mama



Štvrtok 12. marec 20.13
Adresát: danielpinchard@gmail.com

Konečne som sa rozprávala s Rosencrantzom. Chcel by ísť so mnou do Los Angeles, ale aj so svojím novým priateľom. Bola som zvedavá, prečo nás ešte nepredstavil.
    „Mami, ešte sme nedospeli do takého vážneho štádia."
    „Podľa zvukov tvojej postele usudzujem, že to vážne štádium je."
    Chalanisko sa volá Christian a vyzerá, že je pri peniazoch. Chce si zaplatiť za svoju letenku.
    Mám taký pocit, že do vzťahu sa pustili veľkým šupom. Rosencrantz mi musel sľúbiť, že nás v sobotu zoznámi.
    Coco
    Cmuk

Štvrtok 12. marec 23.13
Adresát: chris@christophercheshire.com

Je príliš rýchle byť vo vážnom vzťahu za päť dní?


Štvrtok 12. marec 23.17
Adresát: chris@christophercheshire.com

Nehovorím o mne a o Danielovi, ale o Rosencrantzovi. Teraz aspoň skutočne viem, čo si myslíš o mojom rozhodnutí dať šancu nášmu manželstvu...
    Nevieš, dokedy ma Marika plánuje ignorovať? Nie som sprostá. Viem, čo robím. Daniel sa ospravedlnil. Do ničoho sa nehrnieme, ale s určitosťou sme opäť spolu.


Piatok 13. marec 14.02
Adresát: marikarolincova@hotmail.co.uk

Prepáč! Mala si pravdu! Mala si VEĽKÚ pravdu!
    PRÍLOHA

Adresát: cocopinchardova27@gmail.com
Odosielateľ: danielpinchard@gmail.com

    Miláčik, po našom dlhom telefonáte som bol hore celú noc. Prepáč. Ja nemôžem. Ja toto nedokážem. Chceš odo mňa príliš veľa. Potrebujem niečo dosiahnuť, s Tebou v mojom živote sa to nedá. Pri Tebe som veľká nula. Veľké NIČ! Si neskutočne láskavá, inteligentná, úžasná žena a vždy budeš mojou najlepšou kamarátkou!

Prepáč.

Môžeme s tým skoncovať rýchlo a bez bolesti. Našiel som webovú stránku na rozvody www.trpkyrozvod.com. Takýmto spôsobom obídeme predražených právnikov a hádky, komu čo zostane.

Daniel

On mi to oznámi cez e-mail? Komu čo zostane? Ako som mohla byť taká sprostá! Odkedy som pre neho láskavá, úžasná žena? O čom melie, do p...?


Piatok 13. marec 15.44
Adresát: chris@christophercheshire.com

Daniel mi zdvihol telefón až na desiaty pokus. Bol prekvapený, aká som bola napálená. Očakával, že budem plakať ako Niagarské vodopády. Presviedčal ma, že rozvod cez internet je naša najlepšia možnosť. Povedala som mu, že ja nemienim deliť nič.

„Musíš, drahá," povedal výhražne, „inak uvidíš! Zablokujem ti prístup k spoločným účtom. Koľko máš peňazí? Pár stoviek? Chcem polovicu domu."

Pýtala som sa ho, čo sa stalo, keď tak dramaticky zmenil názor o stoosemdesiat stupňov.

„Je to moja chyba, Coco. Pri pomyslení, že strácam mamu, som sa hrozne rozcitlivel a všetko príliš uponáhľal."

Marika ma prišla po práci pozrieť. Pripravila som si pre ňu dôležitú otázku.

„Mala si po celý čas pravdu. Prečo som ťa nepočúvala, Marika?"

„Coco, bolo to zložité. Už som začínala dúfať, že sa veľmi mýlim," pozerala na mňa smutnými očami.

Rozhodla som sa, že kvôli nejakému chrapúňovi, ako je Daniel, sa nezložím. Bola to moja imbecilita, čo nás dala dokopy.


Sobota 14. marec 21.56
Adresát: marikarolincova@hotmail.co.uk


Zoznámila som sa s Rosencrantzovým priateľom. Po hádke s Danielom som nemala chuť, ale nenarobím si bordel v živote kvôli kreténovi. Christian sa mi veľmi páči. Vysoký, blonďavý, charizmatický a krásny fešák. Oblečený bol veľmi umelecky. Niečo medzi divadelným kostýmom a Vivienne Westwoodovou. Študuje na londýnskej univerzite odbor módny návrhár. Má dvadsať rokov a zaujímavý životopis. Otec je diplomat, takže Christian ako dieťa precestoval celý svet. Plynulo hovorí po čínsky, pracoval pre Červený kríž a na Vianoce vyšiel na Kilimandžáro v rámci charity, pre ktorú vyzbieral vyše sedemtisíc libier. Na svoj vek je naozaj vyspelý a múdry. Keď odišiel domov, Rosencrantz ma vyhrešil, že som toľko tárala o mne a o Danielovi.

„Mama, tie detaily si naozaj nemusela."

„Prepáč. Čo to bolo dnes s tebou, Rosencrantz? Takmer si nepoužíval svoje jak alebo nejak," opýtala som sa ho prekvapená.

„Christian ma pokutuje za každé neadekvátne používanie tých slov. Za každé jedno musím dať libru do šporkasy."

Už mi dáva zmysel, prečo Christian zvieral v rukách sporiteľničku z limitovanej edície Vivienne Westwoodovej. Geniálny nápad! Prečo to nenapadlo mne? Bola by som dnes bohatá.

Nedeľa 15. marec 15.45
Adresát: marikarolincova@hotmail.co.uk

Volala mi Meryl. Dala mi Etelino nové číslo a e-mailovú adresu nemocnice. Pri posteli jej nainštalovali komunikačný modul od spoločnosti Nočná zábava, s. r. o., aby mohla sledovať telku. Pýtala som sa jej, či to stojí veľa.

„Nie, drahá, nie v našom štátnom zdravotníctve. Najlepšia vec, akú nám kedy táto krajina dala, je naše skvelé zdravotníctvo, dostupné pre všetkých!"

Súcitila so mnou (rozvod), ale dodala, že to bude ťažké, keď si začneme deliť majetok.

„Neviem si predstaviť, ako by som sa delila o svoju kávovú porcelánovú súpravu a nieto ešte o dom."

Premýšľala som nad tým, prečo by som mala stratiť polovicu vlastného domu.

Pondelok 16. marec 13.45
Adresát: marikarolincova@hotmail.co.uk

Bola som v Regents Parku na káve s Chrisom. Zavolal ma na rozvodový samit. Cez týždeň obvolal realitné agentúry a zisťoval hodnotu trojizbového domu. Pred týždňom jeden predali na našej ulici Marylebone za vyše milión libier. Môj otec kúpil náš dom v roku 1929 za 600 libier! Netvárim sa, že mi to je jedno, akú má teraz hodnotu a koľko by som mohla na ňom zarobiť, ale je a vždy to bol môj domov. Poplakala som si nad čokoládovým mafinom. Chris mi daroval predčasný vianočný darček – svojho advokáta.

„Nemôžeš sa dať odbiť Danielom a internetovým rozvodom. S pomocou Meryl z teba stiahnu aj kožu."

Objednal ma k ich rodinnému advokátovi – pánu Spencerovi.


Utorok 17. marec 13.44
Adresát: chris@christophercheshire.com

Chris, ďakujem za advokáta! Bola som v jeho kancelárii v Chelsea. V čakárni sa mi zaborili nohy po členky do koberca vyrobeného z polárneho medveďa. A ten krištáľový luster. Je pravý? A tie obrazy v kancelárii.

Myslím, že tam má Picassa. Ešte aj notebook mal mahagónový obal. Bola som tam asi dvadsať minút. Svojím hlasom ma upokojil a presvedčil, že sa nemusím o nič báť. Vysvetlil mi, aké mám práva, a načrtol stratégiu. Koľko stojí?

Streda 18. marec 18.09
Adresát: danielpinchard@gmail.com

Daniel, včera som bola s advokátom, preto si veľmi dobre zapamätaj moje nasledujúce slová. Dohodneme sa takto. Keďže si neverný dezertér, môj dom zostáva výlučne mne. Žiadam aj jednorazové odstupné vo výške 30 000 libier.
    Ak si nezariadiš vyzdvihnutie svojich vecí, zbalím ich a odošlem Meryl. Tvoj klavír pôjde do plateného odkladacieho hangára, za ktorý dostaneš účet. Som si istá, že sa Ti to celé zdá neprimerané, ale ver mi, že v očiach práva a zákonov je to veľmi primerané. Advokát mi oznámil, že ak chcem, môžem prostredníctvom súdu požiadať o manželskú podporu, ktorú by si mi musel platiť doživotne každý mesiac. Pošli mi číslo na fax do hotela, môj advokát Ti musí poslať všetky právnické dokumenty.


Streda 18. marec 22.16
Adresát: chris@christophercheshire.com

Práve volal Daniel. Ešte aj v telefóne som cítila, ako sa na druhej strane Atlantiku potí. Bol zvedavý, ako si môžem dovoliť právnika z Chelsea. „Chceš ma zruinovať," povedal s panikou v hlase. Kázal mi predať klavír za 15 000 libier a že zvyšných 15 000 mi pošle. Drzý chrapúň. Ja som si zobrala pôžičku na klavír aj som ju sama splácala.

Štvrtok 19. marec 19.12
Adresát: marikarolincova@hotmail.co.uk

Bola som pozrieť Etelu. Okolo postele mala zhromaždené babičky a deduškov z celej nemocnice. Väčšina bola na vozíkoch, tak si vieš predstaviť, akí boli natlačení. Na Etelinej novej malej obrazovke sledovali To je vražda, napísala. Vôbec ma nepredstavila svojim novým kamoškám. „Hovorila som so svojím synom. Rozvod?" pošepla a krútila hlavou. „Nemôžem to ani nahlas vyslovit, prepadla by som sa pod zem pred týmato babizňami. Skapala by som od hanby!"

Chvíľku sme na seba nemo pozerali.

„Coco, prečo ho sceš obrať o šecky peňáze? Máš dom, ten ti musí stačiť, je drahý jak šlak."

Musela som jej pripomenúť, že Daniel chcel rozvod.

„Je na manželkách, aby povedali svojim starým, čo scú," odvrkla, „si moc maká." Ohrnula pery a opäť sme na seba nemo zízali. Staršia pani v mačičkovskej nočnej košeli prechádzala okolo izby. Etela na ňu zakričala. „Héj, Dora. Toto je moja nevesta. Tá, čo ma odopla od mašiny." Dora na mňa pohoršene zazrela.

O chvíľu všetci v izbe spozorneli a nastavili uši.

„Nebolo to moje rozhodnutie. Doktori nám kázali, aby sme uľahčili jej mizériu." Dora stále vražedne zazerala. Potom mi Etela povedala, že mala nadprirodzený zážitok. Keď ležala v bezvedomí, ocitla sa nad svojím telom a všetkých nás videla (vraj si mám dať zafarbiť vyrastajúce vlasy). Chrbtom bola natlačená na polystyrénový plafón a Boh jej vraj povedal, aby sa vrátila naspäť do tela, lebo má ešte nedokončený biznis na zemi.

„A mal pravdu! Vrátila som sa, aby som ti zachránila manželstvo!" Načiahla sa do zásuvky a podala mi katalóg erotickej spodnej bielizne Ann Summers.

„Toto je tvoje riešenie manželskej krízy, Etela? Červené čipkované tangáče?"

„No, nájdeš tam aj lichotivejšie kúsky pre ženské v tvojich létach." Chvalabohu, prerušila nás sestrička.

„Pochválila sa pani Pinchardová, ako sa jej stav zlepšuje? Už dokáže ísť sama von. Na cigaretku."

„Táto zlatá sestrička mi zehnala chodúľku s prizváraným popelníkem. Je ako moja druhá dcérenka." To ma už vytočilo a zdvihla som sa na odchod. Etela mi schmatla ruku a pritiahla si ma k ústam. „Prosím ta, nerob to. Kopa manželstiev je bez sexu, dokonca to je tak lepšé. Odporúčam, len žáden rozvod!" Skoro mi jej bolo aj ľúto. Vždy všade machruje, aký má jej synáčik domisko s tromi záchodmi. Daniel totiž vyrastal v dome s kadibúdkou.

Piatok 20. marec 13.47
Adresát: chris@christophercheshire.com

Daniel si najal vlastného právnika. Volá sa Derek Jacobs. Meno sa mi zdalo povedomé. Potom mi napadlo, že to je herec, čo hral zlú kráľovnú v jeho vianočnom predstavení Snehulienka. Kedysi študoval právo, ale neskôr si urobil herecký kurz. Christian tu prespáva skoro každý deň. V minulosti som zakázala Rosencrantzovým frajerom prespávať u nás, ale Christian je veľmi príjemný a bezproblémový. Vždy ma čaká doma s nachystanou zapálenou cigaretkou a Rosencrantz je s ním veľmi šťastný. Večer trávia v objatí pred telkou a pozerajú staré dobré čiernobiele filmy. Včera som s nimi pozerala Niekto to rád horúce. Vonku pršalo. Bolo to veľmi romantické. :-) Dnes ráno som našla Christiana sedieť v kuchyni za stolom. Na šijacom stroji šil kostýmy pre Rosencrantza na školské koncoročné vystúpenie. Dúfam, že im to bude fungovať. Coco

Sobota 21. marec 14.00
Adresát: danielpinchard@gmail.com

Nasledujúci e-mail nemá nič spoločné s rozvodom. Ako každý rok Ti pripomínam, že zajtra je Deň matiek. Keďže už nie sme spolu, nemám dôvod zháňať pre Teba blahoprajnú pohľadnicu a falšovať na nej Tvoj podpis.
 Rosencrantz bol včera pozrieť Etelu. S kamoškami boli naukladané okolo telky a užívali si telenovelu. Vyzerá to tak, že z nej nemocnica urobila spoločenskú osobu.

Pondelok 23. marec 10.34
Adresát: meryl.watsonova@yahoo.com
danielpinchard@gmail.com

Práve mi doručili účet z firmy Nočná zábava, s. r. o. Firma nemá nič spoločné so zdravotníctvom alebo nemocnicou. Je to súkromná káblovka, ktorú si Etela objednala na zavedenie digitálnej televízie a prémiového TV balíka. Moje meno napísala ako meno osoby zodpovednej za vedenie účtu. Teraz už viem, prečo sa spriatelila s toľkými pacientmi. Vyberala od nich peniaze za pozeranie programov v prémiovom TV balíku. Rosencrantz si všimol zaváracie poháre plné libroviek. Povedala mu, že to je nejaká zbierka pre iného pacienta. Odkopírovala som účet a posielam Vám ho na kontrolu. Ako môže Nočná zábava účtovať 4,99 libry za pozeranie jedného filmu? Čo sa zbláznili? TV a priama linka do Etelinej izby sú odpojené, kým sa nevyplatí účet.

NOČNÁ ZÁBAVA, s.r. o.<br>
44 The Street, Swindon, SN1 1SN<br>
kontakt@nocnazabava.sro.info

13/03/2009 hovor USA 3321456897 104 min. 72,80 £

13/03/2009 hovor Milton Keynes 163 min. 57,50 £

16/03/2009 platená služba 1 časť Columbo  4,99 £

16/03/2009 platená služba 1 časť Columbo  4,99 £

16/03/2009 platená služba 1 časť Columbo  4,99 £

16/03/2009 platená služba 1 časť Columbo  4,99 £

16/03/2009 hovor USA 3321456897 67 min. 46,90 £

17/03/2009 platená služba 1 časť Miami Vice  4,99 £

17/03/2009 hovor Milton Keynes 134 min. 46,90 £

18/03/2009 hovor USA 3321456897 100 min. 75,00 £

18/03/2009 hovor Milton Keynes 173 min. 60,55 £

18/03/2009 platená služba To je vražda, napísala  4,99 £

18/03/2009 platená služba To je vražda, napísala  4,99 £

18/03/2009 platená služba Laurel a Hardy  4,99 £

18/03/2009 platená služba Charlie Chaplin  4,99 £

18/03/2009 platená služba Chippendales live  9,99 £

22/03/2009 hovor Milton Keynes  70 min. 24,50 £

ROBERT BRYNDZA

22/03/2009 hovor USA 33 21 45 68 97  70 min. 53,90 £

S radosťou zabávame chorých
a nemohúcich od roku 2008.

Vaša faktúra za služby
Adresát: Coco Pinchardová, 3 Steeplejack Mews, Marylebone, London NW1 4RF


Spolu bez DPH  492,95 £
DPH 15 % 73,94 £
SUMA NA ÚHRADU 566,89 £
ÚHRADA ZA SLUŽBY SA MUSÍ VYPLATIŤ DO 7 DNÍ.

Utorok 24. marec 8.40
Adresát: chris@christophercheshire.com

Ani Meryl, ani Daniel sa neohlásili kvôli Etelinmu katastrofickému účtu. Preto som si to rozzúrená namierila do nemocnice. Etela bola poriadne prekvapená.

„Kde máš šporkasu? Viem, že si vyberala peniaze od ľudí."

„Zhabali mi ju," naaranžovala si nočnú košeľu, „peniaze som scela dat na charitu."

„Na akú charitu, Etela? Veľmi by ma to zaujímalo."

„Hm... malým retarďákom," nevedela, čo si má v tej rýchlosti vymyslieť. „S tým účtom to je nedorozumení."

Úplne vzadu v skrinke som našla jej vkladnú knižku. Zostatok mala už len 2 000 libier.

„Etela, kde sú tvoje peniaze?" Nedokázala sa mi ani pozrieť do tváre.

„Etela? Kam si previedla 18 000 libier?"

„Synkovi, lebo si musí od teba kúpiť späť svoj poonďáty klavír. Povedal mi, že ho predávaš proti jeho želáňu."

„Etela, Daniel navrhol, aby sme klavír predali. A nemá hodnotu 8 000 libier, ale 30 000, takže jeho suma je 15 000!"

„Načo sú mu potom ďalšé tri táce?" opýtala sa prekvapene. Len som na ňu pozrela a hneď jej to došlo.

„Prekláty bastard!"

Doma ma čakal odkaz od pána Spencera. Danielov právnik (zlá kráľovná z divadla :-)) súhlasil s rozvodom a delením majetku. Zostáva mi dom a polovica z predaja klavíra, ktorého suma je v zmluve zakotvená na 30 000 libier. Ten hlupák právnik však do zmluvy nenapísal, za akú sumu musím klavír predať.

Napadlo mi, že si vždy túžil mať klavír vo svojej knižnici. Chcela by som sa Ti odvďačiť za skvelého právnika a predať Ti klavír za jednu libru. Čo Ty na to? Budeš mať klavír za libru a Daniel mi bude musieť doplatiť 29 999 libier! Aspoň dostane príučku, ako sa má správať k vlastnej žene. A najlepšie na tom je, že to je v rámci práva!


Streda 25. marec 15.44
Adresát: marikarolincova@hotmail.co.uk

Dnešným dňom sa oficiálne rozvádzam. Chris nás pozval k sebe na rozvodovú oslavu pri poháriku (dnes večer) a chce nám zahrať na svojom novom klavíri. Zaplatil mi zarámovanou librou, pod ktorou je vygravírované „Na sladkú budúcnosť".

Štvrtok 26. marec 9.02
Adresát: chris@christophercheshire.com

Danielovi doručili rozvodové papiere vrátane účtu za librový klavír. Skoro ho roztrhalo. Vrieskal do telefónu ako pavián.

„Nevieš si ani predstaviť, ako ťa rozvod bude mrzieť, suka!" šmaril slúchadlo.

Potom som išla pozrieť Etelu. Je na neho naštvaná za to, ako ju chcel obrať o peniaze. Po mojej poslednej návšteve mu volala a strašne mu to natrela. Do hodiny jej poslal peniaze späť.

„Nevedela som, že to v tebe je, moja." Prvýkrát v živote ma obdivovala. „Keby si bola k nemu krava od začiatku, tak by vám to možná vyšlo. Já som bola rádna krava k mójmu mužovi a boli sme štastní, až kým ho neprešél autobus."

Pre administratívnu chybu nemocnica vyplatila Etelin účet. Nejaká múdra sestrička si myslela, že Nočná zábava je akási nová terapia. Šporkasu skonfiškovala sestra Carol a venovala ju charite.

„Víš, čo tá kotná krava urobila s mojíma peňázma? Dala ich na záchranu ježkov. Čo tí malí bastardi budú robiť s mojíma peňázma?" Vtom vošla sestrička Carol, aby odmerala Etele tlak. „Ahoj, zlatko! Moja najmilejšá sestrička na svete!" privítala ju Etela.

Sobota 28. marec 10.47
Adresát: rosencrantzpinchard@gmail.com

O siedmej ráno ma zobudil hovor z nemocnice. Prikázali mi prísť a vyzdvihnúť Tvoju babku, lebo ju doliečenú prepúšťajú do domácej opatery. Keď som o hodinu dorazila, sedela zamračená na recepcii.

Musí chodiť trikrát do týždňa na rehabilitáciu. Minimálne dva mesiace. Nedokáže prejsť ani na záchod hore schodmi, preto je nasťahovaná v obývačke na rozkladacom gauči a pri ruke má môj drahý hrniec od Jamieho Olivera. Viem, že nevarím, ale mrzí ma pomyslenie na to, čo v tom hrnci skončí. Budeš večer doma? Teší sa na Teba.


Sobota 28. marec 12.01
Adresát: marikarolincova@hotmail.co.uk

Ráno som utekala holá z kúpeľne, vyzváňal Skype. Meryl a Tony ma privítali prekvapenými výrazmi.

„Tony, okamžite sa otoč!" nakázala mu Meryl. Ja som jačala ako tínedžerka a ušla som do kúpeľne. Keď som sa oblečená v župane vrátila k obrazovke, počula som Meryl, ako kričí na Tonyho, nech si dá studenú sprchu.

Usadila som sa a snažila sa tváriť, že sa nič nestalo.

„Coco, to vždy beháš po dome nahá?"

„Iba keď som sama doma."

Musím Rosencrantzovi zopakovať, nech ten sprostý počítač vypína, keď na ňom skončí.

„Veľké prsia Tonyho vždy vzrušia," povedala, akoby bola moja chyba, že Tony sa vzrušil.

„Asi si dostala môj odkaz?" snažila som sa zmeniť konverzáciu.

„Áno, dostala. A volali mi z nemocnice. Povedala som im, že si najbližšie žijúci člen rodiny. Mama to bude mať od teba na rehabilitácie najbližšie."

„A čo domov dôchodcov? Aj Etela aj ja by sme boli radšej, keby bola v peknom domove."

„Pani Braunová požiadala mestské zastupiteľstvo, aby ju dali na čiernu listinu nechcených dôchodcov v celom Londýne."

„Meryl, ja sa o ňu jednoducho nemôžem starať dvadsaťštyri hodín denne, sedem dní v týždni. Musím sa predovšetkým postarať sama o seba, o svojho syna a začať opäť pracovať."

„Ale, Coco, keby si bola z indiánskeho kmeňa, nehovorila by si takto a poznala by si význam slova rodina."

„Prosím...?" nečakane ma vytočila.

„Pozri, Coco," nahodila úsmev à la Margaret Thatcherová, „daj sa trochu dokopy a obleč si podprsenku. Dohodnime sa, že s mojimi názormi nateraz súhlasíme, a potom sa o tom ešte porozprávame. Je to len krátkodobé riešenie. Rodina je rodina a do konca rozvodu do nej stále patríš aj ty."

Z ničoho nič sa Skype vypol, asi ma tá manipulatívna krava vypla.

Musím Etele nájsť domov, aj keby ma to malo stáť život. Inak príde o život ona!

Sobota 28. marec 16.45
Adresát: marikarolincova@hotmail.co.uk

Najlacnejší domov dôchodcov stojí sedemsto libier na týždeň!

„Radšej nech ma zakopú za té peniaze. Ja to platiť nebudem."

„Ani ja," prvýkrát sme v niečom súhlasili.

Začala mi mávať Rosencrantzovými hereckými novinami The Stage. Je v nich článok o domove dôchodcov, ktorý financuje nejaký sociálny fond hercom v dôchodku.

Idem im napísať dramatický e-mail a dúfam, že to Etele pomôže k miestu.


Nedeľa 29. marec 9.00
Adresát: slecnajeanie@williamshakespearedomov.co.uk

Drahá slečna Jeanie Lavellová, dostal sa mi do rúk Váš článok v novinách The Stage. Musím povedať, že Váš domov dôchodcov pre divadelných penzistov vyzerá krásne. Momentálne hľadám vhodné miesto pre svoju svokru.

Etela nemá profesionálne skúsenosti s herectvom, ale myslím, že by u Vás mohla zapadnúť ako Popoluškina noha do črievice. Bola by prínosom pre Vašu hereckú komunitu. Je veľmi spoločenská, otvorená, nehanbí sa za svoje názory a miluje výstupy. Najbližšie mala k herectvu v deväťdesiatych rokoch, keď bola kráľovnou karaoke v Catforde. Pódium bolo jej druhý domov. Väčšinou vyhrala s piesňou Som červená kefôčka, ty si modrá.

Etela bola nedávno prinútená opustiť svoj milovaný

domov dôchodcov, lebo zaúradovala veterná smršť. Celá budova sa zosypala do veľkej praskliny aj so všetkým, čo vlastnila.
    S úprimným pozdravom
    Coco Pinchardová


Nedeľa 29. marec 14.48
Adresát: rosencrantzpinchard@gmail.com

Mal si mi povedať, že si dal Christianovi kľúč od domu! Keď prišiel, babka podriemkavala v obývačke. Zobudil ju balením Tvojich cédečiek a MP3 prehrávača. Chudera, myslela si, že je zlodej, tak ho treskla hrncom Jamieho Olivera. Bohužiaľ, bol plný moču. Christian leží v posteli, zabalený v deke. Ako módny návrhár si odmieta obliecť veci Tvojho otca. Obývačka je neprístupná, je zaliata močom. Babka sa odpratala do hudobnej miestnosti. Mrmle, že tam nemáme káblovku, ale len obyčajnú poondenú telku. Prosím Ťa, ponáhľaj sa domov!


Pondelok 30. marec 12.03
Adresát: chris@christophercheshire.com

Mám to tu s mojou hostkou (Etelou) živé. Christiana mrzelo, že Etelu vyplašil, a preto sa ponúkol, že jej urobí liečbu reiki na jej nový kĺb.
    Etela sa uložila na gauč tvárou dolu... V polovici reiki prdla tak prudko, že Christian je teraz mimo prevádzky. Je

veľmi háklivý na silné vône. Dáva sa dokopy v kúpeľni. Rosencrantz je strašne nahnevaný. Etela sa odvtedy neprestala rehotať a dookola omieľa: „To bol rádny blesk."
Priznám sa, aj mne mykalo kútikmi.


Pondelok 30. marec 13.45
Adresát: novinovystanokclive@gmail.com

Chcela by som objednať donášku časopisu Socialistický budovateľ. Máme nového prisťahovalca, svokru. A, prosím Vás, zrušte odber časopisov Loaded, FHM a Playboy. Rosencrantz je vyše roka homosexuál, len som nikdy nemala čas zrušiť objednávky.
Ďakujem
Coco Pinchardová


Utorok 31. marec 10.00
Adresát: rosencrantzpinchard@gmail.com

Viem, že si vystresovaný z piatkového školského predstavenia, ale to neznamená, že môžeš byť drzý k svojej babke. Mohol si sa aspoň pozdraviť. Si jej obľúbenec.
Beriem ju na rehabilitáciu a opýtam sa doktora na jej „zdraviu škodlivé" vetry. Chvalabohu, dnes je teplo a svieti slniečko, tak som ju vycapila na ležadlo do záhrady. Kuchyňa je zapratná látkami, Christian dokončuje Tvoj kostým.

# APRÍL

Streda 1. apríl 11.01
Adresát: chris@christophercheshire.com

Etela mi pred chvíľkou priniesla noviny The Daily Mail. Potešil ju článok, v ktorom sa píše, ako vedci vymysleli čipsy, čo nevydávajú zvuky pri hryzení.

„To je paráda," nedokázala zakryť vzrušenie.

Chcela, aby som išla do Tesca na Baker Street a kúpila zásobu tichých čipsov pre Rosencrantza. Vyvádza ju z miery, keď si Rosencrantz užíva čipsy v jej blízkosti. Šalie z toho.

Musela som jej vysvetliť, že je prvý apríl, takže ten článok je pravdepodobne len novinársky žart.

„The Daily Mail nešintruje!" nedala sa.

Hneď nato mi volala pani s veľmi snobským akcentom à la Margaret Thatcherová. Predstavila sa ako predsedníčka miestnej Asociácie záhradkárskych parciel. Zablahoželala mi k prepracovaniu sa na vrchol zoznamu čakateľov na záhradnú parcelu a oznámila, že ako darček mi dávajú tri vrecia hnoja.

„Ha-ha-ha, Rosencrantz," smiala som sa do telefónu, „s tým hlúpym hlasom ma nedostaneš. Viem, že je prvý apríl, Deň bláznov." Nastalo ticho. Potom sa hlas ozval opäť. „Volám sa Agatha Balfourová a kontaktujem vás z Asociácie Augustine a Redhill, záhradné parcely. Spolu s manželom ste sa v roku 1991 zapísali na čakaciu listinu na záhradkársku parcelu. Dnešným dňom ste sa prepracovali na miesto, ktoré vám dáva možnosť obhospodarovať záhradnú parcelu."

Cítila som sa trápne a ospravedlnila sa. Povedala som jej, že nedokážem udržať pri živote ani virtuálny kaktus. Radila mi, aby som si záhradku zobrala. „Záhradky v Londýne sú ako zlatý prach. Ľudia sa o ne bijú a dokonca sa snažia podplácať, aby sa im dostalo takej možnosti ako dnes vám. Ráno mi nemenovaný pán ponúkol lístky na koncert Londýnskej filharmónie za záhradnú parcelu. Odmietla som, a to milujem filharmóniu..."

Spýtala som sa jej, koľko stojí parcela.

„Pätnásť libier, pani Pinchardová."

„Na týždeň?"

„Nie, na rok. Máte z nej prekrásny výhľad na Londýn a komfortne zariadenú malú záhradnú chatku."

Predstavila som si, ako v tej chatke píšem novú knihu a omdlievam nad výhľadom. Povedala som, že parcelu beriem, a ospravedlnila sa za omyl s Dňom bláznov.

„Netrápte sa tým, pani Pinchardová, môj syn je taký istý lump. Celé ráno som dávala dole kuchynskú fóliu zo záchodov, ktorú tam natiahol. Dovidenia."

„Musí mať veľkú chajdu," poznamenala Etela a pokračovala. „Ty a záhradkárka? Ľutujem té červíky."

Môžete prísť s Marikou. Prineste si gumáky a dám vám robotu, kým budem písať v chatke. Musím už niečo robiť okrem vozenia Etely do nemocnice.


Štvrtok 2. apríl 13.44
Adresát: marikarolincova@hotmail.co.uk

Poobede sme boli pozrieť izbu v Domove dôchodcov Williama Shakespeara. Riaditeľka, slečna Jeanie Lavellová, nám včera oznámila, že by mali jednu izbu voľnú, pripravenú na nasťahovanie.
Shakespearov domov je starý ožltnutý dom v zástavbe na špinavej ulici v londýnskej časti Penge. Sklamal ma.
Slečna Jeanie (tak ju máme volať) je, ako to nazvať, frustrovaná herečka. Má okolo šesťdesiat rokov. Jej denný mejkap vyzerá ako na silvestrovskú oslavu. Nosí minisukne a mala oblečenú kvetinkovú blúzu s výstrihom, v ktorom by mohli zaparkovať dve helikoptéry. Privítala nás, akoby sme sa poznali roky rokúce a chodbou, ktorá smrdela ako školská jedáleň a dezinfekčné prostriedky, nás previedla domovom. Po stenách sú povešané fotky, ktoré dokumentujú hereckú kariéru slečny Jeanie. Fotili ju pri filmovaní seriálov Hlavný podozrivý, Dempsey a Makepeaceová a Inšpektor Dalglish. Skoro som vybuchla. Na všetkých hereckých fotkách je odfotená ako mŕtvola v márnici. :-)
„Hádajte, do akých postáv ma obsadzovali?" opýtala sa nás slečna Jeanie.
„Stará raketa?" zasmiala sa Etela. Nastalo trápne ticho a Jeanie nás zaviedla do spoločenskej miestnosti.

Sedelo tam asi šesť bývalých hercov a herečiek, zapozeraných do telky. Obdivovali talent Olivera Reeda a Vanessy Redgravovej. Film sa volal tuším Diabli a v roku 1970 ho zakázali. Príbeh je o nadržaných francúzskych mníškach a odohráva sa v sedemnástom storočí. Daniel ma zobral do kina, keď ho pred pár rokmi exkluzívne premietali v Londýne. Samozrejme, šli sme naň kvôli umeleckému zážitku a nie pre sex. :-)

„Naši obyvatelia si užívajú jeden z mojich filmov. Hrala som nadržanú mníšku číslo štyri," pochválila sa slečna Jeanie.

Väčšina z nich však pospávala. Okrem jedného starčeka, ktorý ju poprosil, aby mu priniesla komodu.

„Aha, máme to tu!" odignorovala jeho prosbu a pridala grády na telke, keď sa začala jej scéna. Mnohé mníšky začali zo seba strhávať habity a pridali sa k orgiám okolo sochy Ježiša. Ryšavá mníška s lesklou tvárou prebehla pred kamerou (dokonca bolo vidieť, že je na sto percent ryšavá).

„To som ja!" zakričala Jeanie, schmatla ovládač od spiaceho dedka a začala pretáčať. Jej prsia sa v spomalenom zábere hompáľali tam a späť, tam a späť, tam a späť... Vieš si dobre predstaviť. :-)

„Oliver Reed bol skvelý," pokračovala Jeanie v chválení.

„Máte káblovku?" opýtala sa jej znechutená Etela.

„Nie, drahá, ale máme velikánsky výber videokaziet, z ktorých si môžeš vybrať," povedala Etele, akoby mala päť rokov. „Teraz už poďme do tvojej novej izbietky!"

„Ím tu šeckým drbe," pošepkala mi Etela vo výťahu.

Etele ponúkli posteľ v izbe, o ktorú sa má deliť s ďalšou paňou, čo sedela vo vozíku, keď slečna Jeanie vtrhla dnu bez zaklopania. Riaditeľka sa dokonca tvárila, že jej pani zavadzia, a preto ju odtiahla na chodbu.

Zavrela za ňou dvere a otočila sa k Etele. „Nech sa páči, drahá, môžete sa rozhliadnuť."

Miestnosť bola malička, tri sme sa tam riadne tlačili medzi dvomi malými posteľami. Izba smrdela od moču a výhľad bol na kocku betónu, čo kedysi bola záhradka.

„Musíte mi zaplatiť dnes, môžete aj šekom, a to na šesť mesiacov dopredu. Máme veľa záujemcov o túto nádhernú izbietku," súrila nás slečna Jeanie.

Etela zosmutnela. Nemohla som ju tam nechať.

Piatok 3. apríl 10.31
Adresát: chris@christophercheshire.com

Chcela som si v kuchyni urobiť raňajky, lepšie povedané, zaliať kávu a zapáliť cigu, ale nedalo sa do nej poriadne dostať. Rosencrantz s Christianom finišujú s kostýmami. Rosencrantzovo predstavenie je už dnes večer. Čakala som, kým zovrie voda, a všimla som si, že Christian prišíva na sako hákový kríž. Uvedomila som si, že v tom chaose, v akom sa nachádza môj život, ani neviem, o čom je divadelná hra môjho vlastného syna.

Chalanov som sa opýtala, či by sa mohla hra páčiť Etele, keďže chcela ísť.

„Jasnačka. Nech ide. Hra je o druhej svetovej vojne," natešene odpovedal Rosencrantz. Po šoku, aký Etela zažila v domove, keď videla všetky súkromné zábery slečny Jeanie, ju hra určite poteší. Má rada príbehy z druhej svetovej. Nechceš ísť s nami? Marika má rodičovské.

Piatok 3. apríl 23.36
Adresát: marikarolincova@hotmail.co.uk

Práve sme sa vrátili z Rosencrantzovho vystúpenia. Bolo to teda riadne predstavenie. Volalo sa Anna Franková: Divožienka. Šokujúce. Musela som sa pozerať cez prsty. Rosencrantz hral postavu Anny Frankovej! Na to, že dej sa odohrával počas druhej svetovej vojny, tam bolo príliš veľa diskogúľ. Etela bola zmätená. Tešila sa, že si zaspieva staré vojnové piesne, ktoré jej pripomínajú mladosť.

Dej bol takmer identický so skutočnou udalosťou až dovtedy, kým sa zadná stena javiska neotvorila dokorán. Mega diskoguľa sa spustila z plafónu a desiatky polonahých nacistov vybehli na javisko. Na konci sa Anne Frankovej podarilo napadnúť Hitlera v obrovitánskej kolieskovej korčuli, vyrobenej z nákupného košíka. Kolieska ho udlávili na smrť. Ešte pred predstavením som si predsavzala, že keď sa hra skončí, pôjdem do zákulisia osobne pozdraviť Rosencrantzových spolužiakov. Vtedy mi ani nenapadlo, že to môže byť chyba. Rosencrantza sme našli v hlúčiku vytešených obdivovateľov. Všetci mu hovorili, aký to bol umelecký kúsok. Najväčším obdivovateľom bol riaditeľ konzervatória Artemis Wise. Mal prepitú tvár a ledva sa držal na nohách. Len čo ma zbadal, treskol na stôl pohárik nedopitého Campari. „Je tu mama! Ako sa ti páčila hra, mama? Nehanbi sa, mama, hovor."

Skutočne som nevedela, čo mám povedať.

Nakoniec zo mňa vypadlo: „Bolo to riadne divadielko."

„Háá, divadielko, mama," smial sa ako kôň a ukázal nám svoje zuby plné čipsov. „Tvoj syn bude veľká hviezda, mama!"

Christian si všimol, že som z neho v úzkych. Snažila som sa to zakryť umelým úsmevom. Artemis sa načahoval k Rosencrantzovi, zošmykol sa zo stoličky a to mi, chvalabohu, dalo šancu na útek. Rýchlo som sa vyhovorila, že musím zobrať Etelu domov, a už ma nebolo. Zostalo jej zle. Ani sa nečudujem, lebo jeden z divadelných nacistov ju nechtiac trafil do oka (odznakom hákového kríža na tangáčoch). Naposledy videla Rosencrantza v predstavení, keď mal tri roky (hral tancujúci hrnček v hre Kráska a zviera). Chris sa s nami nevrátil, zostal v divadle. Chcel si poklebetiť s hercami (najmä s tými v tangáčoch).

Doma som Etele urobila pepermintový čaj na upokojenie nervov. Rosencrantz a Christian sa stavili po víno na oslavu prvej noci predstavenia.

„Mami, ako sa ti páčila hra?" opýtal sa ma natešene, „ja som písal scenár."

„Prečo si si vybral takú kontroverznú tému?" bola som zvedavá.

„Ty si ma inšpirovala svojou Poľovačkou na lady Dianu, mami."

„Čítala som knihu tvojej mamy," pridala sa Etela, „vytárala v nej dobrý príbeh... Ale čo sa týka tvojéj hry, môj, takú srákotu som nevidela od čás, kedy bol seriál Eldorado na BBC... A ten Chris si nemusí kupovať perverzné časopisy aspoň mesác!"

„Nebolo to až také zlé," snažila som sa podržať smutného Rosencrantza.

„Bolo to také zlé, mama?" opýtal sa potichu.

Pozrela som na Christiana, nech mi pomôže, ale ten otočil hlavu nabok. Rozmýšľala som, či mám byť k nemu úprimná ako k dospelému človeku a povedať mu pravdu, alebo zaklamať a povedať, že to bolo úžasné. Rozhodla som sa pre pravdu.

„Zahral si to veľmi dobre. No mne sa to zdalo priveľmi lacné a zúfalé."

Rosencrantzovi sa plnili oči slzami.

„Ale vypredali sme sálu. Stavím sa, že ty by si to nedokázala." Popravil si parochňu Anny Frankovej a ušiel. Christian ma cestou von objal a zašepkal: „Vravel som mu, že tangáče sú nevhodné, ale nepočúval ma."

„Musíš mu zrušiť to šálené herectvo kým je normálny, aby neskončil v príkope," varovala ma Etela a pokračovala. „Striptéri nacisti? De sme? Sem-tam mu jednu strel pozá uši. V živote nikdy nebudem čumákovat na dvojhodinový striptíz nacistov."

Radšej som si išla do záhrady zapáliť cigu. Škoda, že tu nie je Daniel, keď ho treba. Rodičovstvo je oveľa jednoduchšie v dvojici.

Sobota 4. apríl 21.00
Adresát: rosencrantzpinchard@gmail.com

Prespal si u Christiana? Je mi ľúto, ako som sa včera vyjadrila k Tvojmu predstaveniu. Nechcela som Ti klamať, ale uvedomujem si, že som to mohla povedať aj inými slovami. Chcem sa k Tebe správať ako k umelcovi a nie ako k decku. Je to moja chyba. Na Tvoje predstavenie som išla v rozpoložení mamy, ako som zvykla chodiť na vianočné predstavenia v základnej škole. Veľmi rýchlo si vyrástol, synáčik. V Anne Frankovej bol veľmi silný dialóg a za to som na Teba veľmi hrdá! Je to Tvoj prvý scenár. Moje prvé dielko sa s Tvojím nedá porovnávať, bola to riadna...

Nasledujúce riadky sú od babky. Každé jedno písmeno vyťukala poctivo jedným prstom. Dokonca nepozerala svoj obľúbený program Británia má talent, aby Ti napísala.

Očúvaj ma, chlapče, moje nedávne skoro umretie ma naučilo, že sa nemá utrácať čas blbinami a hádkami. Nescem strácať drahocenné minúty hádkami s tebou. V tvojem veku som musela makať v továrni. Keby som povedala mojej materi, že stem byť herečka, tak by mi strelila a poslala ma do decáku. Prepáč, že som ti včera nadala. Bola som šokovaná, že môj malý Rosencrantz je v takej eroticky ladenej hre. Nedošlo mi, ako sa svet zmenil, že len robíš, čo je teraz ve móde. Erotičnosť. Ak budeš robiť dalšú hru, pozri si Mistra Beana, ani raz nezahulvátuje a dokáže divákov rozosmáť. Tvoj dedo nebol fešák jako ty, žádna ho nechcela ani s vrecem na hlave, ale ja sem toho starého chruňa milovala. V ten deň, čo zemrel, sme sa ráno rádne pohádali. Ušél z domu a poobede ho zrazil autobus. Dala by som šecko za to, keby sme sa stihli uzmieriť pred jeho smrťou.

Poď domov, na prechode sa obzri na obe strany a doma ti dám bozk jak delo.

Tvoja BABKA

Cmuk

Sobota 4. apríl 22.33
Adresát: chris@christophercheshire.com

Po dnešnom predstavení sa Rosencrantz vrátil konečne domov. Priniesol mi velikánsku prekrásnu kyticu a Etele jej obľúbené oškvarky. Dnes stálo a tlieskalo celé hľadisko. Riaditeľ je vytešený. Ozvali sa z umeleckej časti radnice, že by si prišli radi pozrieť predstavenie. Dúfajú, že im vyčlenia vyššiu dotáciu po takom úspechu.


Nedeľa 5. apríl 15.46
Adresát: chris@christophercheshire.com

Christian nám na raňajky urobil chutné palacinky. Etela sa priplachtila s chodúľkou a v zuboch priniesla nedeľný The Daily Mail.
Ukázala nám malý zabudnutý článok na strane 37. Rubrika sa volá Umelecké klebety a zaoberá sa informáciami z umenia.
Citujem:

„Donieslo sa nám, že aj napriek miliónovej dotácii sa súkromné konzervatórium v severnom Londýne nachádza vo veľmi zložitej finančnej situácii. Onedlho sa však môže všetko zmeniť k lepšiemu vďaka študentovi Rosencrantzovi Pinchardovi, scenáristovi a hercovi prekvapujúco úspešného školského predstavenia Anna Franková: Divožienka. Bývalí dobrovoľní finanční darcovia konzervatória Ian McKellen a Sean Connery sa chystajú zúčastniť na večernom predstavení (vraj s plnými peňaženkami). U nás v redakcii sme sa zamýšľali nad tým, kde sa Rosencrantz Pinchard inšpiroval druhou svetovou vojnou. Možno u svojej mamy, autorky Coco Pinchardovej? Jej prvý spisovateľský pokus Poľovačka na lady Dianu vybuchol ako bomba v Hirošime!"

Porovnávanie mojej knihy s bombou v Hirošime pripadalo smiešne iba Etele. Rosencrantz ma ľútostne objal a Christian mi nalial poriadnu dávku brandy na palacinku.

Pondelok 6. apríl 15.44
Adresát: chris@christophercheshire.com

Ian McKellen ani Sean Connery sa nedostavili. Riaditeľa skoro porazilo z prázdneho hľadiska. Opýtala som sa Rosencrantza, ako je možné, že škola má finančné problémy. Majú tristo študentov, ktorí platia osemtisíc libier na rok!

Po tom, čo sa v novinách objavil článok o hre Anna Franková: Divožienka, Etela drasticky zmenila názor a nazýva ju majstrovským dielom a divadlom lepším ako Cats. Len som jej pripomenula, že Cats nikdy nevidela.

„Ale videla som Elaine Paigeovú spívať v telke v Pop Idole pre dívčatko o barlách. Rádne ma to rozčúlilo, kam až zájde tá chudera za slávou."

Streda 8. apríl 22.44
Adresát: marikarolincova@hotmail.co.uk

O ôsmej ráno nás zobudila novinárka Eva Castlová z The Daily Mail. Netrpezlivo vyzváňala pri dverách. Hneď sa ospravedlnila, že ona nemá na rováši článok, ktorý vyšiel pred pár dňami. Vysvetlila nám, že by chcela napísať článok o vychádzajúcej hviezde. Chcela ho napísať z pohľadu matky a syna.

Rozprávali sme sa asi dvadsať minút. Potom odišla do redakcie vyzdvihnúť fotografa a nachystať sa na večerný rozhovor so mnou a s Rosencrantzom. Chvalabohu, lebo o ôsmej ráno vyzerám ako troska. Rosencrantz utekal zo školy domov, aby nemeškal na rozhovor s Evou Castlovou o šiestej. Ona však neprišla a ani sa neozvala. Dúfam, že ju niečo nezrazilo, križovatka na našej ulici je chaotická a nebezpečná.


Štvrtok 9. apríl 10.09
Adresát: chris@christophercheshire.com

Škoda, že tú kravu Evu Castlovú nezrazil kamión. Na sedemnástej strane The Daily Mail je veľký článok o riaditeľovi konzervatória. Artemis Wise spreneveril 500 000 libier! Článok pokračuje tým, ako sa študent konzervatória Rosencrantz Pinchard pokúsil zachrániť osud školy napísaním vlastnej hry aj napriek tomu, že pochádza z rozvrátenej rodiny a hrozných pomerov. Ďalej sa v článku píše o smutnej spisovateľskej kariére Rosencrantzovej mamy.

Dokonca citujú slová mojej nočnej mory Reginy

Battenbergovej: „Pinchardová je nepredvídateľná." Dorian povedal: „Musel som ju vyhodiť, nemá to v hlave v poriadku." Chvalabohu, nedovolali sa Anče Branniganovej. K článku vycapili nechutnú fotku mňa v župane s cigaretou v hube. Tá suka Castlová musela mať včera v kríkoch schovaného fotografa s riadnym objektívom. Rosencrantza dnes nepustili do školy. Veľkonočné prázdniny sa začali o deň skôr, vraj pre nepredvídané udalosti. Prebieha interné pátranie po Artemisovi Wisovi, ktorý sa vyparil.

Štvrtok 9. apríl 15.56
Adresát: marikarolincova@hotmail.co.uk

Áno, to som ja v novinách. Tá novinárka to mala na mňa pekne pripravené. Chris mi prišiel pomôcť, vybavuje telefonáty. Telefón sa celý deň nezastavil. Vyvolávajú mi ľudia, ktorých som nevidela alebo nepočula roky rokúce. Spoznali ma na fotke, čo beriem ako urážku. Dokonca mi volala moja obľúbená Regina Turnbullová, ktorá ma ignorovala, keď som od nej chcela, aby z facebooku stiahla moju trápnu fotku. V Španielsku odoberá The Daily Mail. Aspoň už teraz zrušila to foto.

    Rosencrantz si požičal môj kufor. Pri všetkom tom chaose som zabudla, že zajtra letí s Christianom za Danielom do Los Angeles. Meryl volala s organizačnými pokynmi v súvislosti s vyzdvihnutím svojej matky na Veľkú noc. Tony nerád šoféruje po Londýne, preto chcú, aby som Etelu priviezla na polcesty na M25, odbočka 23. Etela si pripadá ako pri odovzdávaní štafety. Zatiaľ nespomínala článok. Začína vždy od poslednej strany novín, lúšti sudoku, kým jej nezovrú vajcia.


Piatok 10. apríl 21.24
Adresát: chris@christophercheshire.com

Odviezla som Rosencrantza a Christiana na letisko Heathrow.
 V rade na odbavenie si začali dôchodcovia stojaci pred nimi niečo šuškať a ukazovať prstom na mňa. Jeden z nich si to namieril ku mne. „Áno, to som ja, krkavčia mama z novín," povedala som zlostne. Hneď nato vytiahol z kabáta Poľovačku na lady Dianu a poprosil ma, či by som mu ju nepodpísala. Zostala som zahanbená a ospravedlnila som sa. Keď sa vrátil ku svojej skupinke, začula som, ako hovorí: „Nechceli ste mi veriť, že to nie je Camilla Parkerová Bowlesová. Je to moja obľúbená spisovateľka Coco Pinchardová." Zahrialo ma to pri srdci, ale asi si musím niečo urobiť s účesom, keď si ma tak mýlia s Camillou.
 „Uži si návštevu u otca, Rosencrantz," rozlúčila som sa s ním so slzičkou v oku.
 „Ideme len preto, že máme letenky a ubytko zadara!" povedal drzo, pobozkal ma na líce a už sa bral na pasovú kontrolu.
 „Nebojte, dám naňho pozor," rozlúčil sa Christian. Vrátila som sa domov a hneď som musela s Etelou utekať naproti Tonymu. Nechcelo sa jej vôbec ísť. Vraj je u mňa väčšia zábava, nemusí ísť spať o deviatej večer, nemusí jesť iba pri stole a neznáša, že nemajú káblovku. Celá zbledla, keď Tony zastavil

na parkovisku v pohrebnom aute. Povedal, že Meryl neprišla len preto, lebo legálne môžu byť v pohrebnom aute iba dvaja živí ľudia. Tretí sa môže odviesť iba vzadu v truhle. :-) Etela sa potešila, lebo naposledy musela párkrát cestovať v truhle a vôbec to nebolo pohodlné. Vraj jej dali aj poklop. :-) Musím priznať, že mi trošku chýba. Dom je bez nej prázdny a príliš tichý. Na internete som omrkla fotky Camilly Parkerovej Bowlesovej. Absolútne sa na ňu nepodobám! Možno trochu nosom. :-)

Piatok 10. apríl 23.00
Adresát: marikarolincova@hotmail.co.uk
chris@christophercheshire.com

Našla som si zmeškaný hovor, asi som bola v sprche. Volala mi knižná agentka Angie Langfordová z literárnej agentúry BMX. Nechala odkaz. Zaujal ju článok v novinách, a tak si kúpila moju knihu, ktorá ju veľmi zaujala. Chce sa so mnou stretnúť po Veľkej noci a podebatovať o mojej prezentácii. Skontrolovala som agentúru na internete a nechcela som veriť vlastným očiam. Sú jedna z naj naj naj literárnych agentúr!!! Neviem, čo so sebou. :-)

Nedeľa 12. apríl 10.47
Adresát: rosencrantzpinchard@gmail.com

Mama Ti želá veselú Veľkú noc! :-) Teší ma, že sa s otcom

bavíte, a závidím vám horúce dni. Potreboval si s ním stráviť nejaký čas po tom našom rozvodovom chaose.

Tu sa toho veľa neudialo, odkedy si odišiel. Včera prišla na pizzu Marika s Chrisom. Pozerali sme Británia má talent a Marika sa skoro pohádala s Chrisom. Nepáčilo sa jej, ako Simon Cowel, herečka Amanda Holdenová a Piers Morgan predstierajú, že počuli jednu súťažiacu, tuším sa volala Susan Boylová, spievať po prvýkrát. „To je aká filmovačka? Veľmi dobre vedeli, že má hlas ako Pavarotti. Len to na nás hrajú kvôli ratingu," pustila sa do nich Marika. „Hybaj, Mariša, nevidíš, akí sú z nej vyhúkaní?" atakoval Chris.

Asi súhlasím s Chrisom. Videla som herecký výkon Amandy Holdenovej v jednom seriáli a určite by to tak dobre nezahrala. Je drevo.

V utorok mám stretnutie s literárnou agentkou!


Utorok 14. apríl 12.43
Adresát: chris@christophercheshire.com
marikarolincova@hotmail.co.uk

Stretnutie dopadlo skvele! Angie Langfordová má kanceláriu na Shaftesbury Avenue s neopísateľným výhľadom na celé Soho. Oproti je divadlo The Palace, kde dávajú muzikál Priscilla, kráľovná púšte. Na fasáde je megareklama s flitrovanými lodičkami... Keď som sedela za stolom oproti Angie, vyzeralo to, akoby jej Priscillina biela lodička stála na hlave. :-) Angie je krpatá, drsná a oblieka sa od hlavy po päty len do značkových kostýmčekov. Hneď na začiatok mi ponúkla cigaretu. Bola vytešená ako malé decko, keď som neodmietla. „Pracujem iba s fajčiarmi, nefajčiari všetko len komplikujú! Aké fajčíš, Coco?"

„Marlboro Lights."

„To ma naozaj teší. Ja fajčím červené marlborky, takže mi z nich nebudeš kradnúť na rôznych večierkoch a pri udeľovaní cien. Aké fajčíš v stave núdze?"

„Prosím? Nerozumiem, Angie."

„Aké cigy kupuješ, keď nemáš dosť drobných?"

„Pal Mall a JPS."

„Dobre, to pôjde. Vyhneme sa tým skákaniu do vlasov. Nie je nič horšie ako fajčiar bez cigariet."

Myslím, že som prešla jej testom. :-) Usadila sa, vyložila nohy na stôl a machrovala tými najmenšími ihličkami Jimmy Choos, aké som kedy videla. Ktovie, či si ich požičala od svojej barbiny. :-) Potom sa rozhovorila o Poľovačke na lady Dianu.

„Milujem tvoju knihu. Je geniálna! Nevšímaj si debilov z knižného klubu Anny a Michaela Branniganovcov... Anča je preslopaná alkoholička. Minulý rok ju museli po odovzdávaní knižných cien zoškrabovať z cesty odhŕňačom snehu... A nebolo to preto, že pila kávu."

„Prečo sa jej každý zastáva?" bola som zvedavá.

„Anna a Michael sú najsilnejšie koliesko v knižnej mašinérii. Bez ich súhlasu sa ani jedna kniha nedostane tam, kam patrí. Ty si mala šťastie, že ti len zrušili zmluvu..."

Predstavila som si ich, ako sa v noci zakrádajú ku mne domov s baterkou a odseknutou konskou hlavou na výstrahu.

„No, Coco, máš v sebe ďalšiu knihu?" Prikývla som a otvorila zošit plný nápadov.

„Daj to preč, musíme si pripiť šampanským na oslavu spolupráce. Do troch týždňov mi pošli návrh príbehu knihy na jednej strane A4. Trochu sa s tým pohrám a zoženiem pekný tučný preddavok od vydavateľa."

Pri otváraní šampanského som zostala šokovaná. To naozaj môže byť také jednoduché? Mám agentku!

Musím rýchlo začať s písaním.

Piatok 17. apríl 17.45
Adresát: rosencrantzpinchard@gmail.com

Ďakujem za pohľadnicu. Bola som prekvapená, že si použil pero. :-) Je ťažké predstaviť si, že kedysi sme nemali Facebook, Twitter, mobily... len pero/ceruzku a papier.

Tvoja babka si veľmi neužila Veľkú noc. Tonyho seklo v chrbte, keď jej pomáhal hore schodmi, takže bola celý víkend uväznená na hornom poschodí. Tony sa nemohol ani pohnúť. Na Veľkonočný pondelok mali v práci pohreb, a tak Meryl pendlovala medzi balzamovaním mŕtvoly a pečením morky. Morka vraj chutila strašne. Meryl s Etelou si skákali do vlasov, preto sa jedna druhej celý čas vyhýbali. Meryl sa ponúkla, že mi dá polovicu na prenájom schodiskového výťahu pre imobilných ľudí v mojom dome, ak bude Etela u mňa. Chcela som ten výťah pre ňu prenajať už dávnejšie, ale bol drahý.

Mama

Utorok 21. apríl 12.43
Adresát: kancelaria@schodiskovevytahydonebies.co.uk

Toto ste prehnali! Zúrim! Zúrim! ZÚRIM! Prečo nemáte telefónnu linku pomoci zákazníkom? Nie je väčšina Vašich zákazníkov v dôchodkovom veku? Koľko dôchodcov je online? Váš zamestnanec mi ponúkol niečí zrušený termín o desiatej ráno. Veľmi neochotne, musím podotknúť. Súhlasila som. Dostavil sa o hodinu neskôr, o jedenástej. Musela som ísť so svokrou na rehabilitáciu, tak som mu ukázala, kde všetko je. Dôverovala som mu, že dokáže zvládnuť každodennú rutinu. „Musíme utekať, obslúžte sa v kuchyni." Myslela som, nech si urobí kávu alebo čaj.

Vrátila som sa domov a nenašla schodiskový výťah nainštalovaný na schodoch do horného poschodia, ale ten Váš chumaj ho nainštaloval na šesť schodov, ktoré vedú z kuchyne do pivnice. Nenechal po sebe vizitku ani číslo, skrátka nič.

Čo nechal rozum doma v posteli? To je zvyknutý pravidelne inštalovať výťahy na schody do pivnice pre dôchodcov-zabijakov, aby tam mohli schovávať telá svojich obetí?

Očakávam od Vás, že to veľmi rýchlo napravíte, najlepšie ešte DNES!!!


Streda 22. apríl 15.45
Adresát: ppl.damian.scudders@mest.policia.uk

Pán podplukovník Scudders,
  chcem sa Vám poďakovať za rannú návštevu a informovať

Vás, že nový výťah je nainštalovaný správne a starý, nesprávne nainštalovaný výťah je odpratný. Ak potrebujete iný dôkaz, aby ste mi uverili, že nezadržiavam starú krehkú ženičku v pivnici, môžete zavítať kedykoľvek na kontrolu. Tá staršia krehká pani sa veselo vozí hore-dolu na výťahu, akoby to bol kolotoč. Pritom počúva Eminema na synovom MP3 prehrávači.

Mám aj písomné ospravedlnenie firmy Schodiskové výťahy do nebies, ktorá ma informovala, že Vás kontaktovali, aby vysvetlili nedorozumenie.

S pozdravom
Coco Pinchardová


Štvrtok 23. apríl 16.19
Adresát: chris@christophercheshire.com

Mám spisovateľský blok. Neviem, kde začať s prvopisom. Snažím sa nestresovať. Nie je to ani tak spisovateľský blok ako to, že sa snažím vyhýbať písaniu všetkými možnými spôsobmi.

Dom je vyblýskaný, bielizeň opratá, žehlenie zdolané a dokonca som skúsila piecť.

„Moja, čo je s tebú?" opýtala sa ma Etela a zahodila rozžuvaný mafin. Bol to môj prvý pekársky pokus, preto som sa na ňu nenahnevala.

„Som zablokovaná," vysvetlila som svoju náladu. Etela sa vytratila a o chvíľu zjavila. Priniesla mi laxatíva. :-)

„Moja, šupni si jeden a budeš mať o zábavu postarané každých pätnásť minút."

„Nie som tak zablokovaná, mám poriadny spisovateľský blok."

„To je rádna kravina!" Do tváre mi pchala papier a pero. „Jediné zablokováni, keré ma odradilo od roboty, bolo za čás, keď som bola hajzelbabou v base. Ten hajzel bol vtedy rádne zablokovaný. Je to prosté, napíš jedno slovo za druhé a basta." To mi poradila pred obedom. Teraz je 16.23 a papier je stále prázdny!

Piatok 24. apríl 12.19
Adresát: chris@christophercheshire.com

Dnes mi prišla zmluva z literárnej agentúry BMX. Nezvládam ten tlak. Ešte viac ma to vystresovalo. Angie mi k zmluve pribalila škatuľku marlboriek. Utiekla som do záhrady a vyfajčila rýchlo niekoľko cigariet za sebou.

Vo vzduchu cítiť jar. Stromy pučia, vtáčiky čvirikajú... Zajtra sa vráti Rosencrantz. Opýtal sa ma, či by sa k nám mohol Christian nasťahovať. Musí to byť naozaj vážne. Mám to dovoliť? Christiana mám veľmi rada. Rosencrantza zmenil z mrzutého tínedžera na mladého džentlmena. Rosencrantz kúpil vo Vegas suveníry pre Teba a Mariku – magnetku Cher. Vedel si, že Cher je len o deväť rokov mladšia ako Etela? Povedala som jej to pri raňajkách. Reagovala presne tak, ako zvykne.

„A čo, moja. Od teba je staršia o dvadsaťdva rokov," utrúsila Etela, „to z nás oboch robí staré šunky, keré zestárli jak prasnice."

Sobota 25. apríl 18.04
Adresát: rosencrantzpinchard@gmail.com

Máš zapnutý mobil? Vyvolávala som Ti. Čakám pri termináli 2, na parkovisku na krátke státie. Marika s Chrisom sú u nás, strážia Etelu a dávajú si na tvár skrášľovacie masky. Mal by si ich vidieť, vyzerajú ako niečo v Jurskom parku. :-)

P. S.: Christian sa k nám môže nasťahovať! O podmienkach si podebatujeme doma. Teším sa na Vás.

Sobota 25. apríl 19.17
Adresát: rosencrantzpinchard@gmail.com

Miláčik, keď môžeš, zavolaj. Chris skontroloval teletext, ktorý ukazuje, že Tvoje lietadlo pristálo takmer pred hodinou. Čakáš na batožinu?

Sobota 25. apríl 19.55
Adresát: rosencrantzpinchard@gmail.com

Stále sa Ti nedá dovolať. Prešli dve hodiny a Teba nikde. Kde si? Čo sa deje? Začínam sa o Teba strachovať.

Sobota 25. apríl 19.55
Adresát: danielpinchard@gmail.com

Si ešte v LA? Ja trčím na letisku Heathrow. Rosencrantz nenastúpil do lietadla domov. Hľadala som ho v príletovej hale. Christiana som zbadala z diaľky, ako vychádzal so starším drsne vyzerajúcim párom z letiska. Asi to boli rodičia. Utekala som za nimi. Predtým ako ho rodičia naložili do limuzíny, mi iba pošepkal: „Prepáč!" A odfičali. Vo Virgin Atlantic mi oznámili, že Rosencrantza na letisku v LA zadržala americká bezpečnostná služba. Zatkli ho za pašovanie narkotík.

Sobota 25. apríl 22.47
Adresát: meryl.watsonova@yahoo.com

Drahá Meryl,
Rosencrantz má v Amerike veľké problémy, musím za ním letieť ešte dnes. Danielovi sa nedá dovolať, je v lietadle do ďalšej destinácie svojho muzikálu. Má pristáť o niekoľko hodín. Mohla by si ráno vyzdvihnúť Etelu? Chris a Marika s ňou zostanú cez noc. Som na letisku a snažím sa kúpiť topánky. Na letisko som dorazila v papučiach.

Sobota 25. apríl 23.11
Adresát: meryl.watsonova@yahoo.com

Veľká vďaka, Meryl! Aj za podporu. Pozdravuj Tonyho a držte mi palce.


Sobota 25. apríl 23.45
Adresát: chris@christophercheshire.com

Som v lietadle. Čakám na odlet. Je zázrak, že som mala v kabelke pas (od minuloročnej spoločnej dovolenky). Prepáč, že som tak zdúchla, ale ďalší voľný let je až o tri dni. A to som mala riadne šťastie, že mi predali letenku do turistickej triedy, ktorá bola vypredaná. Museli ma preložiť do biznis triedy. :-) Bez mejkapu a v teplákoch tu svietim ako mníška na diskotéke. A to si ešte nevidel moje topánky! Jediný obchod s topánkami (ak sa to tak dá nazvať), čo bol otvorený, bol stánok starého Inda, v ktorom predával gumené sandáliky do mora.

    Snažím sa rozmýšľať nad Rosencrantzom so zdvihnutou hlavou. Mám toľko otázok... Prečo mal drogy? Vedel Christian, čo sa stalo? Prečo zatkli Rosencrantza a nie jeho? Kde mal schované drogy? Vyňuchal ich pes? Točí sa mi z toho hlava. Myslela som, že poznám vlastného syna. Musím končiť, Chris. Začali hučať motory. Ozvem sa a ešte raz Ti ĎAKUJEM!!!

Nedeľa 26. apríl 1.15
Adresát: marikarolincova@hotmail.co.uk

Nemám ani šajnu, ako vyzerá Los Angeles alebo aké je počasie. Som stále na letisku. Len cez pasovku to trvalo dve hodiny. Robia veľké fóry. Dokonca aj Američanom. Jedna postaršia americká pani mi v rade na kontrolu pošepkala, aby som s ich cudzineckou políciou ani len nežartovala.

„Majú toľko právomocí, že si môžu dovoliť úplne všetko! Môj nebožtík manžel bol veľký vtipkár a raz na to veru doplatil. Dali ho vyzliecť donaha a prehľadali ho všade. Úplne všade, ak viete, na čo myslím. Držali ho tam vyše pol hodiny, a keď ho pustili, bol ako troska."

„Preboha živého," zostala som preľaknutá.

„Prišli ste na dovolenku, drahá?" opýtala sa ma.

„Nie, idem za synom."

„Aj ja, zlatko. Môžeme si zobrať spoločný taxík, bude to lacnejšie. Súhlasíte?"

Našťastie som nemusela vysvetľovať, prečo to nie je možné. Ohlásil ma jeden z pasovákov ku svojmu stolu. Bola to nepríjemná ženská. Zobrala mi odtlačky prstov a nasrdene sa ma spýtala, prečo chcem vstúpiť do USA. Jemne som sa k nej nahla a pošepla: „Môjho syna u vás držia vo väzbe. Vraj mal pri sebe drogy. Rosencrantz Pinchard."

Tá krava sa nahla k mikrofónu a vyhlásila: „Mám tu matku podozrivého číslo 4463, ktorý je obvinený z pašovania narkotík."

Skoro som sa prepadla od hanby pod zem.

Pasováčka ustúpila pár metrov dozadu a pristúpil ku mne chlapík v sivej uniforme. Odviedol ma do bočnej tmavej miestnosti, ktorá bola až nepríjemne tichá a izolovaná. Po celom tele mi naskočila husia koža. Posadil ma k stolu a rozsvietil malú lampu, ktorú mi namieril priamo do tváre. Ledva som videla jeho drsné obrysy. Pomaly sa začal prehrabávať v papieroch.

„Aké je vaše zamestnanie? Čím sa živíte?"

Nervózne som začala opisovať svoju knihu. Po niekoľkých minútach ma zastavil zdvihnutím ruky, akoby som bola trénovaná opica.

„Váš syn je dočasne zatknutý. Čakáme na oficiálne obvinenie." Vyšlo to z neho ako z robota.

„Môžem ho vidieť?" mala som slzy na krajíčku.

„Madam, máme čakaciu lehotu deväťdesiatdva hodín. Buďte trpezlivá."

Opečiatkoval mi pas a vojensky ma odprevadil von zo svojej kancelárie. Ocitla som sa späť v hlučnej príletovej hale. Stihla som sa ešte opýtať, čo mám ďalej robiť.

„Čakajte," dvere za ním sa pomaly zatvárali.

Teraz teda čakám... Je hrozne čudné byť v Amerike bez batožiny, bez hotela, bez dovolenkového vzrušenia... Pláž je kilometer od letiska...


Nedeľa 26. apríl 3.50
Adresát: chris@christophercheshire.com
marikarolincova@hotmail.co.uk


Čakám tri hodiny a nič. Nikto za mnou nebol. Cítim sa ako stratená perla v mori. Z davu ľudí, ktorí tu čakali tiež, zostalo iba torzo čudákov. Úplne medzi nich zapadnem v teplákoch a v ružových morských sandálikoch. Vrátila som sa na cudzineckú políciu, aby som zistila, či je niečo nové, ale boli už fuč. Čakám v hlavnej budove. Svetlá sú stlmené a lavičky zaplnili spiaci cestujúci. Ustlala som si pri pulte British Airways, čo ma na prekvapenie trochu upokojuje a pripomína domov. Bankomat mi nechce akceptovať kreditku. Jeden milý anglický párik mi, chvalabohu, zamenil päťlibrovku (nič viac som v peňaženke nemala) za desať dolárov. Amerika je naozaj krajina neobmedzených možností. V automate som si mohla vybrať zo štyroch rôznych druhov Snickers. Dúfam, že Rosencrantz je v poriadku. Modlím sa, aby bol. Som zúfalá z toho, že viem, že je nablízku, a nemôžem mu pomôcť!


Nedeľa 26. apríl 13.48
Adresát: chris@christophercheshire.com
marikarolincova@hotmail.co.uk

Zobudila som sa na to, ako mi niekto triasol ramenom a po tvári mi stekala slina. Otvorila som oči. Bolo dávno svetlo. Nado mnou stála mladá Američanka v elegantnom kostýme a teniskách.

V ruke držala kufrík a vysoké lodičky.

„Pani Pičardová?"

„Som Pinchardová." Všimla som si, že život letiska bol opäť v plnom prúde. Po spiacich cestujúcich nebolo ani stopy. Zostala som jediná. Pri mne sa vytvoril dlhý rad ľudí, ktorí čakali na odbavenie British Airways. Podala mi ruku a predstavila sa ako Tammy Openheimerová z firmy Kaucia za slobodu.

„Kde je môj syn?" strhla som zo seba noviny a potriasla jej ruku.

„Nájdime si väčšie súkromie, potom vám všetko vysvetlím." Zaviedla ma do blízkej kaviarne.

„Pani Pinchardová," vytiahla nejaké dokumenty z kufríka, „ako som už spomínala, poslali ma sem z firmy Kaucia za slobodu. Musím vám oznámiť, že vášho syna dnes ráno o pol piatej oficiálne obvinili."

„Obvinili? Z čoho ho obvinili?"

Tammy sa pohrabala v papieroch. „Obvinili ho z prevážania malého množstva marihuany."

„Chvalabohu, to som si vydýchla. Bála som sa, že to bol heroín." Tammy sa zamračila, pozrela na mňa, akoby som niekomu ublížila a pokračovala. "Štát Kalifornia má veľmi prísne protidrogové zákony!"

„Aké prísne?" odpila som si z kávy.

„Väčšinou je to väzenie. Rosencrantz má šťastie, že mu súd povolil kauciu, ale iba do začiatku súdneho pojednávania."

Hlava mi padla do dlaní.

„Koľko je kaucia?"

„Šesťdesiattisíc dolárov, pani Pinchardová."

„Šesťdesiattisíc dolárov?" opýtala som sa neveriacky. „A to je šťastie, že nám dovolia zaplatiť... skoro štyridsaťtisíc libier?!"

„Viete, ako funguje kaucia cez našu firmu? Klient nám zaplatí desať percent a zvyšok záleží na nás. Po vynesení rozsudku vám peniaze za kauciu vrátime a depozit prepadne v prospech našej firmy. Vo vašom prípade šesťtisíc dolárov."

Dopila som kávu a utrela si slzy. Zazvonil mi mobil. Bola

som šťastná, že počujem Danielov hlas. Bol späť v LA. Prichádzal nám oproti na parkovisko v príletovej hale.

„Výborne načasované, musíme sa ponáhľať. Mužská väznica je asi hodinu cesty a diaľnice sú o takomto čase samá zápcha," povedala Tammy. Daniel nás zanedlho našiel. Vyzeral tak zle, ako som sa ja cítila.

Keď som mu vysvetlila, čo sa deje, zbledol ako stena.

„Môžem k tomu niečo povedať?" opýtal sa. „Nenahnevaj sa, ale nemyslíš, že by mu nejaký čas v base mohol prospieť, aby si uvedomil, čo vyviedol, a poučil sa?"

„To myslíš vážne? Mám nechať nášho syna v base s vrahmi a násilníkmi?! Vieš, čo by sa mu tam mohlo stať? S jeho telom a výzorom? Je to náš syn a nie pokusný králik!"

„Odkiaľ teda zoženieme peniaze?" ohradil sa. „Serieš ich, alebo čo? Tvoj právnik ma stále terorizuje pre tridsaťtisíc."

„Zaplatím mojou núdzovou kreditkou," pustila som sa do útoku. „A ak to nebude stačiť, urobím všetko pre to, aby som tie peniaze niekde zohnala. Aj keby som musela po ne ísť do pekla. Nedovolím, aby si náš syn zničil život. Má ho celý pred sebou."

Nastúpili sme do Tamminho veľkého porsche a odfrčali z podzemného, neónovým svetlom zaliateho parkoviska do slnkom rozžeravených kalifornských ulíc. Tammy pridala plyn. Po diaľnici frčala ako Michael Schumacher (bolo mi na vracanie). Tej ženskej úplne preskočilo. Jazdila ako zmyslov zbavená. Naraz prechádzala cez štyri pruhy a značkami sa neriadila. Na pomalšie autá vytrubovala.

S Danielom sme sa vzadu držali, čoho sa dalo. V jednom momente som mala nohy na plafóne...

Pred nami sa tiahlo nekonečné Los Angeles, zahalené v žltom smogu. Ten pri dotyku s modrou oblohou vyzeral ako močové škvrny. V diaľke som dovidela na kopce s miniatúrnym nápisom Hollywood. My sme smerovali úplne iným smerom, oproti mrakodrapom obaleným v ešte hustejšom smogu. V spätnom zrkadle som zachytila Tammin pohľad.

„Viete, že Rosencrantz nie je feťák?" opýtala som sa jej.

„Nechcem, aby ste si mysleli, že som drzá, ale v očiach štátu Kalifornia Rosencrantz feťák je. Čím skôr sa prizná, tým lepšie pre jeho slobodu." Pri ďalšej odbočke nás nadhodilo, lebo Tammy vyberala zákrutu. Dostali sme sa do ulíc, ktoré podľa cestovných príručiek ani neexistujú. Plné špiny, polozrúcaných chatrčí a osamelých hamburgerových stánkov. Pred nami prefrčal vlak.

„Je to strašný debil," vynoril sa z ticha Danielov hlas, „nikdy mi ani nenapadlo, že budeme riešiť niečo takéto."

Prechádzali sme okolo kostola, ktorého veľkosť sa ťažko opisuje.

V skratke megakostol alebo sklad... Popri ňom sa tiahla mohutná stena s kresbou veľkého Ježiša so zdvihnutou rukou. Dostali sme sa do Downtownu. Pomedzi mrakodrapy sme sa predrali až k širokej striebornej budove s nápisom Mužská centrálna väznica. Zostalo mi zle od žalúdka a triasla som sa strachom. Bachari otvorili závoru, za ktorou sme nechali auto na parkovisku. Začala som vystupovať, ale Tammy ma pribrzdila. „Bude to rýchlejšie, ak pôjdem sama." Z priečinku auta vybrala čítačku na kreditné karty a strčila ju do nabíjačky na zapaľovač.

„Tu je dokument na kauciu. Podpíšte ho dolu, Coco. Potrebujem vašu kreditku na zaplatenie šesťtisíc dolárov."

Podala som jej kartu, prebehla s ňou cez mašinku a šesťtisíc dolárov bolo fuč.

„Dobre," povedala a narúžovala si pery. „A môžem ísť po Guildersterna."

„Môj syn sa volá Rosencrantz," opravila som ju.

„Prepáčte, zlatko, všetky tie postavy v Shakespearovom Hamletovi sa mi pletú." Už som len počula, ako jej vysoké lodičky cupotajú smerom k väzenskej bráne.

„Prečo musela povedať, kto napísal Hamleta? Akože my nevieme?" utrúsil Daniel.

„To myslíš vážne? Iný problém nemáš?" zazrela som na neho.

„Tá ženská sa mi nepáči," dodal.

„Ty si riadny debil," zdvihla som sa a išla radšej von na cigaretu. On zostal vnútri a varil sa vo vlastnej šťave. Asi po hodine sa vo dverách zjavila Tammy aj s Rosencrantzom. Bol pobledný, špinavý, natiahnutý v napasovaných rifliach a tričku s nápisom CHER. Rozbehol sa ku mne a objal ma ako nikdy predtým. Nebola som si istá, či smrdím ja alebo on. Daniel iba pozeral cez zatvorené okno. Naskočili sme do auta a odfrčali. Zopár kilometrov sme prešli v úplnom tichu. Vracali sme sa inou cestou. Tiahla sa popri nekonečnej zlatistej pláži, zaliatej horúcim slnkom. Otvorila som okno, zavrela oči a snažila sa nadýchať morského vzduchu. Prvýkrát som sa v LA uvoľnila.

Strach ma na chvíľku opustil...

Opýtala som sa Rosencrantza, či sa dobre naraňajkoval. Len na mňa pohŕdavo pozrel.

„Si feťák, synček?"

„Nie!"

„Ale si riadny idiot. Je tak?" povedal Daniel.

„Asi vieš veľa o idiotoch, keď sa tak vyznáš. Hovoríš z vlastnej skúsenosti?" odvrkol mu Rosencrantz.

„Stačilo!" zakričala Tammy a podala nám oficiálny dokument, v ktorom sa písalo, že Rosencrantz nemôže opustiť štát Kalifornia, kým nedostane vyrozumenie o súdnom pojednávaní.

„Mám výborného právnika, je to priateľ. Môžem vám ho dohodiť. Je najlepší," navrhla nám Tammy.

„O koľkej?" zúfalo som sa opýtala.

„Zlatko, musím najprv dohodnúť termín. Tu vás vysadím..." Na jednej strane bol nekonečný oceán a na druhej hotely a reštaurácie...

„Tammy, a čo máme teraz robiť?"

„Nájdite si motel a čakajte. Mám vaše číslo, keď bude niečo nové, ozvem sa... Dovtedy sa snažte zostať na správnej strane zákona," zasmiala sa a odfrčala. Zostali sme stáť pri ceste ako strašiaci v poli.

Celé mi to pripadalo ako v zlom filme.

„Dobre, moji. Musím utekať," oznámil Daniel. „Čo? Ty nás teraz opustíš? Len tak?" neveriacky som krútila hlavou.

„Musím stihnúť let späť do Clevelandu. Večer ma potrebujú na javisku."

„Nie si náhodou pred javiskom? Ako dirigent?" zavŕtal Rosencrantz. Daniel si to k nemu rozzúrene nasmeroval.

„Dokonca v diere pred javiskom, otec?"

V Danielovi to vrelo. Rýchlo som medzi nich skočila. „Tá diera sa volá orchestrisko, Rosencrantz." Hádzali na seba vražedné pohľady.

Daniel zapískal na prichádzajúci taxík. „Nájdite si hotel a vyriešte, čo sa dá." Ledva dopovedal a už frčal preč v taxíku. My sme zišli dole k pláži a zistili, že Tammy nás vyložila v Santa Monike. Rosencrantz spoznal pláž a scenériu z Baywatchu. Celé tie roky platenia káblovky sa konečne vyplatili. :-) Sedím na piesku a sledujem surfistov v krásnom tyrkysovom trblietavom oceáne. Rosencrantz išiel kúpiť zmrzlinu. Nemám ani šajnu, čo ďalej.

Nedeľa 26. apríl 21.08
Adresát: marikarolincova@hotmail.co.uk
chris@christophercheshire.com

Santa Monica je trochu snobská, a tak sme sa po pláži prešli do Venice Beach, kde sme našli lacný motel. Venice Beach mi pripomína naše gýčové Margate. Len je tu viac zábavy, nezávislákov, paliem a, samozrejme, lepšie počasie. Dosť ironicky pôsobí náš motel nad obchodom, v ktorom predávajú rôzne pomôcky na húlenie fetu. Pred budovou je promenáda plná turistov, cyklistov, skaterov...

 Poobedie sme strávili na pláži. Rosencrantz mi vyrozprával, čo sa naozaj stalo. Bol to Christianov nápad, aby si vo Vegas zohnali trávu. Kúpili si iba malú dávku na pár jointov, ktoré vyfajčili na diskotéke. Pri tancovaní vypadol Christianovi joint, ktorý sa im nepodarilo nájsť. Nanešťastie spadol Rosencrantzovi do zrolovaných rifieľ. Aké sú šance, že sa to môže stať? Určite menšie ako vyhrať lotériu! O tri dni neskôr im cudzinecká polícia na letisku náhodne skontrolovala spoločný kufor. Pri prehrabávaní ich oblečenia vypadol ten blbý joint. Keď mi to Rosencrantz rozprával, tak sa strašne rozplakal a dodal, že to Christian hodil celé na neho. Iba mu pošepkal, že musí ísť, aby nezmeškal let.

 Opýtala som sa ho, prečo to Christian urobil.

 „Mami, on chce dosť zúfalo pracovať v Amerike,

v módnom biznise. Keby mal hocijaký kriminálny priestupok, nedostane pracovné víza."

„Ale čo ty? Na teba nemyslel? Myslela som si, že to je medzi vami vážne, že bol pre teba ten pravý?"

„Aj ja, mami," povedal, zajakávajúc sa.

„Chcela som, aby sa k nám presťahoval."

„Mami, ja nemôžem. Prosím ťa, nerozprávajme sa už o ňom."

Pred chvíľkou som Rosencrantzovi ustlala posteľ pri stene v našej tmavej motelovej izbietke. Aj ja sa cítim trochu podvedená (Christianom). Mala som ho rada takmer tak veľmi ako Rosencrantz. Asi pred hodinou volala Tammy. Na zajtra ráno vybavila stretnutie s právnikom vo firme Gregory Kaplan a spoločníci.

Musím si kúpiť niečo na oblečenie.


Pondelok 27. apríl 12.00
Adresát: chris@christophercheshire.com
marikarolincova@hotmail.co.uk


Zobudila som sa o piatej ráno, zaliata studeným potom. Pozrela som na Rosencrantza a pri predstave, že by som sa musela do Anglicka vrátiť bez neho, mi prebehla celým telom triaška. Nemohla som spať. Nepomohol ani silný závan marišky z obchodu. Radšej som sa išla prejsť po pláži. Sadla som si chrbtom k mohutnej palme a zapálila si cigu. Bolo príjemne teplo... Cítila som sa fajn. Vtom začali hučať sirény a blížili sa ku mne. Na jednej z tých moderných štvorkoliek sedel policajt. Zaparkoval pri mne. Začala som sa obzerať, za kým prišiel. Na moje prekvapenie za mnou.

„Dobré ráno, pani."

„Dobré aj vám," vyfúkla som z cigarety.

Zízal na mňa a oznámil mi: „Viete, že porušujete zákon číslo 4631, ktorý zakazuje fajčiť na štátnej pláži?"

„Do hája. Prepáčte, chcela som povedať..." dramaticky som zahasila cigaretu v piesku.

„Dávajte si pozor na jazyk, pani. Viete, že uhasením cigarety v piesku ste porušili zákon číslo 4521, ktorý zakazuje odhadzovať odpad na štátnej pláži?" Ospravedlnila som sa, zhrabla ohorok a hodila ho do škatuľky od cigariet. Usmiala som sa, dúfajúc, že ho obmäkčím. Nepomohlo. Dal si dole prilbu, zliezol zo svojho tátoša a naparil mi pokutu sto dolárov! Potom mi dvadsať minút vysvetľoval, aké je fajčenie nebezpečné a nakoniec mi daroval leták organizácie pomáhajúcej fajčiarom. S dôrazom na zákon som sa zbavila letáka a nasmerovala si to do obchodu s oblečením na promenáde. Na dnešné stretnutie s právnikom som si kúpila lacný tesilový kostým. Vyzerám v ňom trochu ako verná kópia Hillary Clintonovej. :-)


Pondelok 27. apríl 15.30
Adresát: chris@christophercheshire.com
marikarolincova@hotmail.co.uk

Práve sa vraciame zo stretnutia s právnikom. Volá sa Gregory Kaplan. Je to roboticky opálený chlapík, päťdesiatnik, navlečený v značkovom obleku. Pri mojom tesile vyzeral veľmi výrazne. :-) Asi nie sme pre neho prioritou, keďže nás nezavolal do svojej kancelárie, ale odbavil nás na dlhej nudnej chodbe.

Nechal nás čakať vyše hodiny a potom sa zjavil vo dverách ako Panna Mária. Povedal nám, že našiel spôsob, akým môže Rosencrantza dostať z problémov. Myslel tým vyhlásenie: „Viem, že som pochybil, preto ma nemusíte trestať, lebo svoju lekciu som už dostal." Budeme musieť zaplatiť pokutu a odporúčal nám darovať nejakú sumu na charitu, ktorá pomáha drogovo závislým ľuďom. Podal mi ruku a rozlúčil sa. „Myslím, že do troch dní vám môžem zabezpečiť dátum súdneho pojednávania." Za deväťdesiat sekúnd si účtoval 400 dolárov.


Utorok 28. apríl 17.45
Adresát: marikarolincova@hotmail.co.uk
chris@christophercheshire.com

Dnes sme sa autobusom previezli na Manhattan Beach. Je to neopísateľné miesto. Naozaj prekrásne. Sú tam drevené domčeky s farebným okenicami. Pláže plné surfistov a ich sexy frajeriek... Naboso sme sa prechádzali po jemnom zlatom piesku a obdivovali vlny. Neskôr sme si všimli kamión s logom Paramount Pictures. Kameraman nakrúcal krásnych mladých hercov pri hraní volejbalu.

„Jedného dňa tu budú nakrúcať teba, Rosencrantz."

„Jasné. Akože ma pustia späť do Ameriky po tom, čo sa stalo."

Zvyšok dňa sme strávili v tichu, len pri hudbe oceánu...

Streda 29. apríl 14.46
Adresát: chris@christophercheshire.com
marikarolincova@hotmail.co.uk

Dnes ráno sa ozvala asistentka Gregoryho. „Coco Pinchardová, počkajte prosím na linke pána Gregoryho Kaplana." Vyrušila nás na pláži počas stavby zámku. Stavali sme ho z prázdnych mc'donaldových happy meal škatúľ. Oprášila som si ruky a čakala. Ozval sa po piatich minútach. Bolo ho ledva počuť, asi bol v helikoptére.

„Vybavil som pojednávanie na piatok.

O desiatej. Malo by to byť jednoduché ako krájanie masla, zlatko. Proces má pod palcom sudca Walsh. Je známy svojimi liberálnymi postojmi. Je naklonený uvoľneniu systému. Môžem vám garantovať, že budete čoskoro doma."

„Super," vzrušene som vykríkla a snažila sa zavtipkovať, „dúfajme, že sa nebude prikláňať až príliš, aby nespadol."

Z mobilu sa ozval obsadzovací tón. Zbadala som, ako staršia pani so psom dáva Rosencrantzovi desať dolárov ako príspevok za naše mc'donaldové zámky.

„Sú veľmi umelecké," zašušlala panička, „a tá napodobnenina Hillary Clintonovej je naozaj len čerešnička na torte." Neskôr mi došlo, že tá pani si myslela, že sme pouliční umelci a žobreme na živobytie. Zbalili sme si svoje veci a opustili náš zdroj obživy. :-)

Štvrtok 30. apríl 10.22
Adresát: chris@christophercheshire.com
marikarolincova@hotmail.co.uk

Asi ma vystrie. Volal Gregory a do telefónu po mne hučal, prečo sme sa mu nepriznali s Rosencrantzovou kriminálnou minulosťou. Nevedela som, o čom melie. Pri príprave na zajtrajšie pojednávanie zistil, že Rosencrantza zatkli v pätnástich v Londýne (na námestí Leicester Square) za vyvádzanie pod vplyvom alkoholu.

„Drahá, musíte mi začať hovoriť pravdu.

K drogám sa pridal alkohol a to celú situáciu iba komplikuje. Vraveli ste mi, že váš syn je čistý ako prvý sneh."

„Myslela som, že je. On je!"

„Manévrovací priestor sa nám teraz scvrkol. So sudcom Welshom sa nemôžete zahrávať ako mačka s myšou," tresol telefón. Konfrontovala som Rosencrantza schúleného na posteli s fotkou Christiana, či je to pravda. Priznal sa, že keď bol s kamošom v divadle na Fantómovi opery, naliali si z môjho brandy do koly. Policajt ich prichytil, ako po Fantómovi vracali na námestí Leicester Square a odviedol ich na policajnú stanicu Charing Cross, kde ich upozornili na priestupok a celú záležitosť zapísali a zaevidovali.

„Ešte niečo mi tajíš? Mám sa pripraviť na ďalšie novinky?" Ubezpečil ma, že o všetkom ostatnom viem.

Musím sa priznať, že dvaja opití tínedžeri mi nepripadajú ako niečo z hororového filmu.

Štvrtok 30. apríl 18.56
Adresát: marikarolincova@hotmail.co.uk
chris@christophercheshire.com

Ďalší rozzúrený telefonát od Gregoryho. Nechal ma čakať pri telefóne vyše desať minút. Potom mi povedal, že súdny proces preložili až na ďalší týždeň.

„Bude to tvrdé. Váš syn je pre predošlý priestupok v riadnych sračkách." Snažila som sa mu vysvetliť, o čo vtedy v Londýne išlo. Do konverzácie som prihodila aj Fantóma opery (Američania ho milujú), ale nepomohlo. Opäť šmaril telefón. Volala som mu naspäť.

Mal obsadené. Potom som skúšala volať Danielovi. Máme posledných štyridsať dolárov a to som ešte nezaplatila za motel na dnešnú noc.

# MÁJ

Piatok 1. máj 3.37
Adresát: chris@christophercheshire.com
marikarolincova@hotmail.co.uk

Daniel sľúbil, že sa bude snažiť poslať peniaze. Musím nechať kreditku na platbu právnikovi. Zatiaľ sme si našli lacnejší motel za 15 dolárov za noc. Je trochu ďalej od pláže na takej zabudnutej ceste. Keď sme včera v izbe pozerali starú kovbojku, nastal skrat. Počuli sme streľbu na parkovisku pred motelom. Nikto nezomrel, ale paramedici hľadali po izbách chýbajúce ucho.

Ráno o jednej som sa zobudila na to, ako sa dve autá pretekali okolo motela. Nemohla som zaspať. O tretej som sa zodvihla a s cigaretou v ústach, pripravená zapáliť si, som vyšla z izby. V tmavej noci som sa zrazila s tou najvyššou, najkrajšou čiernou transkou, akú som kedy videla.

„Panebože, zlatko," povedala s texaským akcentom, „dala

by si mi cigu? A oheň? Nikdy nie je dym bez ohňa," žmurkla na mňa. Ponúkla som jej jednu z mojich marlboriek.

„Ako idú obchody?" potiahla si z cigarety.

„Nedarí sa veľmi," odpovedala som smutne. Ona po mne vetu zopakovala a snažila sa o britský akcent.

„Milujem, ako rozprávate vy z Britských ostrovov. Volám sa Shaquille." Podala mi pevnú chlapskú ruku s krásnymi červenými nechtami.

„Ja som Coco. Teší ma." Pri potrasení rukou zo mňa skoro vytriasla život.

„Hmm, Coco. Krásne meno. Trochu nezvyčajné pre Angličanku. Väčšina Britiek, ktoré stretnem, sa volajú Sue, Janet alebo Margaret. U vás si dávajú transky mená ako Coco?" Povedala som jej, že to neviem, a z nejakého čudného dôvodu som jej vyrozprávala, ako mi prvýkrát padol zrak na Daniela, keď som ho zbadala na univerzitnej chodbe. A ako ma pomenoval Coco, keď som v tombole vyhrala Chanel No. 5.

„Bola to láska na prvý pohľad?" opýtala sa ma Shaquille.

„Bola. Teraz sme v rozvodovom konaní." Chvíľku sme pofajčievali v tichu.

„Môžem sa ťa niečo opýtať, zlatko?" Shaquille prelomila ticho. „Prečo je krásna žena ako ty, pomenovaná po krásnom parfume, ubytovaná v takejto diere?" Pri vysvetľovaní som sa rozplakala.

„Panebože! To sú pravé slzy!" zostala prekvapená a objala ma tak tesne, že som zacítila jej vypchatú podprsenku. „Nikdy som ešte nevidela skutočné slzy. V LA si zakryješ tvár akrylovými nechtami a snažíš sa o slzy, ako len môžeš... Je to tu robotické. Plačú iba herci na filmovačkách. Ale toto sú skutočné britské slzy s nedokonalým chrupom. U nás má každý zuby vybielené ako vápno a uniformovane rovno zoradené do chrupu!"

„Všimla som si, že u vás v Kalifornii majú všetci neónové rovné zuby."

„Dokonca aj štetky," zacengala svojím dokonalým chrupom. Nevedela som, čo mám na to povedať, a radšej som jej ponúkla ďalšiu cigaretu.

„Chodí tvoj syn do školy?"

„Študuje na konzervatóriu. Chce byť hercom."

„Aj ja som chcela byť herečkou," povedala zasnene. „Neboj sa, syn s matkou, ako si ty, sa určite nestratí." Pred motelom zastalo BMW. Šofér zatrúbil.

„Musím ísť, srdiečko," v maličkom zrkadielku si skontrolovala natupírované vlasy. „Coco, ďakujem za cigu a za oheň." Objala ma a nasmerovala si to vo vysokých ihličkách dole schodmi k autu. Nevidela som, kto v ňom sedel, lebo okná boli tmavé a nepriehľadné.

Piatok 1. máj 13.03
Adresát: marikarolincova@hotmail.co.uk

Ráno o deviatej nám niekto netrpezlivo vybuchoval na dvere. Myslela som, že to je šibnutá čínska upratovačka, ktorá už od siedmej vyhadzovala hostí z izieb, aby mohla upratať. Psychicky som sa na ňu nachystala a otvorila dvere. Stál tam vyfešákovaný Chris!!!!!! V extáze som zahučala a hodila sa na neho. Ponad moje plece si všimol staršieho bezdomovca v kovbojskom klobúku, uloženého na spoločnej chodbe.

„Mám tu taxík, čaká na nás. Beriem vás preč z tejto diery."

Zbalili sme sa za tri sekundy. :-) Rosencrantz smutne pozeral z okna taxíka. Stále nevedel pochopiť, ako ho mohol Christian tak bezcitne potopiť. Ja som bola vo vytržení z Chrisa.

„Ako si nás našiel?" chytila som ho za ruku. Povedal mi, že sa rozprával s Tammy z Kaucie za slobodu.

„Obidvaja sa môžete prestať báť o to, čo bude. Myslím, že viem, ako vás dostanem domov bezpečne a v čo najkratšom čase."

„Ešte vždy neverím, že si tu, Chris! Nikdy ti to nezabudnem."

„Mal som nasporené extra vzdušné míle a potrebujem trochu vzrúša v živote," povedal trochu zahanbene. Huba mu neprestala mlieť celou cestou. Nevšimla som si, ako sme sa prepracovali zo špinavého, nebezpečného zapadákova až pred Chateau Marmont Hotel, kde náš taxík zastavil. Hotel vyzeral ako zámok z rozprávky s krásnymi vežičkami a klenbovými oknami.

„Neverím. To určite!" povedal vytešený Rosencrantz, „toto je naj hotel v Hollywoode!"

„Moja mama mala starú poukážku do hotela, ktorú už nepotrebovala," usmial sa Chris.

„Moja mama mi zvykla dávať použité poštové známky," povedala som.

„V mojom prípade to je skôr kompenzácia. Vieš, o čom hovorím, Coco, už si stretla moju matku-monštrum."

Bol to neopísateľný pocit byť v čistej izbe po niekoľkých dňoch strávených v špinavom moteli plnom švábov. O izbu sme sa podelili s Rosencrantzom. Chris bol hneď vedľa. Izby spájali spojovacie dvere. Hotelový poslíček nám vyniesol batožinu, v mojom prípade iba tesilový kostým, a Chris objednal raňajky. Rosencrantz sa usadil na posteli, poprepínal stanice a nás si veľmi nevšímal.

„Nechceš sa ísť poobzerať po okolí, Rosencrantz?" opýtal sa ho Chris a podal mu dvadsať dolárov.

„Hmm, dobre," povedal Rosencrantz a vytratil sa v dverách. Chris nám nalial vodku z minibaru.

„To bolo najviac, čo povedal za niekoľko dní. Zostal veľmi apatický. Veď to vieš z e-mailov."

„Mám plán," povedal.

Pondelok 4. máj 11.56
Adresát: marikarolincova@hotmail.co.uk

Prepáč, zlatko. Pri poslednom e-maile sa mi vybil mobil. Všetko je už minulosť. Sme na LAX letisku a čakáme vo Virgin Atlantic salóniku na náš let domov. Letuška mi požičala nabíjačku. Poviem Ti, ako sme sa zo všetkého dostali. Ako vieš, Chris je Rosencrantzov krstný otec. Čo určite nevieš (doteraz som ani ja netušila), je, že každé krstňa v Chrisovej rodine dedí 50 000 libier! Vysvetlil mi, že také pravidlá majú v rode Cheshirovcov. Hlavný dôvod je vyhnúť sa plateniu daní. Chrisov otec nabáda všetkých svojich potomkov, aby sa stali krstnými rodičmi.

„Chcem, aby si vedela, Coco, že ja som Rosencrantzovým krstným z lásky a nie pre daňové úľavy." Potom mi povedal, že si preveril nášho právnika Gregoryho Kaplana a zistil, že miluje peniaze, veľa peňazí, ktoré perie cez vlastnú dobročinnú charitatívnu organizáciu. Preto rád zastupuje feťákov, lebo musia odvádzať veľké peniaze dobročinným charitám, aby sa vylízali zo súdnych opletačiek. Má to všetko pekne-krásne legálne zastrešené a pre komunitu je veľkým dobrodincom.

„Náš prípad mu môže dosť pomôcť, keďže na budúci rok kandiduje za senátora," vydýchol si Chris a dolial nám vodku.

„Nerozumiem tomu," nechápavo som povedala.

„Bude v záujme Gregoryho Kaplana, aby sa postaral o pridelenie procesu kmotrovsky zhovievavému sudcovi, keď sa dopočuje, že Rosencrantz chce venovať sedemdesiatpäťtisíc dolárov na protidrogovú charitu."

„Sedemdesiatpäťtisíc dolárov?!" skoro mi zabehlo.

„Áno. Povieme Gregorymu, že ak nevybaví súdny proces čím skôr, zoberieme prípad k inému právnikovi... a s ním aj veľkú sumu peňazí." Chris pozrel na môj rozčarovaný výraz.

„Coco, tie peniaze patria Rosencrantzovi. Nemusí čakať, kým zomriem, ale môže ich zúročiť už teraz. Ak by ho poslali do väzenia, môže mu to zničiť celý život." Nemohla som s ním nesúhlasiť. Chris zobral mobil a vyťukal číslo firmy Gregory Kaplan a spoločníci. O pár sekúnd mal Gregoryho na linke a o pár ďalších sekúnd Gregoryho nebolo.

„Čo povedal?" netrpezlivo som sa pýtala.

„Povedal, že sa postará o to, aby bolo všetko tak, ako má byť." Ani sme si nestihli doliať vodku, keď Gregory volal späť. Zabezpečil preloženie súdneho procesu na pondelok o deviatej ráno.

V sobotu a nedeľu sme si oddýchli, ako sa len dalo. Chateau Marmont má skvelú atmosféru starého filmového Hollywoodu. Kožené fotelky, drevené podlahy a starodávne stropové ventilátory. Opaľovali sme sa pri bazéne, pili kokteily, napchávali sa neuveriteľne chutnými jedlami do sýtosti, ale ani jeden z nás sa poriadne nevyspal. Všetci sa báli súdneho pojednávania, ktoré sa mohlo technicky zvrhnúť hociktorým smerom.

Ale! V deň procesu sme strávili maximálne desať minút na súde, kde si sudkyňa otrávene vypočula prípad a hneď vyniesla rozsudok. Oslobodila Rosencrantza od obvinenia z prechovávania narkotík, prikázala mu uhradiť 75 000 dolárov na protidrogovú charitu, 2 000 dolárov štátu Kalifornia za súdne trovy a nariadila, že musí opustiť USA najneskôr do šiestej večer.

Gregoryho sme stretli až cestou von zo súdu. Obklopoval ho húf jeho mladých asistentiek (modeliek), ktoré sa nehanbili ukázať svoje vybielené zubiská. Podal mi účet na päťtisíc dolárov. Zaplatila som kreditkou a dúfala, že ho už nikdy nebudem potrebovať. Chris zavolal taxík. Cítila som, akoby mi padol balvan z hrude. Rozmýšľala som nad tým, aký je systém nespravodlivý. Čo by asi robili ľudia bez peňazí alebo bez dobrých priateľov v našej situácii?

Naozaj som šťastná, že Rosencrantzovi nezničili budúcnosť pre trávu, ale neviem, čo mám robiť. Mám ho potrestať? Vyzerá, že už bol potrestaný dosť. Mňa otec nachytal húliť trávu za našou šopou. Mala som pätnásť. Našťastie som vyviazla iba s fackou.

Nastupujeme do lietadla. Neviem sa dočkať, kedy budem doma. Teším sa na Teba.

Coco

Cmuk

Utorok 5. máj 2.14
Adresát: marikarolincova@hotmail.co.uk

Kopou pošty som sa prepracovala k červenej obálke, v ktorej mi prišli rozvodové papiere.
**SOM TAKMER ROZVEDENÁ!**


Utorok 5. máj 17.56
Adresát: marikarolincova@hotmail.co.uk

Trochu som podriemkavala na gauči, keď ma zrazu zobudilo zvonenie pri dverách. Ledva som sa tam dotrepala. Vieš, kto v nich stál? Meryl s Etelou!!!!!!!!!

„Nech sa páči, Coco," začala mi odovzdávať Etelu, akoby bola poštový balík. „Keďže si mi neodpovedala na odkazy, povedala som si, že keď nepríde Mohamed k hore, príde hora k Mohamedovi," rýchlo dodala. „Nemyslela som to tak, nevyzeráš ako hora."

„Vyzerá, že zhodila nejaké to kilečko," povedala Etela a prekvapene si ma premeriavala.

Meryl sa popri mne rýchlo vopchala do domu. Na rukách mala šoférske rukavičky ako lady. :-) So sebou vtiahla aj Etelu. Vonku pre mňa nechala kufre. Meryl začala kontrolovať črepníky s kvetmi v obývačke a Etela sa okamžite snažila zapnúť telku.

„Čo robíš, Meryl?" chcela som vedieť, o čo jej ide.

„Sľúbila som Christopherovi, že počas vašej dovolenky prídem zalievať rastlinky každý deň," povedala Meryl a oskalpovala vyschnutý muškát. „No, ako bolo v Amerike? Daniel mi povedal, čo Rosencrantz vyviedol!"

„Neboli sme na dovolenke, ale..." Prerušila ma Etela. „Prečo je káblovka ven ze zásuvky?" zamračene stláčala všetky gombíky ako blázon. „Šecko si vymazala!"

„Prečo, Coco," ozvala sa Meryl, „mama sa celý týždeň tešila na Zámenu manželiek."

„Meryl, prečo si mi doniesla naspäť tvoju mamu?"

„Coco, buď férová," povedala blahosklonným tónom. „Musíme pomôcť všetci vrátane teba."

Milo som jej pripomenula, že už som pomohla viac ako dosť a starala sa o ňu vo svojom dome dva mesiace a že som sa ledva vrátila z náročnej dovolenky, ako to nazvala ona.

„O ňu?" vystrelila Etela, „čo sem pre teba len nejaká nakrájaná pečénka?"

„Pozri," Meryl usádzala Etelu naspäť do fotelky, „už si tu zvykla. Je usadená."

„Nie," pritvrdila som a zdvíhala Etelu z kresla. „U teba bola usadená dva týždne, preto nevidím, kde je problém."

„Presne tak, mala som ju dva týždne." Meryl usádzala Etelu do fotelky. „Máš predsa nejakú zodpovednosť. Celé ráno sme sem šoférovali. Mama je unavená."

„Dopekla, aj celý Big Brother je vymazaný," nasratá Etela neprestala trieskať do ovládača. Obidve na mňa pozreli, akoby som spáchala trestný čin.

„Vypadnite preč! Padajte! Padajte! Padajte!" začala som na ne vrieskať. Meryl padla sánka, Etela len prevrátila oči a snažila sa vybrať baterky z ovládača. Na schodisku sa zjavil rozospatý Rosencrantz v pyžame.

„Je všetko v poriadku? Počul som hučať nejakú drbnutú bláznivú ženskú."

„Dávaj si pozor na tie vulgarizmy, synak. Ďakujem, synak," odpapuľovala mu Meryl. „Poď, mama. Ideme," vytrhla Etele ovládač. „Myslím, že Coco nie je v dobrom zdravotnom stave."

„Som úplne zdravá!" V zrkadle som zachytila pohľad na svoje strapaté vlasy a unavenú tvár. „Som len objektom tvojich... Som unavená. Vieš čo, Meryl? Keby si bola Indiánka, nemala by si problém starať sa o vlastnú mamu."

„Nikdy som ešte nič také šibnuté nepočula," zasmiala sa Meryl. „Mala by si si oddýchnuť." Kráčala von z domu a za sebou ťahala Etelu s kufrom. Usadila som sa do fotelky a počúvala vzďaľujúci sa motor pohrebného auta. Rosencrantz si ku mne prisadol a opýtal sa, či som v poriadku. Len som pokrčila plecami.

„Prehral som odkazovač, mami, je tam päť odkazov od tety Meryl a jeden od tvojej agentky Angie. Pripomína ti nejaký zajtrajší termín. Že by si mala mať pre ňu niečo nachystané."

Úplne som zabudla. Do zajtra musím mať napísaný hrubý náčrt novej knihy! Telka nám nejde, lebo Daniel zrušil platby všetkých účtov, a preto nás odpojili. Chris-záchranca mi vyšiel v ústrety a ponúkol mi posteľ a stôl na písanie. Píšem na svojom notebooku ostošesť v jeho hosťovskej izbe.


Streda 6. máj 9.01
Adresát: marikarolincova@hotmail.co.uk

Už som doma. Náčrt odoslaný. Bojím sa, čo na to povie Angie. Keďže som naň zabudla, musela som ho na poslednú chvíľu vytiahnuť zo zadku ráno o 4.15. :-) Nedokázala som sa sústrediť.

S Chrisom sme sa zapozerali do Aktov X, a tak má môj hrubý náčrt nádych sci-fi. :-)

Rosencrantz vyplatil účet za elektrinu z vlastných peňazí a napísal mi pekný list. Chce, aby som bola na neho hrdá, veď začína novú životnú kapitolu.

Idem sa vyspať. Pa, zlatko.


Streda 6. máj 17.46
Adresát: marikarolincova@hotmail.co.uk

O druhej ma zobudilo klopanie na dverách. Totálne som vypla a zaspala v kabáte a lodičkách. Pri dverách stála asi šesťdesiatročná ženská s tvárou kobyly.

„Nachystaná?" opýtala sa. „Dobre, môžeme ísť." Nechápavo som na ňu zízala.

„Poďte, moja. Nemám na vás čas celý deň."

Vycupkala som za ňou a zabuchla za sebou dvere. Ani neviem prečo. Chvalabohu, na polceste mi došlo, že dnes mám stretnutie týkajúce sa záhradky a že ženská musí byť Agatha Balfourová z Asociácie záhradkárskych parciel.

Vedela si, že vo vystresovanom Londýne, neďaleko vonkajšieho oblúku Regents Parku sú ukryté nádherné záhradkárske políčka? Je ich tam presne tridsať a ohraničujú ich vysoké topole. Na množstve políčok rýľovali starší chlapi, ktorí sa podobali na Robinsona Crusoa a nohavice im viseli iba na trakoch. Nikdy predtým som ich nevidela, myslím tie políčka. :-) Okolité ulice sú plné turistov, biznismenov a domácich nastrojených paničiek s kočíkmi.

Agatha je super fit. Ledva som za ňou stačila do kopca. Opätky sa mi zarývali do mäkkej zeminy. Zopár starých chlapov prestalo rýľovať a s úškrnom pozerali na môj dlhý kabát (ten z napodobeniny kravskej kože) a začali múkať. Konečne som dobehla Agathu navrchu kopca. Ledva som lapala dych. Kopec s výhľadom na Regents Park a nekonečný Londýn sa tiahol do diaľky ako vulkán.

„Fíha," zostala som ohromená.

„Tak, tak, moja, a vaše políčko má presne takýto výhľad," prstom ukázala na zarastený pás zeme, na ktorom stála malá žltá chatrč-šopa.

„A je tu čas na čaj," nasmerovali sme si to do chatrče. Z kombinézy vytiahla kľúč a odomkla.

Vnútrajšok bol vo veľmi dobrom stave, čistý s peknými drevenými poličkami. V rohu boli dve staršie ležadlá a malý stolík. Na stolíku pri okne bola stará plynová platnička a množstvo črepníkov.

„A teraz vodu, nech sa páči," Agatha mi podala malú kanvicu. Snažila som sa nájsť umývadlo. Agatha zagúľala očami. „Vonku, moja, tam je prívod na polievanie." Pri nalievaní som obdivovala vedľajšie nádherne upravené políčko s elegantnou záhradnou chatkou a obdivuhodným strašiakom. Bol to manekýn z výkladu, zakopaný po kolená v zemi. Na hlave mal prilepenú čiernu vysokú parochňu a na tvári prilepenú masku Amy Winehousovej.

Agatha zatiaľ zapálila plynovú platničku. Chatrčka vyvoniavala čerstvou zápalkovou vôňou.

„Strašiak vo vedľajšej záhradke je perfektný," začala som

konverzáciu s Agathou, ktorá zo svojho vrecka vybrala mliečka a čokoládové keksy. :-)

„Áno, je dobrý na plašenie vrán," nalievala mlieko do čaju.

„Vyzerá ako Amy Winehousová," usmiala som sa.

„Kto?" zamračila sa Agatha. Vysvetlila som jej, kto je Amy Winehousová. Nepomohlo. Dokonca sa mi zdalo, že sa zamračila ešte viac.

„Myslím si, že je to detinské," nechtiac ma oprskla.

„Ja si myslím, že to je správne ironické a zábavné."

„Hmm," stíchla. Odpila si z čaju a podala mi zmluvu na prebratie záhradky. Poprosila ma o podpis.

„Som rada, že záhradka putuje do rúk mladej žienky. Starý nebohý pán Bevan nestíhal, bolo to na neho až príliš veľa roboty."

„Čo sa mu stalo? Bol chorý?"

„Nie, nebol. Odohralo sa to veľmi rýchlo. V osudné ráno mi vravel, že sa snaží zničiť všetku burinu, ale burina nakoniec zničila jeho. Našli ho za chatkou. Na tráve je stále viditeľné uležané miesto, kde ho našli. V ruke zvieral kus buriny." Vykukla som von a skutočne tam bola uležaná tráva v tvare väčšieho telesa.

„Tak, to máme. Hotovo." Agatha pozbierala zvyšné keksy a mliečka, podala mi kľúč a poberala sa preč.

„Želám vám šťastné záhradkárčenie."

Zostala som tam ešte desať minút, potom som musela ísť domov. Bola som tak strašne unavená z letu, že sa mi začali zdať veci. Amy Winehousová vo vánku vyzerala, akoby na mňa gúľala očami a pri pomyslení na mŕtvolu pána Bevana pri mojej chatke mi naskakovali zimomriavky. A navyše, čo ja viem o záhradkárčení? Čo budem robiť so záhradou?

Doma som si našla správu od Angie. Prepisujem:
Súrne príď do môjho kanclu zajtra o 9.00!
Okamžite som si prečítala hrubý náčrt, čo som jej poslala. Asi mi šibalo! Je to malér.


Streda 6. máj 23.48
Adresát: chris@christophercheshire.com


Nemôžem spať. Je tma, zima a môj organizmus je stále nastavený na losangelské časové pásmo. Mám chuť na dobrý obed. :-) Večer tu bola Marika. Naštvaná Marika. Nedostala nijakú výhodnú pôžičku, pretože nemá britské občianstvo. Naštvalo ju, že tu vyše pätnásť rokov platí dane a odvody, ale stále sa k nej správajú ako k cudzinke. Dom, v ktorom je v podnájme v Dulwichi, je na predaj, tak ho chcela odkúpiť.

„Budem sa musieť odsťahovať ďalej od centra, aby som si mohla kúpiť dom," povedala sklamane. Ponúkla som jej izbu u mňa, ale aby bola v práci o 7.45, musela by každé ráno zvládnuť cestovanie metrom, vlakom a autobusom. Škoda, že nemá lepší spoj. Bola zábava, keď bývala u nás v podnájme.

Novinky z iného súdka... Rosencrantz sa vrátil do školy, vraj si nikto ani nevšimol, že bol preč. Dopočul sa, že riaditeľa Artemisa Wisa chytili na francúzskych hraniciach v prístave Calais. Momentálne je v base. V škole prebieha veľká pátračka. Snaží sa zistiť, či bol ešte niekto iný zapletený v podvode. Keď sa Rosencrantz nevinne opýtal učiteľky hudobnej výchovy, čo si o tom myslí, rozrušenej jej padla harmonika na nohu.

Určite spíš. Mala som si od Teba zobrať tie tabletky na spanie.

Štvrtok 7. máj 11.04
Adresát: chris@christophercheshire.com

Spala som asi hodinku. Musela som vstávať na stretnutie s Angie. Keď som sa dotrepala do jej kancelárie, telefonovala. Posunkami mi naznačila, aby som si sadla.

„Počúvaj," kričala do telefónu, „nemal si podpísať tú debilnú zmluvu, keď si vedel, že sú zainteresovaní aj skauti!" Šmarila slúchadlo na stôl.

„Prišla som v nevhodnom čase?" začala som vstávať.

„Len si sadni." Natiahla sa ku mne a zapálila mi cigaretu. „Ako sa to hovorí? Nikdy nepracuj s deťmi a so zvieratami? Alebo s rodičmi? Jeden z mojich nových autorov, mimochodom, má len sedem, píše knihu o zložitosti matematiky... Poriadny autista, ale skvelé decko. Jeho mater, na druhej strane... hmm... Ale sme tu kvôli tebe, Coco. Tvoj hrubý náčrt: Greg-O-Hrýzač: Niektorí androidi sú iní." Pozrela na mňa so zdvihnutým obočím. Rýchlo som jej povedala, že to je asi troška radikálne napísané, najmä preto, že to má byť kniha pre deti.

„Viem, že si chcela niečo literárnejšie, Angie. Myslela som, že keď si decká zamilujú robota, ktorý je gay, ďalšie generácie našich detí budú žiť v lepšom svete. Môj syn je gay a som na neho hrdá. Určite to nemá také ľahké ako heterácke decká." Hrdlo sa mi zvieralo. „Angie, prepáč, že som nenapísala niečo ľahšie, predajnejšie."

„Predajnejšie? Čo ti šibe, Coco?" Rozžiarila sa jej tvár. „Je to bohovsky dobré. Páči sa nám to. Vtipné, originálne, skvelé!"

„Naozaj?" Angie stlačila tlačidlo na telefóne. „Celia, povedz našej Coco, čo si myslíš o jej hrubom náčrte."

„Má gule!" ozval sa hlas zo slúchadla.

„Vidíš?"

„Ale ako kniha pre deti?" nedochádzalo mi, čo sa deje.

„Decká sú pre nás ten najlepší knižný trh. Všetci tí malí lumpi dostávajú vreckové a silou nátlaku si vedia vydobyť, čo chcú. Vieš, koľko si zarobia v dnešných časoch len za polievačku a narodky?"

„Neviem. Koľko?"

„Desať eur minimálne za polievačku, to máš jednu hrubú knihu! Katie Priceová napísala detskú knihu o podrbaných poníkoch, Madonna o nejakej kabalažskej malej krave. Geri Halliwellová vydala už šesť kníh o Ugénii Levanduľovej, alebo ako sa volá tá chudera. Vďaka celebritám sú detské knihy in! „Greg-O-Hrýzač bude len tak lietať z poličiek do tašiek. Ver mi, zlatko."

„To ma teší," vydýchla som si. Potom mi povedala, že už prebehlo stretnutie s vydavateľstvom a knihu navrhli ako sériu desiatich pokračovaní!

„Vynikajúce. Nemyslela som, že niekedy budem písať sériu desiatich kníh."

„To je osud, moja. Ja som si nikdy nemyslela, že sa rozvediem, na krku mi zostanú tri decká a roztiahnutá vagína. Nuž, ale človek mieni, pánboh mení."

Nezdržala som sa a vybuchla do veľkého rehotu. Angie otvorila šampanské a vysvetľovala, v akom štýle ponúkne v nasledujúcich dňoch sériu Greg-O-Hrýzač všetkým veľkým vydavateľstvám.

Jej nákazlivý entuziazmus bol dobrou náplasťou na predchádzajúce hrozné obdobie, ale vo vlaku domov sa vzrušenie vytratilo. Neviem, či zo mňa vyprchali bublinky šampanského, alebo to bolo únavou. Dva roky som strávila písaním Poľovačky na lady Dianu a nevyšlo to. Hrubý náčrt Grega-O-Hrýzača som napísala psychicky zrútená za pár hodín a Angie si myslí, že z toho bude desať kníh? Viem, som dosť nevďačná, pokúsim sa z toho vyspať. Do budúceho týždňa musím napísať hrubý náčrt na prvé tri diely.

Nedeľa 10. máj 12.43
Adresát: chris@christophercheshire.com

Konečne som sa dobre vyspala. Ozvala sa Angie. Volali jej z jedného z najlepších vydavateľstiev. Majú veľký záujem. Vypýtali si hrubý náčrt na všetkých desať pokračovaní! Rozhodla som sa ísť písať do záhradnej chatrčky, kde ma nebude nič vyrušovať... Ako som sa len mýlila. :-)

Pri preberaní záhradky som si nevšimla, že veľký kus pôdy zakrýva starý modrý koberec. S cigaretou v ústach som zodvihla roh koberca. Bola pod ním udupaná zemina a armáda červotočov, ktoré spracúvali zhnitú dosku trčiacu zo zeme. Znechutene som zhíkla a ciga mi padla na koberec.

Z vedľajšej chatky vyšiel veľký fešák a sledoval, ako som naháňala cigaretu, ktorú odfukoval vietor zo strany na stranu. Pozdravil ma a ja som konečne dolapila cigu. Keď som sa vystierala, uistila som sa, aký je fešný! Asi tridsiatnik. Obidvaja sme sa schuti zasmiali na mojej cigaretovej naháňačke.

„Je na burinu," povedal mi.

„Čo je na burinu?"

„Ten koberec je na zemi, aby dusil burinu."

„Aha. Kam zmizol tvoj strašiak?" Amy Winehousová bola fuč.

„Musel som ho dať preč. Prišiel mi list z Asociácie záhradkárskych parciel s varovaním, že môj strašiak je zlým príkladom pre deti, ktoré sem chodia, a musím ho odstrániť."

„Povedal si im, že Amy je prvý strašiak, ktorý vyhral päť ocenení Grammy?"

Zasmial sa. Čakala som, že sa predstaví, ale namiesto toho začal okopávať. Možno vedel, že ja som si z jeho strašiaka robila žarty, keď som tam bola s Agathou Balfourovou. Usmiala som sa a zaliezla do chatrče. Vnútri som dala zohriať vodu a zo stoličky ho sledovala cez okno. Mal voľné modré rifle a čiernu mikinu. Oblečenie sedelo na jeho vysokom atletickom tele tak dokonale ako zadok na šerbli. :-)

V hlave sa mi začali preháňať rôzne šialené myšlienky. Ak by v tom momente za mnou prišiel a opýtal sa, či by som sa s ním vyspala, skočila by som naňho ako piraňa. Po prvýkrát som myslela na to, že som legálne nezadaná žena!

Dávno som nerozmýšľala o sexe, myslím o vzrušujúcom sexe. Sex s Danielom bol vždy dobrý, ale myslela som na to, ako by som z tohto chlapa strhla oblečenie a ako by vyzeral nahý. Vyzeral vymakaný s dobrými stravovacími návykmi, mal krásny pevný zadok, sexy stehná, tehličky na bruchu a vystupujúce lícne kosti...

Bola som tak mimo, že späť na zem ma priviedol až hlasný piskot kanvice. Otočil sa a zbadal, že ho pozorujem. Rýchlo som sa urobila, že nalievam mlieko. Nič iné mi v tej sekunde nenapadlo. Fľašu som schmatla tak nešikovne, že sa mi vyšmykla a začala som s ňou žonglovať ako v cirkuse. Nakoniec mi aj tak padla na zem a rozletela sa na milión kúskov. Usmiala som sa na neho ako sprostá a zohla sa zbierať črepiny. Kým som skončila, bol preč.

Cítim sa tu v chatrčke veľmi dobre a pohodlne. Ktovie, ako často tu vysedával nebohý pán Bevan a či tušil, že tu aj zomrie?

Nedeľa 17. máj 10.47
Adresát: marikarolincova@hotmail.co.uk
chris@christophercheshire.com

Prepáčte, že som bola trochu mimo, ale zbavila som sa iPhonu. Potrebovala som pracovať. Stále ma pokúšalo vypisovať Vám e-maily. Najmä keď ste takí vzrušení z môjho fešáka (stále neviem, ako sa volá). Bol tu zopárkrát, ale zatiaľ sme si len vykyvovali.

Pracuje sa mi tu veľmi dobre. Priniesla som si sem zopár vankúšikov, pekných prikrývok a olejovú lampu. Asociácii záhradkárskych parciel sa to veľmi nepozdáva. Dnes ráno mi na dvere s palicou vybuchoval starší chlapík. Volal sa Glen a kričal: „Budete tu niečo pestovať?" Povedala som mu, že mám v pláne vysadiť mrkvu, ale ešte som sa k tomu nedostala. Ani to sa mu nepozdávalo a začal ziapať. „Rozprávajte spisovne. Ste tu už niekoľko týždňov a urobili ste si z toho kancelárium. Prečítajte si zmluvu. Zoberiem vám to, ak do konca budúceho týždňa neporýľujete!" Koncom vety hučal až tak, že vyplašil kŕdeľ vrán a ďalší starí dedkovia začali vystrkovať hlavy zo svojich záhradiek.

Chvalabohu, potom odišiel. Vybrala som zo zásuvky zmluvu a zistila, že podľa nej musím na sedemdesiatich percentách pestovať ovocie a zeleninu a zvyšných dvadsaťpäť percent musím aspoň čistiť od buriny. Momentálne mám sto percent buriny.

Zobrala som si veci a vyšla smer domov v ihličkách a dlhom kabáte. Cítila som sa ako záhradkárska rebelantka.


Streda 20. máj 14.56
Adresát: marikarolincova@hotmail.co.uk

Na oslavu dopísania hrubých náčrtov som išla s Chrisom do Baumaxu. Plánujem si z chatrčky urobiť permanentný spisovateľský brloh. Aj keby ma to malo stáť zopár hodín záhradkárčenia.

Šťastne som vyčkávala so štyrmi vrecami organického hnoja pri pokladnici, kým Chris prinesie solárne svetlá, keď sa ma predavačka opýtala: „Bude to vášmu manželovi dlho trvať?"

Bezvýznamná pripomienka ma tresla po hlave ako blesk. Uvedomila som si, že nemám manžela a že som len nezadaná chudera stredného veku, ktorá kupuje konské hovná.

Teplota mi drasticky klesla, cítila som čudné škrabkanie na prsiach a pred očami sa mi začali zjavovať hviezdičky, ktoré som videla dvojmo. Počula som sa vysloviť: „Ja asi odpadnem..." Nohy sa mi poskladali ako leporelo a všetko sčernelo. Zobudila som sa na štyroch vreciach hnoja. Pokladníčka mi špricovala tvár so sprejom na kvety. Chris kľačal vedľa mňa na kolenách a chytal si tvár. Pokladníčka ho prefackala za to, že bol hysterický. Viac ako päť minút som bola v bezvedomí. Chceli mi zavolať sanitku, ale prehovorila som ich. Z obchodu som vycupkala s nákladom hnoja a Chrisom, ktorý si stále neveriacky ohmatával tvár.

„Som nezadaná a nechcená."

„Ale báječná, zlatko!" dodal Chris.


Piatok 22. máj 13.37
Adresát: chris@christophercheshire.com

Máš ešte modriny na tvári? Na Tvojom mieste by som nesúdila pokladníčku z Baumaxu. Bola stará a asi podvedome funguje na nepísaných pravidlách starej školy, keď sa hysterickí ľudia fackali. Len škoda, že ťa musela prefackať až trikrát...

Dnes som sa pustila do záhradkárčenia. Od suseda Cohena mám požičanú kosačku. Bol šťastný, že môže byť nápomocný. Zozadu z búdky ziapala jeho manželka.

„Čo si nemôže kúpiť kosačku? Stále je v novinách, musí mať dosť peňazí." Pán Cohen rýchlo zabuchol dvere a pomohol mi s kosačkou.

„Dlho sme nevideli Daniela, drahá Coco."

„To je tým, že sme sa rozviedli. Som teraz sama," vyšlo zo mňa neohrabane.

„No, to by som si rád vyskúšal," pousmial sa. Stará Cohenka nás sledovala cez okno. A vieš čo, Chris? Možno tá samota nebude až taká zlá. Cohenovci boli kedysi dávno veľmi spoločenský párik, ale roky spoločného nažívania im veľmi neprospeli. Sú ako dva ošklbané kohúty na smetisku.

Najmä ona. On je chudák pod papučou. Asi sme si s Danielom neboli súdení a vlastne takto máme šancu na novú, farebnejšiu životnú kapitolu. Poďakovala som sa pánu Cohenovi za kosačku a pobrala sa k svojej chatrči. Spoza nej vyšiel Len podopieraný bakuľou.

„To na burinu nestačí, len ju tým skrátite. Musíte ju vykopať aj s koreňmi."

„Kosačka mi trochu pomôže, aspoň na začiatok. Neviete, kde je najbližšia zástrčka?"

„Ale áno. Viem, kde je," smial sa ako zmyslov zbavený, „v mojej obývačke." Ukázal mi, že kosačka funguje na benzín. Začervenala som sa a potiahla štartér. Asi po dvadsiatich minútach sa mi ju podarilo naštartovať. Kosenie nebolo také zábavné, ako vyzerá v reklamách a ani kosačka nebola taká ľahká, ako vyzerala. Po vypnutí hlučného motora sa mi zdalo, že som ohluchla. Ani som si nevšimla, že prišiel susedko fešák. Zakýval a mieril ku mne.

„Ahoj. Volám sa Adam," podal mi svoju počernú ruku, na ktorej chýbala obrúčka (jupí). „Prepáč tú nezdvorilosť, akosi mi ušlo... nepredstavil som sa."

„Nepredstavil?" povedala som nonšalantne. „Ja som Coco." Stiahla som si záhradkársku rukavicu a potriasla mu rukou. „Ospravedlňujem sa za hluk, ale vyhrážali sa mi evakuáciou, ak nevytrhám burinu."

„Podal som žiadosť na strašiaka s podobou Marylina Mansona. Ale nemyslím, že mi ho povolia." Na plné hrdlo som sa zarehotala a snažila sa prísť na hocijaký bonbónik konverzácie.

„Som spisovateľka. Preto často vysedávam v chatke a sledujem ťa. Nesledujem, chcem povedať, že sedím smerom k tebe. Pri písaní, rozmýšľaní..."

„O čom píšeš?"

„No..."

Vtom mu zazvonil mobil, „Prepáč, musím to zdvihnúť." Zostala som tam stáť niekoľko minút, kým on odišiel k svojej chatke. Bolo očividné, že nič nerobím a len vyčkávam na neho. Cítila som sa ako zamilovaná tínedžerka. Prešli ďalšie dlhé minúty. Zakývala som mu a zakričala, že musím ísť. Adam odkýval a otočil sa chrbtom. Šmarila som si kosačku na plece (trochu tvrdšie) a vybrala sa domov.

Je odo mňa mladší, totálne na neho nemám, ale aj tak ma to stále k nemu ťahá. Čo ak je gay? Nechce sa Ti zajtra prísť, Chris? Trošku pokopať a predovšetkým nastaviť svoj radar, či je Adam gay?


Piatok 22. máj 18.09
Adresát: marikarolincova@hotmail.co.uk

Celý deň sme boli s Chrisom v záhrade. Adam sa neobjavil. Chvalabohu! Rýľovali sme a hnojili, takže som špinavá a voniam ako...

Na obed sme si urobili úžasný piknik z jedál, ktoré priniesol Chris z Harrodsu. Prestrel obrus z egyptského hodvábu a otvoril piknikový košík s chladeným šampanským. Len sa zjavil ako duch a strčil svoj chlpatý nos nad košík a zhlboka sa nadýchol.

„Krásne vonia... ské hovno," zamrmlal. Chris sa vystrašil a ponúkol mu z jedla.

„... ské hovno!" zopakoval Len.

„Prosím?" nechápavo sa pýtal Chris.

„Konské hovno! Výborné na prečistenie pľúc!" Len prskol na Chrisa, ktorý nevychádzal z údivu. Ešte niečo zamrmlal a krivkajúc o palici, pobral sa preč.

„Pre boha živého, kto to bol?"

„Len, sup záhradný," vysvetlila som v skratke. „Je to tu plné starých bláznov. Ale je to aj na niečo dobré. Nemám tu konkurenciu. Nie sú tu nijaké mladé ženské alebo nedajbože mladšie odo mňa. Adama mám sama pre seba," zavtipkovala som.

„Mala by si začať randiť, Coco. Uži si. Kedy si naposledy sexovala?"

„Vo februári."

„Vo februári?" Chris zakrútil hlavou. „Potrebuješ sexovať!"

Myslíš, že má pravdu? Mala by som? Ledva som začala trošku flirtovať. Uvedomila som si, že odvtedy, ako mi prišli rozvodové papiere, začala som si všímať chlapov na ulici. Ale pri pomyslení na sex mám taký istý pocit ako pri myšlienke na bungee jumping. Neviem si predstaviť, že by som sa na to momentálne dala.


Sobota 23. máj 8.34
Adresát: marikarolincova@hotmail.co.uk


Pred chvíľkou volal Daniel, aby mi vynadal, ako som sa správala k jeho mame a sestre. Vraj som porušila sľub, ktorý dal Etele, že náš domov je aj jej atď. Pripomenul mi, že polovica domu je jeho ešte tri týždne, kým neprídu papiere o prepise. Ďalej mi povedal, že Meryl a Tony privezú dnes

Etelu a zostane u mňa do utorka, kým budú oddychovať v Cotswolde.

Meryl sa mu musela dostať pod kožu. Vždy sa jej bál viac ako ja. Budú tu o štyri hodiny. Dali mi dobre zavčasu vedieť. Paráda...

Sobota 23. máj 13.55
Adresát: marikarolincova@hotmail.co.uk

Meryl a Tony priviezli Etelu v pohrebáku, čo vždy otáča hlavy a zdvíha žlč mojich susedov. Tvárili sa akože nič a minulé fiasko nespomenuli. Meryl konverzovala o bezpečných témach – o počasí, o diaľnici, o jedle, o Susan Boylovej... „Ženská v našom kostole spieva lepšie ako ona."

Po dvadsiatich minútach bľabotania ma poprosila, či by som pomohla Etele z auta. Meryl naskočila do auta, stiahla okno a vyhlásila: „Vieš, Coco, ja a Tony ideme preč, sami... Chcela som sa opýtať, či by si nám nepožičala ten tvoj seriál na dévedečku. Ako sa len volá...?"

Chvíľu som premýšľala, „Myslíš Modrú planétu?"

„Nie," začervenala sa, „vieš, ten, čo sme pozerali spolu, keď bolo mame zle."

„Aha, asi myslíš Sex v meste?"

„Pssst. Áno. Ten. Môžeme si ho požičať?"

„Samozrejme, idem poň. Časť, čo sme pozerali spolu, som dala navrch," usmiala som sa a podala jej celú sadu dévedečiek cez okno pohrebáka.

„Vďaka!" potešila sa a ufujazdila s veľkým úsmevom na tvári.

V kuchyni si zatiaľ Etela otvorila víno a Rosencrantza poslala do obchodu kúpiť moje obľúbené cigarety. Keď ma zbadala, naliala pohár vínka aj mne. V priebehu polhodiny ma Danielova rodina dvakrát milo prekvapila. To sa často nestáva.

Etela pozdvihla pohár na moju česť. „Aj ked si taká nóbl panička, ždicky si bola fajnová nevesta a dúfam, že nám to ostane." Cinkli sme si. Chystala som sa poďakovať, ale vtom sa pustila do Daniela.

„Má nejakú dvadsaťpäťročnú pipku," dramaticky našpúlila pery. „Je veráca a je Američanka!"

„Nuž..." nevedela som, čo na to povedať. Viac ma prekvapilo, ako málo ma Daniel zaujímal. Veľa vody sa prelialo popod most za posledný čas a asi sa konečne dostávam z jeho psychickej nadvlády. Vyzerá to tak, že vďaka tomu, že nie som už s Etelinym synom, vyňala si ma zo skupinky nepriateľov. Pohárik napoly teplého vína bol vlastne kľúčom do Etelinho klubu Poďme kydať na ľudí. Trochu som sa pripojila, aby víkend prešiel rýchlejšie. Danielova nová frajerka sa volá Kendal.

„Prečo rodičá pomenujú své decko po pepermintovej torte?" pustila sa do nej Etela. „Debilní Amerikáni."

Rosencrantz sa vrátil z obchodu s cigami. Išla som si zapáliť a nechala ho, nech si od babky vypočuje najnovšie klebety.

Stále premýšľam o Adamovi.

Nedeľa 24. máj 19.43
Adresát: marikarolincova@hotmail.co.uk

Dnes ráno som sa zobudila dosť skoro. Na terase som si prelistovala noviny a užila množstvo cigariet. Etela prihopkala asi o jedenástej so svojou chodúľkou a bola zvedavá, prečo som vstávala tak zavčasu.

„Čo robíš, moja?"

„Oddychujem."

„Synák ti reve ve vnútri. Topí sa v slzách."

Vyskočila som a utekala za Rosencrantzom, ktorý plakal nad miskou cereálií.

„Nerev, chlapče," Etela ho potľapkala po pleci.

„Čo sa deje?" objala som ho.

„Všetko. Všetko je preč!" Inštinktívne som sa poobzerala po izbe.

„Nevypráva o nábytku, moja. Vypráva o svojom živote."

Nevedela som, čo mám robiť, cítila som sa úplne bezmocná.

„Dovol staré babe, nech ti zlepší náladu." Etela vytiahla cigaretu, zapálila ju a strčila Rosencrantzovi medzi pery. „Ťahaj, mój." Vdýchol, vydýchol... „Lepšé?" Rosencrantz prikývol.

„Potrebujem ísť na veľkú." Etela mi naznačila, aby som sa s ním porozprávala medzi štyrmi očami.

Posadili sme sa a veľmi dlho preberali život. Od Ameriky som sa upriamila iba na seba a neuvedomila si, že aj Rosencrantz prechádza veľmi ťažkým obdobím. Navonok vyzeral, že všetko prijíma s ľahkosťou a pružne. Je stále nesmierne smutný z Christiana, ktorý akoby sa vyparil z povrchu zemského. Mobil mu nefunguje a záhadne prestal chodiť do školy.

„A otec ma neznáša," dodal Rosencrantz.

„To nie je pravda. On je len..." Skoro som povedala niečo, čo by som nemala. „On má len krízu stredného veku."

„Vôbec so mnou nechcel byť, keď som bol u neho v Amerike... A tá Kendal."

„On s ňou bol už vtedy?" zostala som prekvapená.

„Áno. Otec nám prikázal, že sa pri nej musíme pretvarovať a chodiť pomaly po špičkách. Je zo silne veriacej rodiny, kde neakceptujú gayov. Nechcel som ti to hovoriť. Vedel som, že budeš smutná."

Poriadne som ho objala. On sa ma snažil ochraňovať a ja som sebecky celý čas myslela iba na seba.

Zvyšok dňa sme pretárali v trojke a prešli sa po Regents Parku. Pri jazere sme si dali zmrzku. Stále to nie je on. Neviem, čo to môže byť, ale cítim, že mi ešte niečo tají.

Keď som bola s Danielom, veľmi som nad rodičovstvom nepremýšľala. Delili sme si zodpovednosť s ľahkosťou a celkovo to bolo veľmi jednoduché. Zrazu všetko zostalo na mne. Vôbec to nie je prechádzka ružovou záhradou.


Pondelok 26. máj 14.47
Adresát: marikarolincova@hotmail.co.uk
chris@christophercheshire.com

Dnes som zobrala Etelu do záhradky. Chcela som jej s hrdosťou ukázať moje obrobené políčko.

„Škoda, že tvoje, moja drahá, vyzerá v porovnaní

s ostatnýma jak pole, na kerom sa pásli divé kravy," vyhlásila Etela a išla dať zovrieť vodu na čaj.

Adam vyšiel zo svojej búdky vo vyšúchaných džínsoch a v obtiahnutom bielom tričku, ktoré na jeho čiernej pokožke vyzeralo tak božsky ako on celý.

„Ránko, Coco," vytiahol hadicu a začal polievať kukuricu. Znie to perverzne, ale skutočne iba polieval. :-)

„Vyzeráš výborne, Adam, chcem povedať, že tvoja kukurica vyzerá naozaj super," začala som sa zakoktávať. Usmial sa. Zapozerala som sa do jeho krásneho úsmevu, plných pier, nádherných snehobielych zubov... Uvedomila som si, že mi niečo hovoril.

„Prosím?"

„Rýľovala si," zopakoval hlasnejšie.

„Áno, rýľovala..." nevedela som nič iné dodať. Začula som Etelu, ako nasilu pokašliava. Stála vo dverách so škatuľkou čaju. „Mám ti ušetriť čajové vrecky na té tvoje vačky pod očama?" opýtala sa nahlas a premeriavala si Adama od päty až po oči.

„Adam, toto je Etela, moja svokra." Adam zostal trochu zaskočený a očividne rozmýšľal nad tým, či som nezadaná, alebo vydatá zúfalka.

„Dobrý. Teší ma. Ja som Adam."

„Dobrý aj vám, Adam," Etela nahodila nóbl hlas, akoby bola princezná Margaret, „ona sa práve rozvádza s mojím synom. Manželstvo sa im rozpadlo, on si našiel o polovicu mladšiu Američanku." Zazrela som na Etelu a všetci sme zostali v tichosti postávať ako v kostole.

„Nuž, musím sa vrátiť k svojej robote. Teší ma, že som vás spoznal, Etel," rýchlo sa vytratil do svojej chatky. Zapálila som si cigu a povedala Etele, že si dám čaj až doma. Každý pokus o konverzáciu s Adamom v otvorenej spoločnosti mi pripadal ako katastrofa.

Keď sme sa vrátili domov, Etela ledva prekročila prah dverí a vytešená začala klebetiť s Rosencrantzom. Ten si v chladničke hľadal niečo pod zub. Vyložila sa na barovú stoličku v kuchyni a spustila: „Tvoja mama má nového kamoša."

„A čo?" ozval sa Rosencrantz s hlavou strčenou v chladničke. Keď sa vytiahol z chladničky, všimol si Etelinu vyškerenú tvár.

„Áha, myslíš takého iného kamaráta, babi. Super."

„Neuhádol by si, ale je černoch," snažila sa dramatizovať situáciu a vyslovene čakala na šokujúcu reakciu od Rosencrantza.

„A čo je na tom?"

„Tvoja mama s černochom? Šeci suseďá budú klebetiť."

„To stačilo, Etela," zastavila som ju. Rosencrantz si robil hrianku.

„Pozri, Rosencrantz, ja nie som ako tvoj otec. Neskáčem rýchlo do nejakého vzťahu. On, Adam, je veľký fešák. Párkrát som sa s ním v záhrade rozprávala... Možno trochu aj flirtovala, ale tak máličko, že by sa to nedalo ani postrehnúť. Viac v tom nehľadaj."

„Mne to neprekáža, mami," natrel si maslo na hrianku.

„Tvoj otec je s americkou ženskou a mama s černochom!" Etela sa snažila dramatizovať. „Keď to pôjde takto ďaléj, kvalifikuješ sa do Jerry Springer šou!" „Prestaň!" zvýšila som na ňu hlas. Zahanbená som odišla hore do svojej izby a nechala Rosencrantza, aby jej vysvetlil zásady tolerancie. Čo si asi o mne myslí, chúďatko, keď mu Etela trepe, že mám frajera? Najmä po všetkých tých debatách, čo sme mali o jeho otcovi, ktorý sa hodil na prvú americkú pipku.

Utorok 27. máj 10.45
Adresát: chris@christophercheshire.com
marikarolincova@hotmail.co.uk

Bola som veľmi šťastná, keď si prišli Meryl a Tony vyzdvihnúť Etelu. Odvtedy, čo zo mňa ťahala intímne informácie o mojej fixácii na Adama, som jej mala naozaj dosť. Meryl s Tonym vyzerali veľmi ružovo a oddýchnuto, a to až tak, že Tony porušil pravidlo o maximálne dvoch osobách v pohrebnom aute a neposlal Etelu do truhly, ale dovolil jej natlačiť sa medzi nich dopredu. Chcela som mu povedať, nech ju uloží do truhly a zaklincuje. :-)

Tony pomohol Etele s kuframi a Meryl mi vrátila dévedečká Sex v meste zabalené do kašmírového šálu.

„Šál si vyzdvihnem nabudúce," povedala náhlivo, keď som ich išla vybrať. O víkende sa nezmienila ani slovkom, ale Etela nám pri včerajšej večeri všetko prezradila.

Meryl a Tony sa už dlhší čas snažia pracovať na bábätku! Meryl spoznala cez nejakú kulinársku četovú internetovú stránku (samo osebe to znie šialene) manželku experta na plodnosť a pozvala ich k nim na večeru. Odvtedy sa k nemu Meryl zapísala a platí mu nekresťanské peniaze, aby jej pomohol otehotnieť. Poradil jej, aby išli na relaxačný víkend, kde bude mať väčšiu šancu otehotnieť.

„Dúfam, že nezblbnú jak ten David Beckham," povedala Etela, „a nenazvú to neštasné decko po míste, kde ho zamiesili. Scunthorpe Watson jako meno pre zasrana by bolo moc beštiálne aj na mé štandardy."

Nikdy som nevedela, ako veľmi túžili po dieťati. Vraj skúšajú už niekoľko rokov. Meryl vždy bočila od rozhovorov, ktoré sa týkali detí, lebo by jej len zničili koberce.


Štvrtok 29. máj 15.43
Adresát: chris@christophercheshire.com

Posledných pár dní som strávila s Rosencrantzom a Marikou v záhradke. Rosencrantz má v škole voľnejšie a Marika dostala niekoľko dní voľna (nadčasy).

Škoda, že si sa nemohol k nám pripojiť. Sľubujem, že budem držať Lena ďaleko od Teba. :-) Sadili sme kríky malín a čiernych ríbezieľ.

Rosencrantz odišiel dnes trochu skôr. Našiel si prácu barmana na neďalekej pešej zóne. Chce začať platiť za veci vlastnoručne zarobenými peniazmi. Povedala som mu, že naozaj nemusí a že by sa mal sústrediť na konzervatórium, ale nepočúval ma. Stále nie je kompletne v poriadku. Naozaj už neviem, čo mám robiť. Marika mi povedala, aby som mu dala trochu času a priestoru.

Adam sa tu vôbec neukázal.

Nedeľa 31. máj 17.33
Adresát: chris@christophercheshire.com

Keď som bola dnes na odchode zo záhradky, zjavil sa Adam. Posledné dni som bola ním taká posadnutá, že keď som ho zbadala, huba sa mi nevedela zastaviť. Nedokázala som kontrolovať, čo mi z nej vychádzalo.

„Moja svokra je moja exsvokra, lebo môj manžel ma cez Vianoce podviedol," vyhŕkla som na neho. „Dala som mu kopačky. Som rozvedená." „Ach," povedal, „dobre." Nastalo ticho.

„Fajčíš?" ponúkla som mu cigu.

„Nie. Nefajčím, mama mi zomrela na rakovinu."

„Aj moja!" povedala som natešene (nechtiac). „Aj moja," zopakovala som vážnejším tónom. „Mala by som prestať.

S fajčením by som mala prestať."

„Za rohom je krčma. Práve sa tam chystám. Je nefajčiarska," povedal Adam.

„Viem, ktorú myslíš," roztriasli sa mi kolená. On sa usmial. Potom zo mňa vyšlo: „Ďakujem za pozvanie. Rada s tebou pôjdem do krčmičky." Ani neviem ako, veď ma nepozval. Vyzerala som ako chudera, ktorá sa prvýkrát rozprávala s dospelým chlapom. Utekala som sa pobaliť. Narýchlo som schytila čajovú lyžičku, keďže tu nemám zrkadlo, a skontrolovala, či nemám na tvári hnoj. V tej malej lyžičke som toho veľa nevidela, ale bola som si istá, že som čistá. :-) Popravila som si tričko a vyšla von zavrieť chatku. Stála tam asi dvadsaťročná krásna mladá baba s bábätkovskou pokožkou. Oblečená v bohémskom štýle, opierala sa o Adama.

V mojich tepláčikoch som zostala stáť ako obarená. Dlhé

tmavé vlasy mala moderne strapaté. V ruke držala konárik naružovo rozkvitnutej čerešne.

„Ovoňaj, Adamko," priložila konárik k Adamovmu nosu a rukou sa oprela o jeho svalnaté rameno.

„Hmmm, nádherne vonia. Čerešňa."

To hmkanie znelo z jeho úst veľmi vzrušene, až mi naskočili zimomriavky.

„Kde si ju odtrhla? Dúfam, že si neterorizovala susedov strom," žartovne ju vyhrešil Adam. Zodvihol hlavu a všimol si, že si ich premeriavam. Babizňa na mňa žmurkla. Mrcha!

„Coco, toto je Holly. Moja..."

„Prepáč, Adam, zabudla som na svoju mačku. Musím utekať domov." Cítila som sa úplne mimo. Nemala som na tú chuderu. Rozbehla som sa preč a od bránky som im ešte zakývala.

„To nič. Hádam nabudúce, Coco," zakričal Adam. Ešte raz som sa vystresovaná otočila a zakývala ako malé decko. Najhorší bol môj polobeh a nešikovná polochôdza. Hanbila som sa ako nikdy v živote. On mal v sebe taký pokoj, až ma to vyvádzalo z miery. Je strašný flegmoš a sexy a randí s dvadsaťročnou modelkou... Som taká naivná krava. Myslela som, že chlap ako Adam by mohol byť nezadaný!

A ako som vôbec prišla na výhovorku, že musím utekať domov za vymyslenou mačkou? Čo ak sa ma na ňu nabudúce opýta?

Po ceste domov mi volala Meryl.

„Mám skvelú novinku," povedala na jeden nádych. Čakala som, že povie, že je tehotná a bude mať dvojičky Carmen a Isoldu.

„S Tonym sme práve dali zálohu na byt v staršom paneláku v Catforde. Pre mamu!"

„Panelák?" zostala som zaskočená.

„Áno," povedala natešene. „Hľadali sme jej ubytovanie, keďže ty si ju odmietla a chudák Daniel sa musel zriecť vlastného bydliska... Rozhodli sme sa investovať naše ťažko zarobené libričky. Byt nebude patriť mame, ale môže v ňom bývať tak dlho, ako len bude žiť."

„Dobre, ale ja som ju nikdy neodmietla a Daniel sa nemusel zriecť svojho bydliska..."

„Mysleli sme, že mame bude najlepšie tam, kde vyrastala, v južnom Londýne," povedala Meryl a totálne odignorovala, čo som jej hovorila. „Dáme ti vedieť všetky potrebné detaily, doviiii."

Opäť budem k Etele najbližšie z celej rodiny. Budem tá, ktorej bude volať, keď nebude vedieť otvoriť zaváraninu alebo keď ju bude bolieť zub...

DOFRASA!

# JÚN

Pondelok 1. jún 10.19
Adresát: chris@christophercheshire.com

Celý svet je opäť ružový. A to stačil iba jeden telefonát. Vydavateľka, ktorá má záujem o Grega-O-Hrýzača, sa chce so mnou a s Angie stretnúť zajtra ráno v klube Súkromnej katedrály! Veľmi ju zaujal prvopis. Angie mi nakázala prísť o pol hodiny skôr, aby mi mohla poradiť s niektorými vecami.

Zajtra o takomto čase by som mohla byť oficiálne detskou spisovateľkou s podpísanou zmluvou! V čom mám na to stretnutie ísť? Ako inšpiráciu som si vygúglila J. K. Rowlingovú.

Utorok 2. jún 13.44
Adresát: chris@christophercheshire.com

Rosencrantz mi pomohol vybrať odev na stretnutie. Nohavicový kostým, ako zvykne nosiť Rowlingová. Ona vyzerá vždy elegantne, inteligentne, rezervovane, ale múdro, s iskrou v oku. Asi by som ju mala poznať osobne, pár rád od nej by mi bodlo.

Skúšať som to mohla, ale aj tak som vyzerala skôr ako mladšia sestra Camilly Parkerovej Bowlesovej. Musím sa dať ostrihať. Nebola som u kaderníčky, odkedy odišiel Daniel.

Chystala som sa tak dlho, až som si nevšimla, že meškám. Utekala som na metro.

V metre, samozrejme, nie je klíma a Northern line je vždy preplnená, a preto som v centre Londýna vystúpila ako zmoknuté kura. Vlasy polepené po tvári, z nosa mi kvapkal pot… Len čo mi naskočil signál v mobile, začali mi prichádzať zmeškané hovory a správy od Angie. Zastavila som taxík. Ponáhľala som sa do katedrály. Pred klubom ma čakala naštvaná Angie a nervózne fajčila.

„Pinchardová. Došľaka, čo to má znamenať? Povedala som ti deväť štyridsaťpäť!" z uší sa jej doslova parilo. Cigaretu zahasila o spodok svojej loubutinky.

Ospravedlnila som sa. Premerala si ma a za ruku vtiahla do výťahu. Vo výťahu stlačila stopku.

„Musím s tebou hovoriť," ešte viac zvážnela.

„Prepáč, ja som sa snažila, ale metro…" znovu som sa ospravedlňovala.

„Ticho!" zvýšila hlas, „dobre ma počúvaj, je to veľmi dôležité. Voláš sa Kathy Trentová a za nijakých okolností nespomeň Poľovačku na Lady Dianu. Jasné?" stlačila gombík. Výťah začal klesať.

„Prosím?" nechápala som, o čo jej išlo.

Výťah pri zastavení cinkol a otvoril sa s výhľadom na bar.

V upravenej barovej spovednici nás čakala milo vyzerajúca asi dvadsaťpäťročná blondínka.

„Prosím ťa, dôveruj mi, Coco. Nemáme viac času," povedala Angie, nahodila americký úsmev a odviedla ma k blondínke. Predstavila sa ako Louise Mulhollandová z vydavateľstva Mulholland Avenue Press. Ja som sa predstavila, ako mi prikázala Angie. Kathy...

„Trentová," dodala Angie a zazrela na mňa. Objednali sme si ľadové čaje a dali sa do rozhovoru.

Louise prišla nachystaná s ponukou na moju novelu Greg-O-Hrýzač a ďalšie štyri pokračovania. Angie bola uvoľnená, kým nezbadala vysokého, opáleného chlapíka, ktorý vychádzal zo sekcie VIP. Pod pazuchou držal niečo vystrihnuté z kartónu. Angie sa zúfalo snažila, aby si ju chlapík nevšimol. Bohužiaľ, nestalo sa. Nasmeroval si to k nám.

Bol to Michael Brannigan.

Kartónová postava pod jeho pazuchou bola Anna Branniganová. Mali to asi na promo svojho knižného klubu.

„Angie! Ako sa darí?" tvár mal nachystanú na útok. Louise sa vytešene postavila a predstavila. Michael sa potom zameral na mňa. Cítila som, ako mi po chrbte a čele steká studený pot.

„Vás poznám," zamračil sa. Všetko mi prebiehalo pred očami v spomalených záberoch. Angine ústa sklapli a pohybovali sa bez hlasu. „Coco Pinchardová," povedal nahnevane. Kartónová Anča sa na mňa škerila ako šialená.

„Nie, toto je Kathy," opravila ho Louise a pozorovala výraz mojej a Anginej tváre. „Kathy Trentová. Napísala skvelú novú knihu."

„Nie. Táto ženská je Coco Pinchardová," vyhlásil ako pri rozuzlení v Poirotovi.

Louise zostala zaskočená.

„Angie, až takto zle sa darí?" povedal Michael a ešte raz na mňa škaredo zazrel. Vzápätí odišiel.

„Niečo mi tajíte? Čo sa to tu deje?" opýtala sa zmätená Louise. Pozrela som na Angie, ktorá sa snažila vymyslieť nejaké rýchle klamstvo. Nastalo neznesiteľné ticho. Prerušila som ho podaním ruky Louise. „Je mi to veľmi ľúto. Som Coco Pinchardová." Do pekla, prečo som sa musela predstaviť?

Louise zavrela svoj notebook.

„Musím utekať za Michaelom Branniganom," povedala chladno, pozbierala všetko, čo mala na stole, a odišla.

„Počkajte, Louise!" zakričala Angie. „Coco, musím... Ozvem sa." Angie sa rozbehla a stihla naskočiť do výťahu, v ktorom boli Michael a Louise.

Mne zostal len účet...


Streda 3. jún 18.36
Adresát: chris@christophercheshire.com

Koľko je hodín? Celý deň som strávila v posteli. Čakala som, že zavolá Angie. Potom som chcela zavolať ja jej, ale nič z toho sa nestalo. Tak či tak, všetko je riadny bordel, moja kariéra... život. Ďakujem za pozvanie, rada pôjdem s Tebou k Marike. Poďme vlakom, aby sme si mohli všetci vypiť.

Streda 3. jún 22.02
Adresát: rosencrantzpinchard@gmail.com

Nevedela som, že dnes večer nerobíš, ale som rada. Mal by si si zobrať viac voľna a oddýchnuť si. Mohla som Ti niečo navariť. Išla som s Chrisom k Marike. Budem doma o chvíľku. Práve sme nastúpili na vlak v Charing Cross. Mám Ti niečo kúpiť cestou v Tescu na Baker Street?
   Mama
   Cmuk


Streda 3. jún 22.36
Adresát: rosencrantzpinchard@gmail.com

Kým prídem domov, Tesco bude zatvorené. Náš vlak zastavil asi pred pol hodinou a ešte sme sa nepohli. Sme odstavení pri vysokých administratívnych budovách, obalených v lešeniach. Nikto nám nepovedal, prečo stojíme. Na vedľajších koľajniciach okolo nás idú vlaky bez problémov.


Streda 3. jún 23.12
Adresát: marikarolincova@hotmail.co.uk

Ešte sme vo vlaku. Pokazil sa tesne pred zastávkou v New Cross. Stále čakáme na oznámenie, čo sa deje. Pred chvíľkou sa vypli svetlá, sedíme v totálnej tme. Jediným zdrojom svetla je obrazovka môjho mobilu. Išla som za vodičom. Vybuchovala som mu na dvere ako zmyslov zbavená, ale nikto sa neozval.


Štvrtok 4. jún 00.00
Adresát: rosencrantzpinchard@gmail.com

Zlato, sme stále zaseknutí na koľaji. Vo vlaku už nič nefunguje. Pred minútou okolo nás prefrčal posledný vlak z Londýna, plný ľudí tešiacich sa domov. Skúšali sme volať na železničné informácie, ale nikto tam nezdvíha. Nebolo niečo v správach? Bombový útok, vlak zrazil človeka, mokré lístie na koľajniciach atď.?


Štvrtok 4. jún 00.40
Adresát: marikarolincova@hotmail.co.uk

Chris ma vyplašil. Myslí si, že vodič je mŕtvy. Prečo by sme tu stáli tak dlho? Prešli sme všetkými vagónmi a nikde nikoho. Sme jediní pasažieri. Je tma a v dôsledku vetra vagóny praskajú a vydávajú zvláštne zvuky. Vypila som u Teba veľa vína a vo vlaku nie sú záchody. Poškuľujem po papierovom pohári z Burger Kingu, ktorý tu, chvalabohu, niekto nechal na sedadle. Ak tu takto budeme trčať ešte chvíľu, nebudem mať na výber. Chris ide zavolať otcovi. Hráva golf s nejakým chlapíkom z juhozápadných železníc.

Štvrtok 4. jún 1.12
Adresát: rosencrantzpinchard@gmail.com

Prepáč, zabudla som Ti dať vedieť, čo sa deje, ale o chvíľku sa mi vybije mobil. Nepohli sme sa nikam, stále trčíme tam, kde sme aj boli. Mám kľúč, pokojne za sebou zamkni. Keď dorazíme na Charing Cross, budeme si musieť nájsť taxík, takže neviem, kedy sa dostanem domov.


Štvrtok 4. jún 11.36
Adresát: marikarolincova@hotmail.co.uk

Celú noc sme strávili vo vlaku. Veríš tomu, že nás neprišiel nikto vyslobodiť? Snažili sme sa násilne otvoriť dvere, ale nešlo to. Vybili sa nám aj mobily. Čo keby začalo horieť? Presunuli sme sa do prvej triedy. Očakávali sme väčší komfort, ale jediný rozdiel bol v tom, že na operadlách bol biely papierový obrúsok.

Slnko vyšlo okolo štvrtej a prekrásne vysvietilo zrkadlové budovy popri vlaku. Vydržala som takmer do piatej, ale potom som už musela požiť pohárik Burger King. Chrisa som poslala von z prvej triedy, aby som sa mohla v pokoji... Kvokla som si medzi štyri sedadlá a snažila sa sústrediť na „nemysliteľnú" potrebu. Sama pred sebou som sa hanbila ako pes. Chvalabohu, ten pohárik bol z XL menu. V polovici sa rozsvietili svetlá, vlak sa pohol smerom k nástupišťu a z reprákov sa ozvalo: „O malý moment pricestujeme na stanicu New Cross." Šokovaná pri pohľade na zívajúcich ľudí stojacich na nástupišti som začala kričať a náhle ukončila potrebu.

Očakávali sme novinárov, (aspoň) regionálnych fotoreportérov, ktorí by chceli zdokumentovať túto frašku, ale namiesto toho si všetci mysleli, že sme len nejakí špinaví hipíci, čo stihli prvý ranný spoj.

Keď sme sa konečne dostali na Charing Cross, bola som hrozne naštvaná. Chris išiel pohľadať manažéra stanice, ale mne prišiel na um niekto lepší, na kom sa môžem vybúriť. Zamierila som do Anginej kancelárie neďaleko stanice.

Ako víchor som prefrčala okolo asistentky až do Anginej kancelárie. Sedela chrbtom k dverám a sledovala turistov, ktorí zapĺňali Shaftesbury Avenue.

„Coco," otočila sa ku mne, „dočerta, čo sa ti stalo?" Zo zásuvky vybrala fľašku whisky a naliala nám obom do plastových pohárikov.

„Viem. Teraz ma nenávidíš," zaštupľovala fľašku.

„Totálne si ma strápnila!" zabľačala som na ňu.

„Keby si prišla včas, všetko by som ti vysvetlila."

„Fajn. Vysvetľuj!" Angie sa usadila a zhlboka nadýchla.

„Kniha pod tvojím menom sa nedá predať. Si na čiernej listine v celej Británii. Tvoj starý agent Dorian, bývalé vydavateľstvo a Michael Brannigan to tak zariadili. Je to nemožné!"

„Vážne?"

„Áno, Coco. Bohužiaľ."

„Prečo si teda chcela so mnou spolupracovať?"

„Mám rada výzvy. Bola som presvedčená, že ťa dokážem predať pod novým spisovateľským menom." „Spisovateľské meno!" Teatrálne som si odpľula.

„Na svojej reakcii aspoň vidíš, že sa ti ten nápad nepáči,"

zapálila si cigaretu a pokračovala. „Takmer to vyšlo. Nepochybujem, že Greg-O-Hrýzač by sa stal veľkým hitom. Potom si sa mohla prezentovať ako skutočná autorka. Vieš, ako novinári milujú dramatické príbehy so šťastným koncom."

Dopila som whisky. „Toto je konečná?!"

„Coco. Je naozaj nemožné predať dielo pod tvojím menom. Možno o dva, tri roky môžem niečo vyskúšať s právami na Poľovačka na lady Dianu. Je mi to ľúto, ale mala by si sa poobzerať po inej práci."

Angie vytiahla z vrecka vizitku a podala mi ju: „Moja kamarátka je riaditeľkou vo veľmi nóbl súkromnej škole v Kensingtone. Zavolaj jej, hľadá učiteľku angličtiny."

Pešo som sa prešla domov. Nedokázala som nastúpiť do vlaku.


Piatok 5. jún 14.46
Adresát: marikarolincova@hotmail.co.uk

Chrisov otec kontaktoval svojho známeho zo železníc. Zisťovali, čo sa v noci stalo. Prišli na to, že na vine bol rušňovodič. Rovnako ako ja potreboval čúrať a v domnienke, že vlak je prázdny, zastavil a skočil na toaletu von za kríky. Bohužiaľ, vo veľkej tme zablúdil a noc strávil v lesoch južného Londýna. Ráno ho našli v šoku na stanici Grove Park.

Ako gesto ospravedlnenia poslal riaditeľ železníc Chrisovi niekoľko prepraviek drahého vína a veľký výber luxusných syrov. Na jednej strane som naštvaná, lebo keby som bola sama, tak sa na mňa vyserú, pretože nemám známeho na správnom mieste. Nevrátili by mi ani peniaze za lístok. Na druhej strane sa však neviem dočkať degustácie. :-) Máš chuť sa pripojiť? Čo povieš na neskorý večerný piknik v mojej záhradke? Večery sú teplé a výhľad na Londýn je prekrásny.


Sobota 6. jún 11.11
Adresát: agatha@asociacia.z.parciel.co.uk

Drahá Agatha, včera v noci sa mi v záhradke stala nepríjemná vec, ktorá sa k Vám určite donesie. Chcela by som vyjadriť svoj názor, preto Vám posielam e-mail.

Po jednej hodine v noci som bola s priateľmi pri svojej chatke, keď za nami prišiel Len s niekoľkými ďalšími džentlmenmi. Obkolesili môjho kamaráta Chrisa a Len mu dal po hlave za to, že odtrhol a zjedol malinu. Vysvetľovala som im, kto sme a že malina, ktorú Chris zjedol, bola z mojej záhradky. Len pokračoval v nátlaku, čo vyprovokovalo moju priateľku do obranného zákroku. Kabelkou tresla po hlave tentoraz Lena.

Pokiaľ viem, tak svoju záhradku mám k dispozícii dvadsaťštyri hodín denne a zabudli ste ma informovať o dôchodcovskom ochrannom komande, ktoré má za úlohu v nočných hodinách ochraňovať ovocie a zeleninu?! Mali sme šťastie, že sa nikto smrteľne nezranil.

S pozdravom
Coco Pinchardová (záhradná parcela č. 17)

Pondelok 8. jún 11.33
Adresát: marikarolincova@hotmail.co.uk

Myslím, že Ťa Len nezažaluje za napadnutie kabelkou, ale dostala som vážny list od Agathy Balfourovej. Vyzýva ma na účasť na mimoriadnom piatkovom stretnutí Asociácie záhradkárskych parciel.

Ráno som bola u právnika pána Spencera. Oznámil mi, že keďže ani Daniel, ani ja sa rozvodu nebránime, mala by som mať v rukách rozvodové papiere už na budúci týždeň a byť oficiálne slobodná. Ani to netrvalo tak dlho.


Utorok 9. jún 8.33
Adresát: chris@christophercheshire.com

Volala mi Meryl. Bola zvedavá, čo by som chcela na budúcotýždňové narodeniny.

„Prepánaboha, budeš mať päťdesiat, ani sa nenazdáš. Ten čas letí, Coco. Pravda?"

Vypýtala som si poukážku a zložila telefón. Krava, dobre vie, že budem mať iba štyridsaťdva. Celkom mi pokazila náladu.

Streda 10. jún 15.06
Adresát: danielpinchard@gmail.com

Viem, že Tvoj právnik Ti prikázal so mnou nekomunikovať, ale bojím sa o Rosencrantza. Začal sa správať veľmi čudne. Pozval ma na skorý narodeninový obed, a to nie do hocijakého pajzla, ale do luxusnej francúzskej steakovej reštaurácie La Relais De Venise L'Entrecote na Marylebone Lane. Odtiahol mi stoličku ako džentlmen, zaplatil účet, a keď staršia pani omylom narazila do sklených dverí v reštaurácii, nezačal sa smiať a ukazovať na ňu prstom, ako by som od neho očakávala, ale utekal jej na pomoc. Naozaj sa bojím, či je v poriadku. Takto sa zvyčajne nespráva. Hovoril Ti niečo?
    Coco


Štvrtok 11. jún 10.14
Adresát: chris@christophercheshire.com

Chris, chceš ísť s nami budúci týždeň na Slovensko? Marika má letné prázdniny a pozvala nás k jej mame na vidiek. Pýtala som sa, či to je ten dom, kde bola na Vianoce zasnežená a mala hnačku, pretože pila rozmrazenú bazénovú vodu. Je to presne ten dom, ale vraj je tam teraz vyše 37 stupňov. Budeme si môcť užiť bazén z tej príjemnejšej stránky. Ideš? Pozvala aj Rosencrantza. Ospravedlnil sa, že radšej zostane doma, aby mohol chodiť po večeroch robiť do baru.

Štvrtok 11. jún 18.16
Adresát: marikarolincova@hotmail.co.uk

Ráno som sa dala ostrihať. Išla som do toho kaderníctva na nóbl konci pešej zóny, blízko obchodu s gombíkmi. Objednala som sa k najdrahšiemu kaderníkovi seniorovi stylistovi (je to asi jediné zamestnanie, kde sa necháva gay kaderník oslovovať senior :-). Vystrihal ma na nepoznanie. Strih je úžasný, jednoduchý na údržbu a nahodil mi teplejší blonďavý odtieň, ktorý ma, ako sľuboval, dosť omladzuje.

    Zhodila som viac ako tri kilá. Asi prácou v záhradke. Nikdy som sa nezaťažovala veľkosťami, ale vopchala som sa do krásnej zelenej sukne z Marks & Spencers, ktorá je o číslo menšia. Neviem, ako to je možné. Roky som sa nedokázala natlačiť do menšej veľkosti.

    Chris nemôže ísť s nami na Slovensko. Mama mu nanútila účasť na narodeninách jeho deväťdesiatsedemročnej starej mamy. Chcú ju prekvapiť. Nemyslíš si, že je už dosť starý na to, aby si robil po svojom? A predovšetkým, nemyslíš, že prekvapiť deväťdesiatsedemročnú ženu je dosť riskantné? :-)

    Kúpila som letenky na sobotný ranný let.
    O 5.30!


Piatok 12. jún 22.00
Adresát: chris@christophercheshire.com

Na záhradkárske stretnutie som sa rozhodla vyfintiť do novej zelenej sukne a napasovaného čierneho trička. Účes som sa snažila vyčesať tak, ako mi poradil kaderník. Celkom to vyšlo. Myslela som, že členovia záhradkárskej asociácie nacupkajú v teplákoch a záhradkárskych montérkach. Chcela som vyzerať, že mám navrch.

Agatha býva v krásnom štvorposchodovom luxusnom starom dome pri parku. Pri vchode je plaketa, ktorá oznamuje, že sa tam v roku 1812 narodil nejaký známy antropológ.

Keď som dorazila, stretnutie sa práve začínalo. V obývačke plnej vystavených zberateľských gýčových harabúrd mala na gauči a kuchynských stoličkách napratraných dvadsať starých dedov vrátane Lena. Prišiel aj Adam. Nečakala som, že tam bude aj on. Predstav si, že Adam je sekretár asociácie. Poctivo zapisoval, o čom sme hovorili. Na diaľku ma pozdravil. Vyzeral božsky v tmavých džínsoch a bielom pulóvri. Vypasované džínsy boli na jeho vypracovaných nohách hrozne sexy. Doplnil ich strieborným opaskom Dolce & Gabbana. Tenký biely sveter bol trošku priesvitný a vystavoval na obdiv jeho dokonalé svalnaté torzo.

Vtedy mi to došlo! Adam je gay. Na sto percent! Je fešný, upravený, dobre sa oblieka... Tá baba v záhrade musela byť jeho kamarátka, ktorej sa zdôveruje so svojím súkromím a s ktorou chodí na gay diskotéky. A to, že je sekretár záhradkárskej asociácie, tiež nie je náhoda. Určite je gay! Bola som hlboko stratená v myšlienkach, keď som si uvedomila, že sa ma Agatha niečo pýtala.

„Prosím?" ozvala som sa zahanbene.

„Máme podozrenie, že porušujete práva na prenájom záhrady, stanovené našou asociáciou," zopakovala a pozrela na mňa ponad svoje popolníkové okuliare. „Prečo ste boli v chatke na vašom políčku ráno o jednej minulú sobotu?"

„Slopala tam se svojíma nafúkanýma nóbl kámošama," zakričal Len, nahodený v montérkach. „Jednu babu som lapil, keď kvočala a ošťávala chodník! Potom ma ona trepla kabelou!"

„Ja som vás netrepla kabelou," rýchlo som dodala, lebo Adam všetko zapisoval.

„Pani Pinchardová," zamračila sa Agatha, „opitosť, násilie a urinácia na verejných priestranstvách sú veľkým problémom dnešnej mládeže v Británii a Severnom Írsku. Očividne nie ste mladá, preto sa modlím, aby ste nám to vedeli dostatočne dobre vysvetliť!"

Preglgla som a pozrela na Adama, ktorý bol zažratý do písania.

„Mám taký dojem, že ste spisovateľka, pani Pinchardová," dodala Agatha a väčšina chlapov v izbe sa začala uškŕňať, „nech sa páči, môžete nám kreatívne vysvetliť vašu nočnú žúrku."

Postavila som sa, odhodlaná uzemniť uškŕňajúcich sa dedov a poskytnúť Adamovi niečo pozitívne na zaznamenanie.

„Ako spisovateľke mi pred pár dňami udelili peniaze z umeleckého grantu na rozvoj umenia." Adam prestal písať a prekvapene na mňa pozrel. Agatha si popravila okuliare v očakávaní, ako bude moje vysvetlenie pokračovať.

„Je to finančná podpora na predstavenie..." Nemala som ani šajnu, ako pokračovať v klamstve. „To, čo ste mali možnosť vidieť minulú sobotu v noci, bola skúška pouličného predstavenia, ktoré sa volá Zber ovocia."

„Zber ovocia?" zopakovala Agatha. V duchu som zahrešila, prečo som sa radšej nepriznala, že sme boli ožratí.

„Áno, Zber ovocia v mesačnom svite."

„A prečo by také niečo podporovali z umeleckého grantu?"

„Lebo hra sa zameriava na podporu jedenia miestnych záhradkárskych produktov a naše záhradky sú jedny z najfajnovejších v celom Londýne."

„A čo tá ženská, čo nám tam očúravala chodník?" opýtal sa vytočený Len.

„No, tú scénu budem musieť asi zrušiť. Ďakujem za pripomienky k hre, Len." Nastalo hrobové ticho. Počuli sme iba tikať Agathine kukučkové hodiny, ktoré asi zdedila po pradedkovi, a zvuk Adamovho pera, ako dopisoval. Dedovia na mňa zamračene zazerali ako na pupenec, ktorý tak nenávidia.

Agatha sa vyškerená obzerala po obývačke.

„Nuž dobre. Ste naozaj... teatrálna. Pani Pinchardová, dnes obídete iba so slovným napomenutím. A, samozrejme, všetci sa tešíme na vaše predstavenie. Musíte nám dať vedieť, kedy bude premiéra," sarkasticky dodala Agatha. „A teraz poďme k Alanovi a jeho zemiakovej nákaze."

Ospravedlnila som sa, že musím odísť. Cítila som sa ako najväčšia idiotka. Celé osadenstvo ma ignorovalo, okrem Adama. Žmurkol na mňa. Ten ma vedel pochopiť, čo ma len utvrdzovalo v tom, že je gay. Po ceste von z obývačky som si všimla jeho krásne, uhladené, vzorové a veľmi gay písmo.

Doma som si sadla na terasu a otvorila vínko. Vonku bolo teplo. Nalievala som si asi tretí pohárik, keď sa ozvalo zvonenie mobilu. Zo slúchadla zaznelo: „Ahoj, to som ja, Adam." Od prekvapenia som takmer zletela z plážovej stoličky.

„Prepáč, viem, že je to asi trochu drzé. Našiel som tvoje

číslo v adresári asociácie." Opýtala som sa, či som niečo zabudla u Agathy.

„Nie." Nastalo ticho. Odkašľal si. „Ak by si mala v utorok čas, nechcela by si so mnou ísť do divadla na Klietku bláznov? Do West Endu."

„Ty si gay. Viem to. Dnes som na to prišla. Prezradili ťa napasované rifle a priesvitný pulóver," doliala som si víno.

V mobile zostalo trápne ticho.

„Hmm... Ja nie som gay."

„Nie si?" prekvapene som sa opýtala, „a kto bola tá dievčina Holly v tvojej záhradke?"

„Moja dcéra."

„Ale veď ty si... a ona je..."

„Áno, som černoch a ona nie je." Vysvetlil mi, že jeho exmanželka je Írka a Holly mali v pätnástich.

„Prečo si mi to nepovedal hneď, Adam?"

„Nebolo by to správne, keby som ti také detaily vešal na nos, len čo sme sa stretli. Veľmi sme sa nepoznali. A na druhej strane si mi nedala možnosť, utiekla si ako vietor nakŕmiť svoju mačku. Ako sa volá?"

„Moja cica?" snažila som sa vymyslieť hocijaké meno, „hmm, Coco."

„Pomenovala si mačku po sebe?"

„Nie," skoro ma vystrelo, „volá sa Coco Pops ako cereálie. Ja sa volám Coco Pinchardová." Normálne som cítila, ako premýšľa, že som šľahnutá.

„Fajn. A čo v utorok s divadlom, Coco Pinchardová?"

„Veľmi rada, Adam. O koľkej?"

„Vyzdvihnem ťa o osemnástej." Vtom som si niečo uvedomila.

„V utorok nemôžem. Mám narodeniny a idem na Slovensko."

„Slovensko?" opýtal sa nechápavo.

„Kedysi to bolo Československo, potom sa rozdelili. Asi preto si o Slovensku ešte nepočul. Je to mladá dvadsaťročná krajina."

„Nie, nie. Poznám Slovensko," Adam stíchol.

„Možno nabudúce," povedala som mu. Najradšej by som sa videla v tom momente v riti po vysvetľovaní, ako vzniklo Slovensko.

„Dobre, možno nabudúce." Adam znel, akoby sa nevedel dočkať konca telefonátu. Zaželal mi šťastnú dovolenku a položil.

Normálne som sa prichytila, ako od hanby žujem roh vankúša. Adam je heterák, nezadaný heterák a páčim sa mu.

Už pomaly ani neviem, kto som. Všetky tie klamstvá, ktorými sa len zakopávam hlbšie a hlbšie do sračiek. Väčšinu času mi Daniel liezol na nervy. Teraz viem, že ma to uzemňovalo. Chýba mi, že nemám niekoho, ku komu sa môžem vracať domov. Niekoho, kto by ma nechal vybľabotať všetky tie somariny, čo mi lozia po rozume. Samota mi nesvedčí, začína sa premietať na mojich postojoch k životu.


Nedeľa 14. jún 12.33
Adresát: chris@christophercheshire.com

Chris, prosím Ťa, keď budem preč, mohol by si skontrolovať, ako sa má Rosencrantz. Pomaly sa zdiera z kože so školou a s prácou. Sem-tam mu zavolaj a pripomeň, aby nezabudol jesť a spať.

Ďakujem!

Pondelok 15. jún 23.45
Adresát: chris@christophercheshire.com

Je to oficiálne. Milujem Slovensko! Prečo mi nikto doteraz nespomenul túto čarovnú krajinu? Všetci rozprávajú o Chorvátsku a Poľsku, ale nie o Slovensku. Ryanairom sme odleteli z pochmúrneho, studeného letiska Londýn-Luton a pristáli v tropickej horúčave. Bratislavské letisko nemá chybu.

Na letisku sme prešli pasovkou, vyzdvihli si kufor a o päť minút sme boli vonku. Nijaký nonsens ako v Londýne, kde si nútený prejsť niekoľko kilometrov chodieb a schodísk, aby si sa prepracoval k svojmu kufru.

Marikina sestra nás čakala vo svojom džípe. Diaľnicou sme frčali smerom na Nitru. V diaľke sa týčili prekrásne modré hory a pri ceste rozprestierali nekonečné polia plné kukurice, slnečníc a repky. Pripadala som si ako v neskutočnom 3D filme. Adriana zavrela strechu a dupla na pedál. V tej rýchlosti som cítila, akoby zo mňa spadli tony problémov. Nechápem, prečo odtiaľto Marika odišla. Adriana hovorí po anglicky skoro rovnako dobre ako Marika. A je aj taká krásna ako Marika, s tým rozdielom, že má dlhé čierne kučeravé vlasy.

Dedinka sa volá Gedra a je úplne iná, ako som si ju predstavovala na základe Marikiných vianočných e-mailov.

Tvorí ju rad siedmich malebných domčekov s krásnymi bujnými záhradkami plnými ovocných stromov, marhúľ, broskýň, hrušiek... Každý domček má aj vinič a v niektorých záhradách majú z neho urobené prístrešky nad posedením. Je to nádherne idylické ako v rozprávke. Lepšie ako v rozprávke – je to všetko skutočné. Na okolitých poliach podopierajú oblohu veľké slnečnice, ktoré s bezoblačným modrým nebom v pozadí vytvárajú neopísateľný obraz. Za cestou sa v objatí slnka vyhrieva starodávny opustený mlyn a žblnká malý potôčik.

Marika odbočila do dvora a zaparkovala pri dome. Za domom mali bazén a ďalej v záhrade kurín, v ktorom kikiríkal kohút. Z kurína vyšla mohutná žena oblečená v kvetinkovej šatovej zástere. Vlasy mala polodlhé kučeravé, ako bývajú tie staromódne kúpacie čapice. V ruke dole hlavou držala sliepku. Položila ju na peň. Myslela som, že nám z diaľky kýva svojou mohutnou rukou. Nakoniec som si všimla, že v nej má sekeru, ktorou sliepke odťala hlavu.

Šokovaná som zhíkla. Žena zdvihla ruku s bezhlavou sliepkou a voľnou rukou jej začala šklbať perie.

„Prečo to musí robiť teraz?" povedala zahanbená Marika. Sliepkovrahyňa bola Marikina mama. Všimla si nás, keď sme vystupovali z auta. Ruky si utrela do zástery a s veľkým úsmevom si to namierila k nám.

„Moja zlatá!" kričala, schmatla Mariku a vybozkávala ju.

„Maminka!" pozdravila sa Marika. Snažila sa odtiahnuť mamine ruky z tváre a skočila jej do náručia. Všimla som si, že Marikine ruky nedokázali objať mamin pás.

„Toto je moja mama Blažena," predstavila ju Marika. Blažena si ma na privítanie pritiahla do náručia tak silno, že som mala hlavu prilisovanú na jej prsiach.

Poviem Ti, silu má za desiatich chlapov.

„Dobrý deň," v aute som sa celú cestu učila, ako sa zdraví po slovensky. Blažena sa potešila a začala Marike niečo hovoriť po slovensky. Adriana prekladala:

„Mama hovorí, že je jediná farmárka široko-ďaleko a ako naschvál porodila dieťa (Mariku), z ktorého je vegetarián. Hovorí, že jej odložila kukuricu z minuloročného zberu." Smiala som sa na plné ústa. Marika sa nedala a Blažene vracala požičané aj s úrokmi, urobila z nej vrahyňu zvierat...

Adriana mi poradila, aby sme odniesli kufre dnu. Vraj keď si ony dve skočia do vlasov, môže to trvať večnosť. Zaviedla ma do mojej izby zariadenej ako zvyšok domu tmavým vyrezávaným nábytkom a množstvom čipiek. Čipkové záclony, čipkové obrusy... Vybalila som sa a išla do kuchyne. Blažena práve nalievala do štamprlíkov slivovicu, niečo ako slivkové brandy.

Štrngli sme si. Všetky tri sme vypili poháriky na jeden dúšok. Ja som si cucla a v momente ma zalialo teplo, ktoré sa vybralo na túru mojím telom. Blažena vybrala zo sliepky vnútornosti a potom ju rozporciovala. Mäso vyklepala na tenké kúsky, ktoré obalila do vajca a strúhanky. Nakoniec ich vypražila v oleji.

„Tie rezne sú tenké," povedala som.

„Pri vyklepávaní si vždy predstaví tvár nášho otca," odvetila Marika. Musela som sa smiať, ale myslím, že nežartovala.

„V Anglicku máte manželské poradne, my na Slovensku vyklepávame rezne," uškrnula sa Adriana. Asi to vyskúšam aj ja. Predstav si tie ušetrené peniaze a ako bonus plný žalúdok. :-)

Obedovali sme vonku pri bazéne. Už dávno som si tak

nepochutila. Rezne, varené zemiaky s pažítkou, hlávkový šalát a slovenské pivo. Lepšie som ešte nepila, bola som z neho normálne v extáze. Teploty sa šplhali k štyridsiatke, a preto Marika zavelila popoludňajšiu siestu.

Na stromoch pri bazéne boli v tieni nachystané tri hojdacie siete. Chvíľu ma museli prehovárať, ale nakoniec som sa na to dala. Nemyslela som, že zaspím. Opak bol pravda. V momente, keď som sa gymnasticky dostala do svojej siete, zaspala som ako drevo.

Svet zahalili moje klipkajúce oči.

Museli sme byť riadne unavené, lebo sme prespali šesť hodín. Zobudil ma šplechot Mariky, ktorá vchádzala do bazéna. Slnko zapadalo za dom, ale horúčavy sa veľmi nezmiernili. Adriana priniesla pivá a sledovali sme Mariku, ako pláva.

„Je v poriadku?" opýtala sa ma Adriana.

„Áno aj nie. Život v Londýne je drsnejší ako kedysi a veľmi zdražel."

„Chcela by som, aby sa vrátila domov, ale viem, že má Londýn v krvi a vrátiť sa sem by bolo..." Adriana sa zhlboka nadýchla.

„Je tu úžasne! Ja by som neváhala ani minútu."

„Vieš, Coco, máme všetko a nič... Život je ťažký. Z pekného výhľadu sa nenaješ." V diaľke sme sledovali krásne žlté polia a zelené kopce.

„No, hoci nemáte nič, máte veľmi veľa," povedala som Adriane. Blažena vyšla von s ďalšou várkou pív a vhupla do siete. Opýtala sa ma, či viem plávať. Vysvetlila som jej, že áno, ale že sa hanbím obliecť do plaviek.

„Mama hovorí, že si veľmi atraktívna a mala by si si viac veriť," preložila Marika.

„Ale nie," začervenala som sa. „Hovorí to zo slušnosti."

„Ver mi, nehovorí!" Marika sa čľapkala v plytšej časti bazéna. „Mama nikdy neklame. Ani zo slušnosti. Bola jediná, kto povedal jej sestre v deň svadby, že je tlstá." Blažena prikývla.

„Povedala jej, že vyzerá ako tehotné prasa." Adriana prekladala. Nevedela som, čo na to povedať. Chvalabohu, vtom vošlo do dvora auto. Adrianin manžel Števko. Bol opálený dotmava, pracuje v stavebníctve a má telo ako grécky boh.

„Ale, ale, slávna spisovateľka Coco Pinchardová," vyskočil z auta a pobozkal ma na obidve líca.

„To si nemyslím," usmiala som sa a očervenela.

„Nebudem prekladať nič negatívne, čo o sebe povieš. Len aby si vedela," vyhrešila ma Marika.

Števko nachystal ohnisko na opekanie. Všetci sme pozorovali západ slnka s pohárikom v ruke. Netrvalo dlho a Marika im oznámila, že od dnešnej polnoci som oficiálne slobodná štyridsaťdvaročná žena.

„Mali by sme ti urobiť oslavu," povedal Števko. Všetci začali navzájom niečo splietať po slovensky. Nakoniec Marika vzrušene oznámila: „Zajtra bude oslava. Pozvú na ňu Zobor!"

„To je žena alebo chlap?"

„Kapela," povedala Marika, „na Slovensku nemá konkurenciu. Niečo ako Rolling Stones v Británii. Spevák z kapely býva o dva domy ďalej. To bude oslava!" Začali sme plánovať a zostali do polnoci. Pred polnocou sa Marika pozrela na hodinky a niečo povedala po slovensky Adriane. Tá sa vytratila do domu.

O chvíľku bola späť. V ruke mala veľkú raketu na ohňostroj. Strčila ju do zeme za bazénom, zapálila a utekala k nám. Z rakety začali vyletúvať farebné strely. Ohňostroj vysvietil celú oblohu.

„Slečna Pinchardová, od tejto chvíle ste slobodná žena," s úsmevom mi zavykala Marika, „a máš narodeniny!"

Blažena doliala slivovicu. Užívali sme si farbami osvietenú nočnú oblohu.

„Na šťastie a na budúcnosť," zaželala Marika a na to sme si štrngli. Vyrozprávala som im, čo sa udialo v mojom živote za posledné mesiace. Jednohlasne súhlasili, že Daniel je idiot. Blaženu prekvapila moja, podľa nej, mierna reakcia, keď som pristihla Daniela s Pornulienkou. Povedala mi, že keď ona pristihla pri nevere Marikinho otca, sotila ho do studne a celú noc sedela na poklope!

Do postele sme sa dostali o tretej nadránom. Nemohla som spať. Skúšala som počítať. Pri stotrojke som to vzdala. Píšem Ti z jediného miesta, kde je signál. Z vonkajšieho dreveného záchoda. Mám tu výhľad na krásne hory a polia. Slnečnice sa v mesačnom svite vlnia vo vánku z jednej strany na druhú. Je to krásne a zároveň trošku strašidelné. Najmä ten zvuk.

Veľmi si želám, aby si tu bol s nami.


Utorok 16. jún 14.01
Adresát: chris@christophercheshire.com


Zobudila som sa pred hodinou. Totálne spotená. V izbe je strašne dusno. Marika strčila hlavu do dverí: „Ránko, zlatko." Všimla si, aká som spotená, a vzápätí sa vytratila. O pár minút sa vrátila vysmiata s Adrianou a so Števkom. Strhli zo mňa plachtu, zodvihli ma a odniesli von k bazénu. Kričala som ako decko. Trikrát ma provokatívne rozhojdali a potom šmarili do vody. Pristála som ako veľryba s veľkým šplechotom. Je to vraj ich rodinná tradícia. Som rada, že mám narodeniny v lete. :-)

„Je to také niečo ako baptizmus," vyhlásila škeriaca sa Marika, „si slobodná žena!"

Vyšla som z bazéna a išla sa pozrieť do zrkadla. Nič sa na mne od polnoci nezmenilo. Vlasy prilepené na čele, som trošku chudšia a opálená. Inak nič extra.

Usmiala som sa na seba a išla otvoriť darčeky.

Dostala som cédečko skupiny Zobor. Na fotkách v albume majú hrozne veľa čiernej maskary a od hlavy po päty sú v koži. Dúfam, že neprídu v koži aj dnes, teplota sa šplhá na štyridsaťdva stupňov. Rosencrantz mi kúpil iPod Nano. Meryl a Tony päťlibrový kupón do Debenhamsu, ktorý bol súčasne aj od Etely a Daniela. Meryl podpísala Daniela veľmi slabou ceruzkou pre prípad, že sa na moje narodeniny vyserie. A tak aj bolo.

Popíjam druhý pohárik slovenského vínka (excelentného) a ležím pri bazéne. Riadne blaho! :-)

Banda ide na nákupy. Ja popracujem na opaľovaní.

Utorok 16. jún 17.30
Adresát: rosencrantzpinchard@gmail.com

Ahoj, zlato. Veľmi pekne Ti ďakujem za iPod, ale nemal si míňať toľko peňazí. Určite bol drahý. Si v práci? Našla som si od Teba zmeškaný hovor. Prepáč. Zaspala som na slnku. Som spálená ako stará klobása a vyzerám ako morský rak.

Presunula som sa dnu a ležím natretá od hlavy po päty jogurtom. Vraj to pomáha vytiahnuť bolesť a horúčku. Ozvem sa neskôr.

Tvoja pripálená mama :-)
Cmuk


Streda 17. jún 5.30
Adresát: chris@christophercheshire.com

Prežila som nezabudnuteľne krásnu noc. Adriana mi požičala nádherné dlhé kvetinkové šaty, ktoré zakryli väčšinu červenej pokožky.

S Marikou sme prestierali stôl, keď mi začala hádzať komplimenty, ako úžasne vyzerám.

„Musíme ťa mať dnes krásnu ako bábiku."

„Prečo?"

Prestala sa usmievať a prestierať obrus. „Pozri, viem, že nemáš rada, keď ťa niekto naslepo dáva dokopy."

„Dáva dokopy?" prekvapene som zareagovala.

„Vidíš, už len pri spomenutí rande naslepo znervóznieš."

„Dáva dokopy s mužom? Takže rande?" Marika sa usmiala.

„S kým? Kto má ešte dnes večer prísť?" nasledovala som ju do kuchyne.

Marika zdvihla cédečko Zobor a začala ním predo mnou mávať.

„Rande s celou skupinou? Groupen sex?" zostala som šokovaná.

„Coco, moja sestra ti naozaj dožičí, ale nie zase až toľko," zasmiala sa Adriana.

Počuli sme, ako zavŕzgala brána pri príchode kapely. Všetci boli mladí a vytešení... Každý mal v ruke prepravku piva.

„Je fešák, nemyslíš?" Marika ukazovala na najmladšieho člena kapely, ktorého som hneď spoznala z cédečkového obalu. Volal sa Marek.

„Určite ma len naťahuješ."

„Kdeže, Marek má rád zrelšie ženy. Prednedávnom randil s jednou šesťdesiatročnou televíznou moderátorkou."

„Šesťdesiatročnou? Tak to ti pekne ďakujem!"

„Prepáč, nemyslela som to tak. Ty si pre neho ako mladé mäsko."

Kapela smerovala k nám a ja som začala panikáriť.

Marek vyzeral len o pár rokov starší ako Rosencrantz.

„To nemôžem, nedokážem. Z toho nič nebude, Marika."

„Ale choď," tisla ma k nemu. Rýchlo som si zobrala štamprlík slivovice a usmiala sa.

Kapela bola plná fešákov: Patrik – bubeník, Július – spevák, Jozef – gitarista a Marek – božsky vyzerajúci tmavý mladík. Dobre hovorili po anglicky. Dlhšiu chvíľu sme sa všetci zhovárali a potom sme sa vrhli na skvelú grilovačku. Čakali nás grilované kuracie stehná, bravčové mäsko, kukurica a čerstvý šalát zo záhrady. Pochúťky sme zalievali slivovicou. Vždy, keď som sa pozrela na Mareka, usmial sa na mňa. Pri úsmeve sa mu na lícach objavili sexy jamky. Čím viac som pila, tým menej som sa hanbila a pomaličky som sa otvárala úvahám, kam by mohol tento večer smerovať.

Po zotmení ma Marek chytil za ruku a zobral na prechádzku do poľa za cestou. Cestou sme sa pošplechotali v potoku, ktorým sme sa dostali až na pole zaliate mesačným svitom.

Marek zastal a otočil sa ku mne. Chcela som niečo povedať, ale zastavil ma svojimi hebkými perami. Dotkli sa mojich. Po tele mi prebehli zimomriavky.

Bol pozorný a tá jeho pozornosť zmiešaná s alkoholom a jeho božským telom mňa, Coco Pinchardovú, doviedla len po jednom dni oficiálnej slobody k neskutočne divokému, úžasnému sexu za mesačného svitu pri potoku!!!!!!!!!!!!!!!!!!!!!!

Jeho pokožka bola pevná, hebká ako hodváb a svaly vymakané na každom kúsku tela. Vieš si to určite živo predstaviť. Olivová pokožka, telo atléta a nádherné karamelové oči.

Jeho angličtina však nebola taká dobrá ako u ostatných chalanov z kapely.

Stále opakoval: „Ty divoška, nezbedná, zlá slečna." Bol taký sexy, že mi to vôbec neprekážalo. :-) Došlo mi, že nie som ako tisícky ich nadržaných fanúšičiek, lebo som nikdy nepočúvala ich hudbu!

Neviem, o koľkej presne sme sa vracali k domu. Pozval ma do domu, kde prespávala celá kapela. Nešla som. Nechcela som sa pri ňom zobudiť vytriezvená a v dennom svetle. Pri bráne sme sa pobozkali na rozlúčku.

Už som späť. Musela som Ti to všetko napísať, aby som mala zajtra dôkaz, že sa to stalo. Cítim sa ako krásna vznášajúca sa BOHYŇA!

Štvrtok 18. jún 7.37
Adresát: chris@christophercheshire.com

Do kelu, do kelu, do kelu. Dofrasa, dofrasa, dofrasa. Telo spálené od slnka. Zadok od trávy. Šaty roztrhané na cimpr-campr. Vlasy plné blata. Po opici. Cítim sa ako lacná štetka.
    To sa stane iba mne.


Štvrtok 18. jún 14.13
Adresát: chris@christophercheshire.com

Blažena sa ráno strašne pohádala s Marikou. Našla ju v posteli s bubeníkom Patrikom. Blažena je zarytá katolíčka. Svojím krikom zobudila všetkých. Ja, Adriana a Števko sme rozospatí vošli do kuchyne. Stála tam Marika v dlhom vyťahanom tričku. Patrik okolo nás prefrčal von, pooblečený v kožených nohaviciach.
    Adriana prekladala.
    „Mama vytýka Marike, že sa zachovala ako babylonská šľapka a káže jej vydať sa a splodiť dieťa. Povedala, že jej izba je ako Sodoma a Gomora." Potom jej vylepila bombastickú facku. Chudera Marika preletela cez celú kuchyňu k sporáku. Marika vyliala hrniec (vďakabohu) studeného guláša na Blaženinu hlavu a väčšinu kuchyne. Blažena zrevala s takou intenzitou, že by to zobudilo aj spiaceho medveďa, schytila valček na cesto a naháňala Mariku okolo stola až von z domu. Cez okno sme videli, že Marika utekala cez pole a Blažena pachtila za ňou.

„Dáš si kávu?" opýtala sa ma Adriana, akoby sa nič nestalo.

„Bude Marika v poriadku?" rozklepane som sa spýtala.

„Dúfajme, že bude. Aj keď mama je veľká ako slon, dokáže aj utekať tak rýchlo ako slon."

O niekoľko hodín sa vrátili vysmiate a mokré, až z nich tieklo. Blažena dobehla Mariku a sotila ju do jazera. Tá ju stiahla so sebou. Pýtala som sa Mariky, ako to vyriešili.

„Sľúbila som mame, že pôjdem na spoveď," usmiala sa, „u katolíkov to vždy zaberie."

Trochu mi bolo Mariky ľúto, ale na druhej strane bolo zábavné vidieť, ako si všetko hneď vydiskutovali a vyriešili. Pomyslela som na to, ako moja mama riešila podobné situácie. Nikdy nedokázala čeliť problému, vždy sa tvárila, že všetko je v poriadku a sem-tam prehodila pasívno-agresívne poznámky na moju adresu. Celý život to medzi nami vrelo. Škoda, že v Anglicku sme takí konzervatívni a pokrytecki.

Začala som sa baliť. Pred odletom ideme trochu nakúpiť do Bratislavy.

Teším sa na Teba.

Piatok 19. jún 12.33
Adresát: marikarolincova@hotmail.co.uk

Ďakujem za super dovolenku! Londýn je v porovnaní so Slovenskom chladný, sivý a nudný. Doma ma čakali finálne rozvodové papiere. Opäť som SLEČNA. Dom je prepísaný iba na moje meno a v banke mám peniaze. Mám čudný pocit sklamania, ale zároveň satisfakcie.

Sobota 20. jún 8.31
Adresát: chris@christophercheshire.com

Volala som s Meryl. Rozprávala som jej, ako si naplánoval, dekoroval a zorganizoval narodeninovú oslavu svojej deväťdesiatsedemročnej prababky. Chcela, aby si jej pomohol vybrať nábytok do Etelinho nového bytu. Snažila som sa Ťa z toho dostať. Povedala som jej, že som stratila Tvoje číslo. Vraj s tým sa nemusím obťažovať, vyhľadá si Ťa v telefónnom zozname. Môžeš očakávať hovor. Prepáč.


Nedeľa 21. jún 18.55
Adresát: marikarolincova@hotmail.co.uk

Marika, prepáč, ale nestíham k Tebe na večeru. Ak máš chuť, príď ku mne. Rosencrantz navaril výborné indické jedlo a rád by Ťa videl. Meryl donútila mňa a Chrisa nakúpiť nábytok do Etelinho nového bytu. Zobrali nás do Ikey v Croydone. Hrôza! V živote ma tam už nikto nedostane. Najmä v prítomnosti Etely a Meryl. Na ničom sa nevedeli zhodnúť. Etela nemá rada moderný nábytok. Načo sme teda išli do Ikey?

Jediným zadosťučinením bolo, že sme v oddelení kúpeľní natrafili na Adama.

„Vidím, že ste zaneprázdnení," pozeral na naše kopcom naplnené vozíky. Vďaka oddychu na Slovensku som takmer zabudla, že nejaký Adam existuje.

Meryl k nemu podišla.

„Dobrý deň. Volám sa Meryl Watsonová. Som exšvagriná Coco. Toto je moja mama Etela."

„My sme sa už stretli. Dobrý deň, Adam," povedala Etela nóbl akcentom.

„Toto je Christopher Cheshire, pomáha nám so zariaďovaním," predstavila Chrisa Meryl. „Jeho otec získal rytiersky titul od našej kráľovnej."

„Ahoj," pozdravil zahanbený Chris. Zazrela som na Meryl, ktorá sa dala na odchod. „Poďme, pomocníci. Šup, šup aj s vozíkmi."

„Je mi to ľúto," ospravedlnila som sa.

„Ako bolo na Slovensku, Coco?"

„Výborne! Ďakujem za opýtanie. Pozri, Adam, naposledy som ťa v telefóne označila za gaya..."

„Aha, spomínam si," zahanbený si zakryl tvár. Bol podarený a takmer som mu vedela vyčítať z tváre, na čo myslel.

„Som čerstvo rozvedená. Ty si milý, fešný chlap, ktorý sa vie vkusne obliekať. Moje ženské počítadlo to nesprávne zrátalo. Prepáč."

„Ďakujem. Pozvaním na gay muzikál som si tiež veľmi nepomohol." Potom mi vysvetlil, prečo ma pozval na ten muzikál. Jeho kamarát predával lístky a pár mu z nich ponúkol.

„Aspoň vidím, že nie si westenďácky divadelný gayožrút."

„Nie. To naozaj nie, ale ako naschvál mám dva lístky na piatok, na muzikál Thriller. Je to chlapskejšie predstavenie."

„Dobre, Adam." Nadiktoval mi e-mailovú adresu.

„Mala by si sa poponáhľať za svojou skupinkou, vyzerajú zvedaví, čo sa tu deje," usmial sa. Etela nás sledovala ponad vystavené záchody. „Veľa šťastia pri nákupoch, Coco."

„To budem potrebovať," uškrnula som sa. Pripojila som sa k ostatným. Boli usmiati ako slniečka.

„To je ale žrebec," povedala Meryl.

„Idem s ním na rande, len aby ste vedeli."

„Tá nemrhá časom zbytočne," vyšlo z Etely, „ledva sa rozvédla a už je v kolobehu randeňá."

„Pokračuj, pokračuj," vyzval ma usmiaty Chris. Adam sa otočil a na rozlúčku srdečne všetkým zakýval. Fakt je božský!

„Zozadu vyzerá tak chrumkavo ako spredu," šokovala nás Meryl svojím vyhlásením.

Čakáme v nekonečnom rade so siedmimi nákupnými vozíkmi. Máme posteľ, dva gauče, dve rozkladacie stoličky, jedálenský stôl so štyrmi stoličkami, tri poličky, tri rastliny: palmu, juku a kaktus. Návleky na gauče, dve skrine, dva nočné stolíky, štyri taniere, štyri šálky, príbory pre štyroch, utierky, uteráky, posteľné obliečky, vešiaky, ovocnú misu, kúpeľňový záves, protišmykovú rohožku, toaletný papier a záchodovú kefu.

Závidíš? :-)

Chudák Chris. Meryl odignorovala všetky jeho dizajnérske návrhy a na obed mu kúpila hot-dog za 39 centov.


Pondelok 22. jún 9.14
Adresát: chris@christophercheshire.com

Snažím sa napísať Adamovi e-mail. Zatiaľ som poskladala toto:

Milý Adam, rada som Ťa stretla v Ikei. Veľmi si ma prekvapil v oddelení záchodov.
    Tu je moja adresa na stretnutie, o ktorom sme sa bavili:
3 Steeplejack Mews, Marylebone, Londýn NW1 4RF
Veľmi sa teším na muzikál.
Coco P.
Cmuk



Pondelok 22. jún 10.03
Adresát: chris@christophercheshire.com

Máš pravdu. Nebudem spomínať záchodové oddelenie a cmuk na konci je nevhodný.



Pondelok 22. jún 10.14
Adresát: adam.rickard@gov.co.uk

Ahoj, Adam, rada som na Teba natrafila v Ikei. Môj syn mi povedal, že muzikál Thriller: live! je perfektná šou, plná skvelých tanečníkov, bombovej pyrotechniky atď. Neviem sa dočkať!
    Moja adresa:
    3 Steeplejack Mews, Marylebone, Londýn NW1 4RF
Coco P.
    P. S.: Všimla som si, že máš vládnu e-mailovú adresu… Si tajný agent? :-)

Streda 24. jún 10.33
Adresát: chris@christophercheshire.com

Od Adama mi nič neprišlo!


Štvrtok 25. jún 10.33
Adresát: chris@christophercheshire.com

Stále nič! Nemohla som preto spať. Som hore od piatej. Stále kontrolujem mobil. Rosencrantz sa zobudil o šiestej, očakáva nejakú poštu. Takto skoro vstáva už niekoľko dní. Vrátila som sa tesne predtým, ako odchádzal do školy. Hodil sa na rohožku pri dverách a nervózne prehrabával poštu. Nechcel mi povedať, na čo čaká.


Štvrtok 25. jún 22.00
Adresát: chris@christophercheshire.com

Mám zavolať Adamovi? Stále kontrolujem e-maily, správy... Možno si myslel, že nemusí odpovedať na môj e-mail. Ale na konci som mu predsa položila otázku: „Si tajný agent?" Čo ak je naozaj tajný agent? Viem, že mi nemôže povedať, aj keby bol, ale mohol by mi aspoň povedať, že mi nemôže povedať. No, ale ak nemôže ani povedať, že mi nemôže povedať, že nie je tajný agent, mohol aspoň potvrdiť rande. Nie? Čo si o tom myslíš?

Štvrtok 25. jún 22.34
Adresát: chris@christophercheshire.com

Prepáč. Viem, že je dosť neskoro. Už nebudem otravovať a idem spať.
 Cmuk



Piatok 26. jún 9.10
Adresát: chris@christophercheshire.com

Zišla som do kuchyne a našla tam poblednutého, zaslzeného Rosencrantza. Mal na sebe ešte pracovné oblečenie z baru. Sedel na gauči a pozeral správy na BBC.
 „Michael Jackson včera večer zomrel," zasmrkal Rosencrantz. Hlásateľka vyzerala, že bola hore minimálne tak dlho ako on. Bola to hrozná správa, ale sebecky som myslela na to, či preto nezrušia večerné predstavenie muzikálu o Michaelovi Jacksonovi.
 Čítačka na obrazovke začala odpočítavať sekundy do ôsmej hodiny. Rosencrantz sa ku mne uplakaný otočil. „Neverím, že zomrel!"
 Môžeš povedať, že som bezcitná krava, ale jeho hystéria mi pripadala neadekvátna. Nikdy som ho nevidela počúvať Jacksonove pesničky.
 „Máš chuť na raňajky, zlato? Dáš si keks?"
 „Nie!" odbil ma Rosencrantz, akoby keks bol tým najnevhodnejším jedlom na raňajky.

„Hej, nevraveli niečo o koncertoch, čo mal mať v O2? Alebo o muzikáli Thriller: live?"

„Nie. Nechce sa mi veriť, že jediné, na čo dokážeš myslieť, je tvoje rande."

Chcela som protestovať, no zachránil ho telefonát od Meryl. Bola veľmi smutná.

„Je toho na mňa veľa, Coco..."

„Už aj ty si počula, Meryl?"

„Čo som mala počuť?"

„Michael Jackson. Je mŕtvy."

„Nie, nejde o to. Som stále u mamy. Skladám jej nábytok z Ikey. Nemáš náhodou kľúč šestku?"

„Bohužiaľ, nemám." Meryl zrušila hovor.

Kým som telefonovala, Rosencrantz vypil veľkú šálku kávy a odchádzal do školy so zakrvavenými očami a striebornou ľavou rukou. Z mojej dlhej striebornej večernej rukavice odstrihol riadny kus, aby si vyrobil imitáciu Jacksonovej malej rukavice. Nežeby som tie rukavice potrebovala, veď nežijeme v osemdesiatych rokoch, ale mohol sa ma aspoň opýtať.

Myslíš, že aj Adam je v smútku ako Rosencrantz? Myslíš, že bude ešte chcieť ísť na rande? V dnešných časoch sú ľudia veľmi nečitateľní. Pamätám si, aká bola Etela zdrvená pri úmrtí princeznej Diany.

A to je nie zástankyňou kráľovskej rodiny.

Bolo by neetické zavolať mu a zistiť, či na ten muzikál ideme? Ak je zrušený, mohol by Tvoj kamoš z muzikálu Leví kráľ zohnať na poslednú chvíľu dva lístky?

Piatok 26. jún 9.33
Adresát: rosencrantzpinchard@gmail.com

Si v poriadku, zlatko? Tvoja reakcia na Jacksonovu smrť bola trochu hysterická. Nejde o niečo vážnejšie? Je to preto, že idem na rande? Alebo si len prepracovaný? Dlhší čas nie si sám sebou. Prosím Ťa, porozprávaj sa so mnou.
Mama
Cmuk

Sobota 27. jún 11.36
Adresát: chris@christophercheshire.com

Spíš? Skúšali sme Ti volať. Je tu Marika. Oboznámila som ju so všetkými klebetami.

Adam sa ozval včera poobede. Nie je tajný agent, pracuje pre vládu na oddelení bezpečnosti a ochrany zdravia. Môj e-mail mu prišiel až včera. Softvér vládnej protiteroristickej jednotky ho zachytil, lebo som v ňom použila slovo „bombová" pri opisovaní divadelných špeciálnych efektov muzikálu Thriller: live!

Vládni pajáci majú asi pravdu, teroristi na nás útočia skutočne všade, dokonca aj pri organizovaní rande. Je to choré!

Muzikál nezrušili. Adam navrhol, aby sme pred predstavením išli na drink. Stretli sme sa v Gin bare pri stanici metra Embankment. Navliekla som si pre istotu čierne šaty, čo som čoskoro oľutovala.

Adam bol v pracovnom tmavom obleku. Aj on bol

nervózny. Stále som sa ho niečo vypytovala, aby nebolo ticho. Nakoniec sa cítil ako na pracovnom pohovore. Už viem, že je tiež rozvedený. Zosobášil sa s mamou Holly, keď mali šestnásť. Neskôr ju pristihol v posteli s inou ženou. Vidíš, nakoniec máme niečo spoločné. Len škoda, že nám predchádzajúce vzťahy nedovolili stretnúť sa skôr.

Divadlo bolo natrieskané. Hysterickí fanúšikovia Michaela Jacksona tam stáli so sviečkami a fotkami kráľa popu. Množstvo televíznych staníc nakrúcalo poctu ich idolu.

Muzikál bol super, ale trval tri hodiny. Nakoniec pridali minútu ticha a niekoľko príhovorov, takže sme sa odtiaľ vytrepali dosť neskoro. V taxíku domov sme mali iba päť minút na pár slov. Ja krava som sa nezmohla na nič iné, len sa Adama opýtať, čo robí zajtra. Krava! Nakoniec som sa zľakla pozvať ho k sebe. Poďakovala som sa mu za muzikál, zaželala mu dobrú noc a bolo. Som späť tam, kde som s ním začala.

Nedeľa 28. jún 12.30
Adresát: marikarolincova@hotmail.co.uk

Pred minútou mi volal Daniel. Videl ma v správach na CNN.

V zábere ukázali, ako sa držím za ruku s čiernym atletickým fešákom a vstupujeme do divadla na muzikál Michaela Jacksona.

„Kto je to?" spýtal sa vytočený Daniel.

„Nestaraj sa. Je to môj život," uzemnila som ho.

„Nepáčilo sa mi to," povedal podráždene. „Zapol som telku a tam si sa promenádovala s čiernym fešákom! Až ma naplo. Nedokázal som ani dojesť bielkovú omeletu!"

„Nepromenádovala som sa, išla som do divadla. Vieš čo? Nemám ti čo vysvetľovať. Nemáš náhodou frajerku, Daniel?"

„Už nemám." Rozdelila ich Kendelina viera. Je scientologička. Daniel sa nechcel stať súčasťou scientologického cirkusu, tak ho poslala k vode. Musela som sa smiať.

„Čo je také vtipné?"

„Bielková omeleta, frajerka scientologička. Žiješ americký sen."

„Chýba... jú," zakoktal sa, „chýbaš mi."

„Nie, nechýbam. Narazil si na prekážku, videl si ma v telke na rande. Žiarliš."

Vypytoval sa ma na Adama, čo robí, kde býva, či som s ním spala. Povedala som mu, kde si má strčiť tú bielkovú omeletu, a zložila som. Bol to neopísateľne oslobodzujúci pocit.

Rosencrantz je stále vycapený na gauči, stále nervózne čaká na poštu a stále sa nechce porozprávať.

Nanútila som mu, nech aspoň zje instantnú polievku.

Utorok 30. jún 10.18
Adresát: chris@christophercheshire.com

Ráno ma vo dverách čakal obrovský šok. Natierala som si hrianku, keď niekto zaklopal. Prekvapene som otvorila. Stál tam Christian. Oblečený v smaragdovozelenom obleku, na hlave mal maličký plstený klobúk s kačacím pierkom. Krásnu tvár mal zahalenú obavou a ľútosťou.

„Ty teda máš riadne nervy, že si sa objavil v mojom dome,"

vyštartovala som na neho. Musela som vyzerať ako zúrivá medvedica.

„Neprišiel som sa s vami hádať," zodvihol ruku, v ktorej niečo držal. „Priniesol som vám iba toto," podal mi tri kreditné karty.

„Beriem iba hotovosť. Vieš, koľko ma stálo dostať Rosencrantza z Ameriky domov? Zlomil si mu srdce."

„Prepáčte. Celé mi je to skutočne ľúto," kačacie pierko zavialo vo vánku, „iba vraciam Rosencrantzovi, čo je jeho." Otočil sa a prešiel chodníkom k bránke.

Obrátila som v ruke kreditky. Na všetkých bolo Rosencrantzovo meno!

„Prečo má Rosencrantz toľko kreditiek?" zakričala som na Christiana, ktorý nastupoval do taxíka.

„Prepáčte, pani Pinchardová!" zakričal mi naspäť a ufujazdil.

Sedím v kuchyni, zízam na kreditky a uvažujem nad prepadnutím Rosencrantzovej izby, čo mi je proti srsti. Dávno som mu sľúbila, že jeho izba bude vždy jeho súkromím.

Nedáva mi však na výber!

# JÚL

Streda 1. júl 11.43
Adresát: marikarolincova@hotmail.co.uk

V noci som čakala na Rosencrantza. Vrátil sa bledý, unavený s veľkými vačkami pod očami.
 Všimol si ma usadenú v kuchyni s jeho kreditkami v ruke.
 „Povedz mi, čo sa deje?"
 Klesol do fotelky a napokon sa rozrečnil.
 V apríli si jeho školské predstavenie Anna Franková: Divožienka prišli pozrieť dvaja producenti z divadla Carnegie z Edinburghu a ponúkli mu miesto pre jeho hru u nich v divadle počas medzinárodného divadelného festivalu v auguste.
 Predstavenie sa im mimoriadne páčilo, vraj je veľmi moderné a provokujúce a očakávajú, že vďaka záujmu novinárov, ktorých kontroverzná hra pritiahla, mohlo by sa stať veľkým hitom festivalu.
 Christian vyjednával podmienky ako spoluproducent.

Zaprisahal sa, že urobí kulisy a kostýmy. Veľa slávnych ľudí začínalo práve na festivale v Edinburghu. Jediný problém bol v tom, že potrebovali nájsť päťtisíc libier na rezervovanie miesta v časovom rozvrhu divadla Carnegie.

Christian povedal, že sa spýta rodičov, lebo svoje kreditky mal totálne vypumpované po tom, čo minul všetky prachy z trustového fondu.

Rosencrantz ma nechcel zaťažovať v čase rozvodových ťahaníc, keď sme mali peniaze ledva na platenie účtov. Namiesto toho požiadal o kreditnú kartu. V eufórii, že mu ju vôbec dali, sa s Christianom nezaujímali o poplatky, ktoré k tomu patrili. Rosencrantz aj preto minul na kreditkách ďalších desaťtisíc libier na ubytovanie či reklamnú kampaň...

Bohužiaľ, potom prišiel výlet do Ameriky a Christian sa vytratil.

„Snažil som sa hru udržať nad hladinou, ale ostatní herci kopali za Christianov tím, a keď sa vytratil, aj oni skočili cez palubu a nechali ma navigovať Titanic samého."

Rosencrantz si našiel prácu večer po škole, aby stíhal splácať aspoň minimálne povinné platby. Preto tak nervózne každý deň vyčkával na poštu. Nechcel, aby som sa to dozvedela z platobných upomienok.

„Mami, som v tom až po uši," položil si hlavu na moje plece a rozplakal sa. Normálne som si vydýchla, že som sa konečne dozvedela pravdu.

Keď doplakal, poprosila som ho, aby mi ukázal všetky účty a papiere, nech si to prečítam. Priniesol mi hrubý spis ako z archívu. „Rosencrantz, už sa netráp a predovšetkým sa dobre vyspi."

Dnes ráno vyzeral, že sa po prebdených týždňoch konečne vyspal.

„Mami, čo s tým chceš urobiť?"

„To ešte neviem, synak, ale keď sa vrátiš zo školy, chcem, aby si dal v bare výpoveď."

Objal ma. „Mami, ty si najlepšia na svete!" a odišiel do školy.

Uvarila som si veľký hrniec kávy, nadýchla sa a otvorila spis.

Prvý účet bol na sumu 7 500 libier za prenájom troch štvorizbových apartmánov pod názvom Palácové apartmány. Tá cena sa mi nezdala. Musela som ich skontrolovať cez službu Google pohľad z ulice. Tie apartmány majú veľmi ďaleko od paláca, vlastne majú ďaleko od hocikade. Sú to malé diery v malom škaredom domčeku v Leithe, čo je niekoľko míľ od centra Edinburghu. Ulicu som spoznala z Trainspottingu. Na začiatku filmu po nej bežal Ewan McGregor.

Zavolala som na číslo z účtu. Ozvala sa staršia škótska žena, pani Dougalová. Opýtala som sa, ako je možné, že v jej miniatúrnych apartmánoch môžu prespať štyria ľudia?

„Och, oni sa tí herci ľúbia k sebe natlačiť. Vôbec nie sú hanbliví."

„Prepáčte, pani Dougalová, ale chcela by som zrušiť rezerváciu."

„Váš syn pri platení vedel, že suma 7 500 libier je nenávratná."

„Prosím vás, ako môžete zdôvodniť takú horibilnú sumu za tie vaše miniapartmány? Je to choré," nedala som sa.

„Leith je veľmi kozmopolitné mestečko. Dokonca tu je permanentne pristavená kráľovská jachta Brittania. Je to rozumná cena, pani Pinchardová. Na stránke edfridge.com si môžete skontrolovať, že mám naozaj dobré ceny."

Neklamala. Otvorila som internet a našla napríklad malú izbietku (veľkosti špajzy) na hlavnej ulici The Royal Mile za desaťtisíc libier na mesiac!

To je hrôza.


Štvrtok 2. júl 19.58
Adresát: marikarolincova@hotmail.co.uk

Rosencrantz bol včera pozrieť Etelu v novom byte. Porozprával jej o všetkom, čo sa stalo. Riadne mu vynadala!

Keď mi to povedal, nasratá som jej zavolala.

„Volado mu musí dat rádnú poza uši," povedala Etela.

„Čo myslíš tým poza uši?"

„Bolo to skór také minizaucho."

„Ty si ho udrela, Etela?"

„Má obrysy mojej ruky na tvári?" opýtala sa.

„Nijaké nevidím."

„Nešvacla som ho tvrdo. Myslíš, že by preflákal tolko peňazí, keby si mu sem-tam jednu strelila? Ždy som tvrdila, že vyšvácané decká sú šťastné decká."

Súhlasíš s ňou? Rosencrantz vyzeral šťastnejší, keď sa vrátil od nej domov. Po tom, čo mu vynadala, nachystala jeho obľúbené lososové sendviče a jahodový puding.

Strávila som ďalší deň pri telefóne, nikto nechce vrátiť peniaze. Mám dva dni na to, aby som vyplatila tie kreditky, inak banka navýši úrokovú sadzbu na 22 percent.

Posledná novinka – mám tri zmeškané hovory od Adama!

Sobota 4. júl 13.15
Adresát: marikarolincova@hotmail.co.uk

Vôbec som nespala. Ráno som sa vybrala do záhradky. Urobila som si kávu a na lavičke fajčila jednu za druhou. Bolo teplo a slnečno, čo ma trochu vzpružilo. Okolo deviatej prišiel Adam. Na chodníku sa okolo neho v tej horúčave víril prach. Navlečený bol v obtiahnutom bielom tričku a futbalových trenírkach. Vyzeral ako prichádzajúci anjel. Sexy anjel. :-) Spomenula som si, že som mu zabudla zavolať naspäť. Podišiel ku mne na lavičku a opýtal sa ma, či ho ignorujem.

„Prepáč, Adam. Mala som toho dosť. Trochu sa mi všetko vymklo z rúk." Posadil sa a ja som mu vyrozprávala, čo sa dialo v mojom živote. Začala som nekontrolovateľne revať ako trafená.

„Nerobím to naschvál, Adam. Prepáč," zahanbene som sa ospravedlnila. Položil ruku okolo môjho krku. Hlava mi klesla na jeho pleceé a spoločne sme sledovali vrany, ktoré ozobávali záhradky. Voňal sviežo, osprchovane...

„Čítam tvoju knižku," rozopol ruksak a vytiahol Poľovačku na lady Dianu.

„Prečo si mi to nepovedal skôr?" „Skúšal som. Trikrát," usmial sa.

„Prepáč, opäť," utrela som si slzy. „Kde si ju kúpil? V obchodoch už nie je."

„Mám ju z knižnice."

„Čo si o nej myslíš?"

„Mohli by ju trochu vymaľovať, ale aspoň majú parkovanie zadarmo."

„Nemyslím na knižnicu, ale na moju knihu," usmiala som sa.

Pritiahol sa ku mne, nosom sa dotýkal môjho. „Poviem ti, ak ma pobozkáš."

„Nie! Najprv mi povedz."

„Odďaľuješ náš prvý bozk?" zasmial sa.

„Som neistá kreatívna ženská, povedz mi!"

Priblížil sa ešte viac a pobozkal ma. Chutil vynikajúco.

„Prepáč, fajčila som," potichu som sa ospravedlnila.

„Pssst, nepokaz to," povedal Adam a vrátil sa k bozkávaniu.

Je zaujímavé, ako prirodzene sa vie väčšina ľudí bozkávať... Vieš, keby niekto odo mňa chcel, aby som opísala bod po bode techniku bozkávania, mala by som s tým riadnu robotu. Naše ústa pracovali dokonale zohrato ako v nacvičenej choreografii: troška jazyka, nehy, malý hryz na peru, z ktorého mi naskočili zimomriavky. Odtiahol sa, aby mi mohol venovať ten najkrajší úsmev na svete.

„Desať z desiatich a kniha je perfektná." Pritisol si ma na hruď. Chvíľu sme sedeli vo vzrušujúcom tichu.

„Takže s tým predstavením si v štichu?"

„Totálne!"

„Čo keby si prepísala Poľovačku na lady Dianu na divadelnú hru? Videl som hru Žena v čiernom. Bola fantastická. Urobili ju na takmer prázdnom javisku a s minimom rekvizít. Celé to bolo o silnom príbehu.

Ak má prepadnúť pätnásťtisíc libier, môžeš radšej zariskovať a užiť si niečo, čo ťa baví."

Rozprávali sme sa niekoľko hodín. Je príjemný spoločník a poslucháč. Pozval ma k sebe na večeru. V nedeľu. Čo si myslíš o Adamovom nápade s predstavením? A, samozrejme, o našom bozkávaní. :-)


Nedeľa 5. júl 12.34
Adresát: chris@christophercheshire.com

Marika mi kázala zavolať Angie a zistiť, ako na tom s ňou som. Ak chcem napísať hru, potrebujem, aby zrušila formálne našu zmluvu. Jej odpoveď ma milo prekvapila.
„Ahoj, babizňa. Potešila si ma svojím myslením! Knihu od Coco nemôžem predať, ale divadelná hra od Coco na medzinárodnom festivale v Edinburghu by mohla byť dosť lukratívna. Počúvaj! Čo povieš na Coco muzikál?"
„Muzikál?" prekvapene som sa opýtala.
„Prepána božíčka, áno! Muzikály zarábajú oveľa viac peňazí ako divadelné hry. Spomínaš na muzikál Jerry Springer: opera? Stála som pri klavíri v bare umeleckého centra Battersea, keď Richard Thomas komponoval hudbu. Keby som vtedy vedela, akým hitom sa stane, určite by som do neho investovala. Namiesto toho som tam stála ožratá ako Axel Roses a vykrikovala, nech Richard zahrá November Rain." Nevedela som, čo na to povedať.
„Coco," oslovila ma vzrušene, „pôjdem s tebou päťdesiat na päťdesiat. Zaplatím polovicu nákladov, to je sedemtisíc päťsto libier, a zisk si podelíme na polovicu."
„Ale muzikál som nikdy nepísala," zostala som v pomykove z ponuky.
„Určite to dokážeš. Nedávno som si znovu prečítala hrubý

náčrt Grega-O-Hrýzača. Je fantastický, a to si ho napísala za jeden večer. Dokážeš to, Coco!"

Zajtra sa máme stretnúť na káve a pozhovárať sa. Po rozhovore s Angie som bola vytešená. Netrvalo to dlho, o minútku mi niečo došlo – neviem skladať hudbu!


Pondelok 6. júl 00.01
Adresát: marikarolincova@hotmail.co.uk

Vďakabohu za Chrisa. Videl všetky muzikály minimálne trikrát. Vystresovaná som išla k nemu a čakala na zázrak.

„To je bomba," bola jeho reakcia na nápad s muzikálom.

„Áno, áno, je to bomba. Ešte väčšia bomba je, že to nedokážem!"

„Prečo by si to nemala dokázať?"

„Neviem skladať hudbu."

„Stačí, ak napíšeš knihu a text, Coco."

„Knihu som už napísala, nie?" Chris mi vysvetlil, že knihou nazývajú muzikálový scenár.

„Vidíš, neviem ani základné veci," zakvílila som.

„Četujem online s chalanom na gaydare. Je v poslednom ročníku hudobnej kráľovskej akadémie."

„Prosím ťa, nemeň tému," naliala som si drahú whisky z krištáľovej fľašky.

„Nepochopila si ma. Mohol by zložiť hudbu. Je študent, potrebuje skúsenosť, niečo, čo by mu vylepšilo životopis."

Chris otvoril svoj profil na mySpace a našiel hudbu, ktorú zložil ten chalanisko do svojho muzikálu Jackie Stallonová. Hudba bola naozaj dosť dobrá. Chris sa mu ozval cez čet a poprosil ho, aby sa zajtra dostavil na moje stretnutie s Angie. Nalial mi ďalší pohárik whisky a čudne si prečistil hrdlo, akoby sa chystal na prednes. Vyzeral zahanbený.

„Coco. Mohol by som režírovať tvoj muzikál? Budem robiť bez nároku na honorár. Môžeme skúšať v mojom dome... Pamätáš na divadelnú hru Hostes z British Airways, ktorú som režíroval pred niekoľkými rokmi na Vianoce? Bola si nadšená. Ver mi, tá skupinka zákerných hercov bola dosť drsná, ale zvládol som to," pozeral na mňa s prosíkom. „Potrebujem kariéru... o chvíľu sa zbláznim od nudy."

„Jasné, Chris."

„Naozaj?"

„Áno. Budem rada, ak budeš súčasťou muzikálu." Objal ma a pripomenul mi rande s Adamom o devätnástej. Bolo 18.15. Cez Regents Park som utekala do Tesca na Baker Street. Skoro mi odleteli gumáky. Schmatla som košík a smerovala k vínam. Cestou som natrafila na Adama. Študoval, ako nachystať už uvarenú musaku a v košíku mal mrazené lazane.

„Dokelu," usmial sa, „prichytila si ma. Čo viac ľúbiš, grécku alebo taliansku kuchyňu?"

„Taliansku." Potom zisťoval, aký múčnik mám rada. Jedno dalo druhé a nakoniec sme spoločne nakupovali všetko. :-) Bolo to milé. Prepracovali sme sa k vínam, kde nás zastavila pani s ochutnávkou vína Bordeaux.

„Nech sa páči, pane," podala mu malý plastový pohárik s červeným vínom. „Môžem ponúknuť aj vašej priateľke?"

„Daj si, priateľka," žmurkol na mňa a podal mi svoj pohárik. Ženuška si nás premeriavala. Vôbec nebola prekvapená, že fešák Adam je s niekým, ako som ja. Pred obchodom sme si uvedomili, že sme strávili hodinu nakupovaním a naše rande sa už vlastne začalo.

Stáli sme tam ako stĺpy.

„Nechcela by si ísť rovno so mnou? Vidím, že máš gumáky. V tých si ku mne asi nechcela ísť, ale aj tak vyzeráš nádherne." Pozrela som na gumáky a začala sa smiať.

„Na posteli mám nachystané úchvatné šaty."

„Tie gumáky sú riadne sexy, vyzeráš ako dievča, ktoré..."

„Ktoré to má rado v blate? Chcela som povedať, ktoré sa často zablatí," od hanby som očervenela.

„Poď so mnou, Coco. Dobre sa bavíme." Medzi nami lietali iskry.

„Dobre, Adam."

Býval v modernom prízemnom byte vo viktoriánskom dome v uličke vedľa Baker Street. Byt bol zariadený voňavým dreveným nábytkom s parketami a očividne si ho zariaďoval sám bez exmanželky alebo exfrajerky.

Nalial nám víno. Kým odniesol niečo do kuchyne, zvedavo som skenovala celú obývačku. Velikánsku telku, veľkú zbierku dévedéčok a kníh aj mäkkú čiernu sedaciu súpravu. Jediné, čo ma zarazilo, bol playstation s kopou hier.

Neviem, ako som sa dostala na dno pohára. Vtom sa zjavil Adam a dolial mi víno. Zohol sa k CD prehrávaču a snažil sa pustiť hudbu. Natiahol sa po cédečko. Pod bielym tričkom sa mu napli svaly. Rukou som mu inštinktívne zašla pod tričko na teplý svalnatý chrbát. Otočil sa a usmial. Vstal a začal ma pomaly, ale náruživo bozkávať.

Vyzliekla som z neho tričko, on zo mňa stiahol moje a pomaly mi skúsene rozopol podprsenku. Palcom som mu prešla pod pás futbalových trenírok a stiahla ich dole. Skôr ako som si stihla niečo uvedomiť, naše nahé telá sa dotýkali. Nežne ma presunul na sedačku. Milovali sme sa. Dvakrát.

Neviem, kedy som naposledy mala sex dvakrát. Všimla som si,

že sa schyľovalo k polnoci. Musela som sa pripraviť na ranné stretnutie s Angie.

K jedlu sme sa ani nedostali. Musela som ísť. Pri obliekaní vyzeral Adam sklamane a ja som sa cítila ako lacná šľapka. Mala som zostať? Cestou domov v špinavých gumákoch som si v hlave dookola premietala náš vzrušujúco „špinavý" večer.


Utorok 7. júl 12.01
Adresát: angielangford@agenturabmx.biz

Ahoj, Angie,
    Chris ma poprosil, aby som Ti preposlala písomný záznam dnešného stretnutia. Ani som si nevšimla, že niečo zapisoval. :-)

## MINÚTKOVÝ ZÁZNAM PRACOVNÉHO STRETNUTIA – UTOROK 7. JÚLA

9.00 – Christopher Cheshire, Coco Pinchardová a Angie Langfordová sa stretli v kaviarni Nero na ulici Old Compton v Soho. V kaviarni nebol voľný stôl. Bola plná homošov, oblečených do fitka. Rozhodli sme sa presunúť stretnutie do kancelárie agentúry BMX.

9.12 – Kancelária Angie Langfordovej (agentúra BMX). Konečne nás oficiálne predstavili, nikdy predtým som Angie nestretol (super lodičky). Nikto z nás predtým nestretol nášho skladateľa Jasona Schofielda. Má niečo vyše dvadsať, je fešák a práve nám pustil ukážku zo svojho muzikálu Jackie Stallonová. Je najatý. Jéj!

9.35 – Angie Langfordová odhalila plagát, ktorý sama urobila pre náš muzikál. Dnes do 17.00 musíme poslať plagát do kancelárie Edinburgh Fringe, aby sme sa zmestili do programu. Angie povedala, že po sedemnástej zavolá do divadla Carnegie a povie im o zmene názvu muzikálu z Anny Frankovej: Divožienky na Poľovačku na lady Dianu: muzikál.

9.50 – Coco Pinchardová, ktorá bola doteraz nemá, zrazu ušla zo stretnutia.

9.53 – Stretnutie sa presunulo na dámske toalety. Coco Pinchardová odmietla vyjsť von z kabínky. Vyhlásila, že nevie pochopiť muzikály a že bola jediný človek, ktorý na konci Pokrvných bratov neplakal.

9.59 – Coco Pinchardovú sme vylákali von z kabínky. James Schofield jej povedal, že muzikál nemusí byť dlhší ako hodinu, čo je štandardná dĺžka festivalového muzikálu.

10.02 – Coco Pinchardová ušla zaliata slzami naspäť do kabínky. Nedokáže vraj prepísať celú svoju knihu na hodinový muzikál. Angie Langfordová si zapálila cigaretu.

10.03 – Coco Pinchardová sa upokojila, ale Jamesa Schofielda chytil malý astmatický záchvat.

10.15 – Stretnutie sa presunulo naspäť do kancelárie. James

Schofield sedel pri okne pricucnutý na inhalátor. Coco Pinchardová súhlasila so zdramatizovaním Poľovačky na Lady Dianu na muzikál v nasledujúcich dňoch. James Schofield si prečíta knihu. Ja, Christopher Cheshire, dám inzerát na obsadenie hlavných úloh do umeleckých novín The Stage a Angie Langfordová napíše každému spoluúčastníkovi zmluvu a založí spoločnosť s ručením obmedzeným, aby sa jej ekonómka mohla ľahšie pohrať s daňami.

Utorok 7. júl 14.13
Adresát: adam.rickard@gov.co.uk

Ahoj, Adam. Uvedomila som si, že nemám Tvoj súkromný e-mail, iba pracovný na oddelenie bezpečnosti a ochrany zdravia. Mohla by som poprosiť o ten súkromný?

Včera som sa skvele bavila. Mala som zostať celú noc, ale všetko je to pre mňa jedna veľká neznáma. Naozaj sa mi páčiš. Poslednýkrát som s niekým spala v posteli okrem môjho exmanžela pred dvadsiatimi rokmi. Keď hovorím spala, tak aj myslím spala, nie s niekým robila niečo okrem spania. Len aby si vedel.

Vyzerá to, že muzikál bude skutočnosťou. Musím ho dnes začať písať, lebo moja agentka Angie a priateľ Chris už toho postíhali veľa.

Snažím sa nepanikáriť.
Rada by som Ťa znovu videla, Coco
Cmuk

Streda 8. júl 21.34
Adresát: marikarolincova@hotmail.co.uk

So scenárom mi to ide ako po masle. Som rada. Celý deň som písala v záhradnej chatke. Poobede po piatej prišiel z roboty Adam a priniesol pizzu a víno. Povedala som si, že na to musím ísť pomaličky, ale aj tak sme zopakovali to, čo sme robili u Adama, v mojej chatke pod stolom plným starých kvetináčov. :-) V jednom momente Agatha s Lenom prechádzali okolo chatky a počuli, ako jeden z kvetináčov padol na zem a rozbil sa. Zastali. Začula som Agathu, ako hovorí: „Čo to je za rachot, Leonard?" Kroky sa blížili k dverám a suchá tráva pri okne zašušťala pod nohami.

„Pozri, nechala na stole celú pizzu!" povedal vyhladovane Len. Bolo počuť, ako skúšal kľučku na dverách.

„Len!" zasyčala Agatha, „prestaň. Choď odtiaľ hneď preč."

Počas celého tohto divadla mi Adam zapchával rukou ústa a pokračoval... Bolo to riadne vzrušujúce.

Po božskom sexe sa ma opýtal, či si nechcem ísť k nemu oddýchnuť pri nejakom dévedečku. Musela som odmietnuť. Mám veľmi veľa písania. Teraz si naozaj myslím, že ma považuje za šľapku.


Štvrtok 9. júl 17.39
Adresát: rosencrantzpinchard@gmail.com

Ideš dnes k babke? Urob mi láskavosť a opýtaj sa jej, či má zajtra čas. Bola by som rada, keby mi mohla pomôcť s prihláškami na konkurz na náš muzikál. Aspoň pootvárať obálky. Videl si, že obývačka je nimi zavalená.

Štvrtok 9. júl 18.44
Adresát: rosencrantzpinchard@gmail.com

Poďakuj sa za mňa svojej babke a povedz jej, že minimálna mzda je päť libier, osemdesiat centov na hodinu a nie desať libier, ako si pýta ona. Má však šťastie, lebo v tomto prípade jej môžem navýšiť na sedem libier za hodinu, keďže, ako hovorí, jej životné skúsenosti sú na nezaplatenie.
Nasledujú postavy, ktoré potrebujeme obsadiť hercami:

- kráľovná Alžbeta II., kráľovná Anglicka, Commonwealthu, morí atď.
- princ Philip/princ Charles (obe postavy bude hrať ten istý herec. U princa Charlesa použijeme protetické uši)
- Camilla Parkerová Bowlesová
- lady Diana Spencerová
- Hans von Strudel (sexy služobník kráľovnej Alžbety).
- Herec 1. – bude hrať niekoľko postáv: služobníka, Francúza, starého a mladého.
- Herečka 1. – bude hrať niekoľko postáv: služobníčku, Francúzku, starú a mladú.

Piatok 10. júl 19.45
Adresát: rosencrantzpinchard@gmail.com

Prišli nám prihlášky so životopisom od Tvojho bývalého riaditeľa z konzervatória Artemisa Wisa a jeho manželky. Chcú prísť na konkurz. Artemis videl, že muzikál je v programe divadla v Edinburghu o 15.00. O takom čase môže vystupovať bez toho, aby porušil súdne nariadenie. Na nohe má elektronický náramok pre domácich väzňov, ktorý je nastavený na devätnástu hodinu až do vynesenia súdneho rozsudku na jeseň. Má celkom zaujímavý životopis, ale na rolu princa Charlesa sa vôbec nehodí. Ani jeho žena nie je vhodná na úlohu Camilly Parkerovej Bowlesovej. Kobylím zovňajškom sa viac podobá na princeznú Annu. Tú som však kompletne vynechala aj s jej hovoriacim buldogom. Musela som vynechať aj zopár iných menších postavičiek. Vojvoda a vojvodkyňa z Kentu, Fergie, Andrew, Edward a Sophia sú minulosť. Ani v skutočnom živote si na seba nedokážu zarobiť, tak neviem, čo by z nich bolo na javisku. :-)


Utorok 14. júl 10.00
Adresát: marikarolincova@hotmail.co.uk

Posledný týždeň som bola nenormálne zaneprázdnená. Písala som v chatke. Takmer každý deň za mnou prišiel Adam s jedlom a vínom a potom...

Stále si prízvukujem, že som liberálna pracujúca žena, ktorá musí realizovať svoje sexuálne potreby okolo svojej vyťaženej kariéry. Ak to znamená, že to musím robiť v šope opretá o vrece zeminy, potom som s tým zmierená. Adam ma pozval zajtra na nejaký pracovný večierok. Veľa to pre mňa znamená. Asi ma neberie len ako nejakú záhradkársku štetku.

Konečne som dnes ráno dopísala muzikál, aspoň pracovnú verziu. Po návrate domov som našla chudáka Rosencrantza zoškrabovať žiletkou pleseň z posledného kúska chleba.

„Toto je jediná strava v dome, mami," vysvetľoval mi. „Prosím ťa, nemohol by som ísť na konkurz do tvojho muzikálu?"

Obávala som sa momentu, keď sa ma to opýta. Jeho ego je veľmi krehké, čo ak mu po konkurze budeme musieť povedať NIE?

Pozrel na mňa týmí svojimi veľkými hnedými okáliskami. Na hlave mal sivý klobúčik, oblečený deravý pulóver. V ruke zvieral kôrku chleba. Vyzeral skoro ako Oliver Twist (taký, čo má iPhone a chladničku, ktorá vyrába ľad).

„Samozrejme, že môžeš," vyšlo zo mňa. Podala som mu dvadsať libier a poprosila ho, aby si kúpil niečo dobré pod zub.

Streda 15. júl 22.44
Adresát: marikarolincova@hotmail.co.uk

Volal mi Adam. Príde ma vyzdvihnúť o 19.00 a berie ma na letný bál. Minule povedal, že to je iba pracovný večierok a nie formálny bál! Nemala som čas na našu prvú hádku a radšej som súhlasila.

Celé poobedie som bola na stretnutí s Angie a Jasonom kvôli zajtrajšiemu konkurzu, ktoré sa skončilo o 16.30. Utekala som na ulicu Oxford v centre Londýna, kde som nakázala Rosencrantzovi, aby ma čakal vzhľadom na potrebný núdzový nákup.

Posledné roky som prežila v džínsoch. Potrebovala som Rosencrantza, aby mi poradil, čo dnešné ženy nosia na formálne letné bály. Ukázal mi fotku Nichole Richieovej z časopisu Heat. Na sebe mala krásne biele bohémske maxišaty, ktoré siahali až takmer po zem, a gladiátorské sandále. Trochu som sa bála navliecť do bielej farby a predovšetkým do maxišiat, ale trval na tom, že v nich budem vyzerať skvele. Ponáhľali sme sa do Top Shopu a našli také identické šaty, ako len bolo možné.

Nuž, ale vieš, ako som vyzerala, keď som sa do nich navliekla? Ako Russell Crowe vo filme Gladiátor. Chýbal mi už iba štít a oštep. Bola som v zlej nálade od hladu a od únavy. Odmietla som vyskúšať zvyšok šiat, ktoré mi vybral Rosencrantz, a vyletela som von z obchodu. Prešľapovali sme po kúsku ulice, ktorá bola hrozne preplnená, prepotená... Vzdali sme to a vrátili sa domov.

Nakoniec som si dala osvedčenú polodlhú čiernu sukňu, ktorú som nosievala na rodičovské, s kvetinkovou blúzkou. Samozrejme, s výstrihom, aby som Adamovi pripomenula, čo má rád. :-) Rozmýšľala som aj nad mojou obľúbenou zelenou sukňou, ale tú som mala na sebe trikrát na posledných troch rande s Adamom. Doladila som to vysokými čiernymi čižmami. Ešte som nejedla. Rozhodla som sa ísť nalačno, vtedy mám pekné ploché brucho.

Pred siedmou zazvonil zvonček. Sušila som si vlasy.

Rosencrantz utekal k dverám a hneď nato za mnou hore do izby.

„Mami, nejaký chlapík sa pýta na teba."

„Pustil si ho dnu?"

„Nie. Povedal som mu, že sa ťa spýtam."

„Opýtal si sa ho, ako sa volá?"

„Áno. Pán Rickard."

„To je Adam, dilino! Pusti ho dnu!"

„Je pekne vymakaný. Riadne sexy!" nadchýnal sa Rosencrantz.

„Nemusíš byť z toho až taký prekvapený. Tvoja mama je šikulka."

„Ty s ním randíš?"

„Áno. Počúvaj, nemám teraz čas na debaty, nestíham. A on chudák čaká na schode pred domom." Ponáhľali sme sa k dverám. Adam bol nahodený v čiernom obleku a v bielej košeli bez viazanky. Zopár gombíkov pri krku mal rozopnutých a bolo mu vidieť sexy hrudník. Vyzeral božsky. Predstavila som ho Rosencrantzovi. Adam bol veľmi milý a úplne uvoľnený.

Po ceste k taxíku mi Rosencrantz pošepkal do ucha: „Mami, ty si bomba, lepšie si si vybrať nemohla!"

„Pssst," zasyčala som na neho, „buď ticho a radšej choď umyť riad."

Taxikár nás vyšupol pri Londýnskom oku a ruka v ruke sme sa prechádzali popri Temži.

„Chcem ťa," zavrčal mi Adam do ucha. Bohužiaľ, moje hladné brucho zavrčalo naspäť ešte hlasnejšie.

Letný bál sa konal na lodi, ktorá bola ovešaná nádhernými kvetinovými dekoráciami a papierovými lampiónmi.

Romantické tóny hudby nám prišli naproti. Bol odliv. Loď stála takmer na suchom kamenistom brehu. Keďže to bol bál vládneho oddelenia pre bezpečnosť a ochranu zdravia, vyhovovalo im to. Nebola šanca, že by sa niekto v prípade vypadnutia z lode utopil. Ale to im nestačilo, všetky ženy sa museli pri vstupe pre prípad šmyku vyzuť. Pri nalodení som chlapíkovi ukázala, aké nízke sú moje čižmy. Vôbec ho to nezaujímalo a prikázal mi vyzuť sa. Adam bol riadne zahanbený. Odzipsovala som čižmy, ale ani za svet som nemohla nimi hnúť. V tom teple mi nohy spuchli ako osúchy. Snažila som sa ich ťahať, ale nič. Za nami sa vytváral dlhý rad ľudí. Nemala som na výber. Chytila som sa zábradlia, vyložila nohy do vzduchu a Adam mi čižmy prácne stiahol. Nebol to môj najsvetlejší životný okamih.

Lampióny a kvetinová výzdoba boli aj vnútri. V celej miestnosti neboli stoly.

„Kde budeme jesť, Adam?"

„Aha," zobral dva poháriky šampanského od okoloidúceho čašníka, „podávajú sa tu len nápoje. Myslel som, že sa môžeme najesť neskôr."

„Super," žalúdok mi na protest zaškŕkal ako kukučkové hodiny.

Na palubu sme nemohli vyjsť v záujme bezpečnosti, a tak sme sa všetci parili vnútri ako buchty. V uzavretej miestnosti bolo naozaj neznesiteľne. Adam ma svojim kolegom predstavil ako Coco, nie ako frajerku alebo aspoň kamarátku. Moje meno znelo z jeho úst ako meno ďalšej osoby, ktorá vystupuje v cirkuse. Keď sme pristúpili k Adamovej šéfke Serene, práve som si dávala štvrtý pohárik šampanského. Staršia blondínka s iskrou v oku. Po skupinke nudných Adamových kolegov bola osviežením.

„Pri pohľade na tých spotených ľudí si musíte myslieť, že

sme totálni neschopáci z bezpečnosti a ochrany zdravia," ospravedlňovala sa Serena. „Chudákov tu údime. Keby bolo po mojom, zabávame sa vo vetríku na palube. Tie nové nariadenia sú úplne choré. Ako dlho sa poznáte s Adamom?"

„Nie veľmi dlho," zamotal sa mi jazyk. „Bol opatrný, kým ma vpustil do svojich gatí. Vraj môžu obsahovať vajcia bez dátumu spotreby!"

Serenino obočie vyskočilo navrch jej ofiny. Strojene sa usmiala a rýchlo sa ospravedlnila, že musí niekam ísť. Adamova tvár vyzerala ako obrázok hladnej siroty. Pustil sa mojej ruky.

„Prosím?" zasyčal. „Rozprávaš o mojich vajciach mojej šéfke?"

„Bol to vtip, Adam. Na tému bezpečnosť a ochrana zdravia... očividne veľmi nevhodný, ale za pokus to stálo. Tvoji kolegovia sú samí sucháři!"

„Si opitá, pravda." Nikdy som ho nevidela takého nahnevaného. Ako naschvál sa v tom momente začal príliv a loď sa začala kolísať z jednej strany na druhú. Vnútri bol vydýchaný horúci vzduch. Nepomohla ani kombinácia prázdneho žalúdka, nedostatku spánku a množstva šampanského. Zrazu mi zostalo na vracanie.

„Musím ísť na čerstvý vzduch," zalapala som po dychu a smerovala von na mostík k radu na topánky. Adamove rozhorčené ústa sa pohybovali úplne bezhlasne. Aspoň ja som v mojom stave nič nepočula. Vyzeral ako kapor. Nasledoval ma.

Na moje zdesenie ma začalo napínať ešte pred lodným mostíkom. Každý, kto mohol, rýchlo odskočil z topánkového radu. Neudržala som to v sebe. Vyletelo to zo mňa na mostík ako z toboganu. Pozrela som na Adama, ktorý bol totálne naštvaný.

Strašne som sa hanbila a utekala popri rade smerom k ceste. Nezastala som, až kým som nedobehla k taxíku pri stanici Waterloo. Doma som si dala ľadovú sprchu. Myslela som si, že randiť s Adamom je príliš krásne, aby to vydržalo.


Štvrtok 16. júl 20.35
Adresát: marikarolincova@hotmail.co.uk

Ďakujem za milé slová, ale dobre viem, aká som krava. Nemala som odtiaľ utiecť. Chvalabohu, že som nemala čas na premýšľanie. Bola som pre konkurz hore od šiestej. Jason – skladateľ mal školu, preto Chris namiesto neho zavolal svojho bývalého učiteľa hudobnej výchovy zo školy, aby hral na klavíri. Clive je asi taký starý ako Etela. Prišiel, lepšie povedané, pokrivkávajúc vstúpil do miestnosti neoholený v dlhom zimnom kabáte.

„Ste v poriadku? Môžete hrať?" opýtala som sa ho, keď si opatrne sadal ku klavíru.

„Áno, milá dáma," odpovedal, „kúzlo divadla sa o mňa postará."

Zasadli sme za dlhý biely stôl a prvý herec vošiel dnu. Bol hrozný, ale Clive úplne ožil. Ono to divadelné kúzlo naozaj funguje. :-) Pri jeho odviazanej hre som si všimla zápästie oblepené bielou páskou a modrý nemocničný plášť, ktorý vykúkal spod kabáta.

„Prišiel z nemocnice?" potichu som sa opýtala Chrisa.

„Áno," pošepkal mi naspäť. „Prosím ťa, Coco, nič mu

nehovor, je veľmi hrdý a život sa s ním veľmi nemaznal. Bol som rád, že mu môžem pomôcť."

Ráno prešlo veľmi rýchlo. Niektorí herci boli celkom dobrí. Veľmi veľa ich bolo príšerných.

Cez prestávku som im porozprávala, čo sa stalo s Adamom. Vraj všetci do jedného niekedy vracali pri partneroch bez toho, aby to narušilo ich vzťah. Clive nás však všetkých tromfol. V roku 1964 vracal na rukávnik princeznej Margaréty v džezovom klube Ronnie Scotts. Princezná to zobrala športovo a odmietla Clivovu ponuku zaplatiť za čistiareň...

Po obede prišiel čas na Rosencrantzov pokus o miesto v muzikáli. Neviem, kto bol viac nervózny, on či ja. Rozmýšľala som, že pôjdem von, aby som ho ešte viac neznervóznila, ale keďže som ho videla vystupovať iba v roku 1985 v materskej škole (tancujúce kuriatko) a tancovať disko v Anne Frankovej, rozhodla som sa zostať.

„Ten chlapčisko je fešný," povedala Angie, keď zbadala Rosencrantza vstupovať. Začervenal sa, nachystal sa a spustil pasáž z Henryho V., kde sa kráľ prihovára na bojisku svojim vojakom. Predniesol to prekrásne, čarovne... Všetkým sa nám tlačili slzy do očí.

Jeho výber piesne Hey Big Spender nebol najšťastnejší, ale aspoň ukázal, že vie spievať. Zvyšok poroty sa rozhodol ponúknuť Rosencrantzovi úlohu v našom muzikáli. Dovolili mi, aby som mu to oznámila. Bol celý bez seba. Bolo to veľké zadosťučinenie za všetok ten chaos, ktorým si nedávno prešiel.

Piatok 17. júl 19.44
Adresát: rosencrantzpinchard@gmail.com

Vrátim sa neskoro. Pracujeme s Jasonom na texte do otváracieho čísla kráľovnej Alžbety. Musíme prísť na sedem slov, čo sa rýmujú so slovom Regína, ale sme takí unavení, že nám napadá iba jedno. :-) Cítim veľký tlak. Skúšky sa začínajú už v pondelok.
 Prosím Ťa, dobre sa najedz. Nakúpila som všelijaké dobroty. Angie nás dopuje práškovými nápojmi proti chrípke, ktoré načierno dostala od doktora, aby sme nechytili prasaciu chrípku. Videl si, je to vo všetkých novinách. Myslím si, že sa nás snažia iba zastrašiť ako naposledy s vtáčou chrípkou. Pamätáš, s otcom sme nakúpili pre nás rúška a aj tak z toho nič nebolo.
 Mama
 Cmuk


Sobota 18. júl 18.44
Adresát: marikarolincova@hotmail.co.uk

Ako sa máš, zlato? Tešíš sa na dlhé letné prázdniny. Čítala som, že v Chiswicku museli predčasne zavrieť školu pre epidémiu prasacej chrípky. Konečne som sa dokopala zavolať Adamovi a ospravedlniť sa. Nechala som mu odkaz, na ktorý mi odpovedal správou.
 Dobre. Príď ku mne zajtra večer a môžeme sa porozprávať.
 Sme minulosť. Cítim to. Myslíš, že to bude až také zlé byť opäť nezadaná? Posledné dni som nemala ani čas na neho

myslieť. Momentálne sa zaujímam iba o spánok... Mali by sme dať čoskoro kávičku.

Sobota 18. júl 19.02
Adresát: adam.rickard@gov.co.uk

Fajn. Uvidíme sa zajtra. Idem sa domov vysrať.

Sobota 18. júl 19.04
Adresát: adam.rickard@gov.co.uk

To bol haprujúci mobil! Nie ja! Písala som „idem sa domov vyspať". Som len unavená, nepotrebujem ísť na toaletu...
 Teším sa na zajtra.
 Coco

Nedeľa 19. júl 22.34
Adresát: marikarolincova@hotmail.co.uk

Dala som si dnes na sebe záležať, kúpila som dobré víno a tanier drahých syrov. K Adamovi som išla nachystaná ospravedlniť sa, ale neotváral. Vyzváňala som niekoľkokrát. Vykašľal sa na mňa! Išla som pozrieť, či nie je v záhradke. Nebol ani tam. Jeho políčko bolo dosť vyschnuté. Nepoliala som ho.

Sadla som si na lavičku. Do zotmenia som stihla zjesť všetky syry a vypiť celú fľašu vína. Začula som Lena, ako sa zakráda za mojou chatkou a s niekým sa háda. Zosunula som sa na lavičke nižšie, aby si ma nevšimli. Hádali sa, kto sa má postarať o štep hrozna, ktoré Len ukradol na zámku Hampton Court.

„Mal som ho strčený celý deň v galotách," šuškal Len.

„Keď ináč nedáš. Schovám ho do pixle od keksov, dokád nepréjde šetok humbug," povedal druhý dedo.

Musela som počkať, kým neodišli. Vyfajčila som celú škatuľku. Doma som si sadla k telke a pozerala nočné správy. Na konci dávali reportáž zo zámku Hampton Court o najstaršom zachovanom hrozne v Británii. Niekto sa prešmykol okolo vrátnika a odrezal výhonok. Vinník musel byť vraj veľmi rýchly a tichý, aby ich dokázal obalamutiť. Len rýchly a tichý?! Špagát, ktorý mu držal gate, pískal pri chôdzi na kilometer.

Adam sa neozýva, robí to naschvál.


Pondelok 20. júl 18.12
Adresát: marikarolincova@hotmail.co.uk

Dnes sme mali prvú divadelnú skúšku. Bola som prekvapená, koľko sme toho za dva týždne dokázali. Chris vyprázdnil obývačku, okrem Danielovho klavíra. Je to teraz naša skúšobňa. Na zem nalepil lepiacu pásku v tvare a veľkosti pódia.

Mladá babenka à la myší kožúšok z Nového Zélandu, Byron, sa mi pri dverách predstavila ako naša nová inšpicientka. Dlhočizné prašivé vlasy mala uviazané do chvosta a na sebe tričko ZZ Top. Podala mi menovku s mojím meno, vyhláskovaným „Cocoa". Jason sa rozcvičoval na klavíri, Angie s Chrisom boli v rohu schúlení nad scenárom a herci sa dohadovali, kto postaví na čaj. Pripadalo mi to zrazu veľmi desivé. Chcela som zdupkať.

„A máme ju tu," privítal ma Chris veľkým objatím.

Byron priniesla Angie šálku kávy.

„Nie, nie, nie, moja zlatá," ozvala sa Angie, „pijem kávu s mliekom."

„Vyzerám ako služobná?" dramaticky schmatla Byron šálku. Trochu kávy sa vylialo na Angine lodičky Jimmy Choos. Trochu normálnejší človek by sa ospravedlnil, ale Byron odfučala do kuchyne bez slov.

Okrem tých, čo vypapuľovala.

„Na môj vkus je trochu divoká," okomentovala som ju.

„Ale prekliato dobrá!" dodala Angie pri čistení topánok. „Robila na všetkých muzikáloch vo West Ende."

Prišiel Rosencrantz. Ku Chrisovi sme išli celou cestou spolu, ale chcel vonku pár minút počkať, aby vošiel bez svojej mamy. Vraj to tak bude lepšie pre jeho profesionálny imidž. Ostatní herci ho privítali ako strateného syna. Byron agresívne pridupkala naspäť s Anginou kávou a potľapkala ju po ruke.

„Môžeš konečne počúvať?" povedala. „Naša scenáristka by sa chcela prihovoriť." Zostala som zaskočená.

„Kde je Coco Pinchardová? Scenáristka?" Zbadala ma a pritiahla k sebe. „Šup, šup. Ste prvá v programe... Prečítali ste si program dnešnej skúšky, ktorý som vám poslala e-mailom?"

„Hmm. Nie," začala som sa červenať.

„Prečo nie, nezbednica?"

„Neviem," povedala som koktavo a postavila sa ku klavíru.

„Ahojte, všetci," dostala som zo seba tichým hlasom. Herci na mňa v očakávaní pozerali, akoby som mala nachystaných sto otázok.

„Som Coco, spisovateľka. Nie Cocoa, horúci nápoj na pitie," ukázala som na menovku. Herci sa smiali, akoby nič vtipnejšie v živote nepočuli.

„Viem, že máme skvelý tím, ktorý, dúfam, urobí z nášho muzikálu hit." Chcela som pokračovať, keď ma prerušila Byron, ktorá vyzývala hercov na potlesk.

„Výborne. A teraz niečo, čo sa týka organizácie. Skúšky sa začínajú každý deň o desiatej, teda tu budete o trištvrte na čaj a na klebetenie. Každý, kto bude meškať, bude platiť pokutu päť libier za každých zmeškaných pätnásť minút."

„To nie je fér," povedala som Chrisovi trochu hlasnejšie, ako som chcela. Byronine nosné dierky sa rozšírili ako konské nozdry na pretekoch.

„Nejaký problém?"

„Nie," povedala som rozpačito.

„Tak potom, prosím vás, neprerušujte počas organizačných pokynov." Zvyšok rána sme mali naprogramované zoznamovacie hry. Schovávačku som nehrala roky rokúce. Po začiatku, keď sa väčšina sťažovala a chcela začať so skúškou, sme si to začali užívať. Angie, najsúťaživejšia z celej skupiny, sa zasekla do Chrisovej rozkladacej sedačky. Byron sa ju snažila vytiahnuť von, ale nakoniec nemala na výber a museli ju vysekať motorovou pílou.

Po obede sme sa usadili k čítačke scenára a spievaniu pesničiek. Vďakabohu, čítačka prebehla ako po masle. Všetci sa smiali a plakali na správnych miestach. Ani sme sa nenazdali a Byron hulákala, aby sme odsunuli stoličky a stoly. Dokonca kričala aj na Chrisa za to, že položil šálku čaju na vlastný parapet vo vlastnej obývačke.

Domov sme sa s Rosencrantzom vracali šťastní a vzrušene sme celou cestou debatovali o hercoch. Nevedela som, že by to mohla byť taká vynikajúca a originálna zábava.

Utorok 21. júl 19.28
Adresát: chris@christophercheshire.com

Ozvala sa Ti Marika? Skúšam jej vyvolávať. Nezdvíha. Adam stále nič, je to jeho strata. Klobúk dolu pred Tvojím včerajším réžírovaním, Chris. Vďaka Byron si sa veľmi nedostal k slovu, ale svojou profesionalitou si všetkých naplnil vierou. Mám jedinú pripomienku. Nič sa nestane, ak nebudeš mať nabudúce tú hroznú baretku.
Cmuk
Coco

Utorok 21. júl 21.27
Adresát: chris@christophercheshire.com

Marika má prasaciu chrípku, lepšie povedané, mala. Jej školu v Dulwichi pre epidémiu aj skôr zavreli. Odvtedy blúznila. Nie zo šťastia, ale z horúčok. Nedokázala si nájsť ani nabíjačku na telefón, preto nemala na nikoho číslo. Prasaciu chrípku jej diagnostikovala doktorka telefónom a pýtala sa jej, či sa stretáva s niekým, kto má tú istú nákazu. Keďže nikoho takého nepozná, doktorka jej kázala, aby poslala suseda po liek Tamiflu. Mali jej ho podať palicou cez škáru.

Cíti sa už lepšie, ale ja sa cítim zle. Mám doma zásuvku plnú Tamiflu a mala som sa o ňu postarať, aj keď nebývam veľmi blízko. Bola som ju pozrieť a uvarila jej polievku, jediné, čo viem uvariť. Požičala som jej všetky časti Dextera, nech sa nenudí.


Streda 22. júl 9.01
Adresát: marikarolincova@hotmail.co.uk

Ránko, zlato. Nepamätáš sa, či som tomu chalanovi Marekovi zo Slovenska dala e-mailovú adresu? Pred chvíľou mi prišiel tento e-mail v lámanej angličtine:
PRÍLOHA

Adresát: cocopinchardova27@gmail.com
Odosielateľ: marekzobor@azet.sk

Ahoj, Coco,
Ty nezbedný, zlá slečna! Pamätať? Som Marek, chlapec, ktorého si mať jednu noc v Slovensku na Tvoj narodeniny.
Ja som mať skvelá noc v Tebe a vyšetrovaním Tvojho telo, ktoré byť v tip-top forma po štyridsaťdva rok.
Ja snívať o Tebe veľa noc, ako spolu ležať holý na poľnohospodárskej zemina.
Môj kapela Zobor mať dnes večer koncert v Hammersmith

Apollo. Chcieť Ty participovať? Potom my môcť chytiť niečo jesť a potom my môcť do moja hotelová izba na teplé predjedlo.

Ja žiť v hotel Travel Lodge Hammersmith. Mať veľmi dobrá cestovná spoj. Použiť Ty telefón, ak chceť so mnou hovoriť.

Marek Z.


Budem mu musieť neskôr odpísať, ale musím teraz utekať na skúšku. Cítiš sa lepšie?

Coco

Cmuk


Streda 22. júl 9.43
Adresát: chris@christophercheshire.com
rosencrantzpinchard@gmail.com

Jason si vypýtal druhú verziu poslednej scény prvého aktu. Mám ju v záhradnej chatke. Utekám po ňu. Prídem na skúšku tak rýchlo, ako sa len bude dať.


Streda 22. júl 15.56
Adresát: marikarolincova@hotmail.co.uk

Vyzerá to tak, že mánia prasacej chrípky sa naplno rozvíja, len čo sa skončil Wimbledon. Meryl mi volala cez Skype.

„Musela som ti zavolať," povedala vzrušene. „Počúvaj, dnes večer organizujeme žúr à la prasacia chrípka!" V pozadí prešiel Tony s nafúkaným balónom v tvare prasaťa. „To je Tony," zachechtala sa, akoby som zabudla, kto je Tony. „Chystá dekorácie."

„Nevarujú náhodou ľudí, aby sa podobným večierkom vyhýbali?" opýtala som sa rozčarovane.

„Chceme to všetci nachytať tak rýchlo, ako sa len dá, skôr ako vírus zmutuje."

„Skôr ako naň prestanú zaberať antibiotiká?"

„Nie, predtým, ako k nám vírus prejde cez sídlisko Enoch Powel. Býva tam chamraď. Ktovie, čo tam od nich vírus nachytá!"

Snažila som sa ju varovať pred príznakmi, ale vyrušil ju Tony s táckou plnou pohárov.

„Hovorila som ti, že všetci budeme piť z jedného pohára. Zvyšné odnes do sekretára!"

„Veľa šťastia a nech sa vám darí," zakričala som a zrušila hovor.


Streda 22. júl 23.54
Adresát: marikarolincova@hotmail.co.uk

Keď som dorazila na skúšku, Chris ma čakal v hale.

„Prepáč, nevedel som, čo mám robiť," ospravedlňoval sa.

Vošla som do obývačky. Za svojím starým klavírom sedel Daniel a hral pesničku z nášho muzikálu. Byron naštvane vyskočila zo stoličky.

„Zase meškáte!"

„Prečo je tu môj exmanžel?" zúrila som.

„Jason musel ísť do nemocnice s rukou. Pri poslednej schovávačke si ju poranil a má veľké bolesti. Musela som dať narýchlo inzerát na internet," vysvetľovala Byron. A potom mi tá krava dala pokutu päť libier.

Opýtala som sa Chrisa, prečo sme nemohli najať jeho priateľa Cliva. Vraj sa mu zhoršil zdravotný stav a je späť v nemocnici.

„Coco, prepáč. Tlačí nás čas. Momentálne potrebujeme hocikoho, kto vie hrať... Byron ho našla, nemal som na výber, musel som súhlasiť."

Byron vyhlásila prestávku a ja som sa vybrala k Danielovi.

„Ahoj," pozdravila som ho samoľúbo. Mal dlhší vrkoč a bol opálenejší.

„Prečo nie si v Amerike?"

„Mám v Londýne stretnutie kvôli transferu môjho muzikálu Piskot do vetra do West Endu."

„Ale prečo si tu? Prečo mi kazíš deň?"

„Dal som si tvoj muzikál do Googlu a videl inzerát. Povedal som si, že by mohla byť prča zahrať si tri dni na svojom starom klavíri. A navyše mi platíš sto libier na deň, aby som tu bol."

Byron mi zamračená priniesla šálku čaju.

„Platím? Chcela som povedať platíme ti, preto ma tu nezabávaj a radšej sa nauč hudbu na druhý akt," povedala som mu šéfovsky a nahnevane som odišla ku škatuli s korunkami, ktorú pred chvíľkou doručili.

Ku koncu dňa som si zvykla na to, že Daniel je späť v mojom živote. Skoro som zabudla, aký je výnimočný klavirista. Skladbe dal gule. Neviem, ako to robil, ale hudba mala zrazu chýbajúce srdce a dušu.

Skončili sme popoludní o šiestej. Pozvala som ho s Rosencrantzom domov na čínu. Obidvaja sme boli ako súťažiaci v nejakej šou o to, kto dokáže byť k tomu druhému milší. Ani jeden sme nespomenuli lietajúceho slona v izbe, jeho vášnivú aféru, to, že nás opustil, a ani náš nechutný rozvod. V polovici večere hodil Rosencrantz paličky na stôl.

„Z vás dvoch mi asi prepne. Večeru dojem vo svojej izbe." Odišiel hore a ja som doliala Danielovi víno. Natiahol sa ku mne a pohladkal mi líce. „Moja Coco," povedal romanticky. Pozrela som mu do očí. Chystal sa ma pobozkať, ale vtom nás prerušil jeho zvoniaci mobil.

Zodvihla som ho a podávala Danielovi. Všimla som si displej, na ktorom blikalo Sophie Snehulienka. Začala som sa smiať.

„Čo je také smiešne?" opýtal sa ma. Ukázala som mu telefón.

„Vždy sa ti nejako podarí presvedčiť ma, aby som zabudla, aký si dokonalý bastard."

Otvoril ústa: „Prisahám na život mojej mamy, že som to s ňou skončil."

Hodila som do neho mobil. Vtedy začal zvoniť môj mobil.

„No, slečna perfektná, kto volá tebe? Tvoje chrumkavé mäsko?" Daniel sa natiahol po môj mobil. Schmatol ho a zodvihol. Volal Marek, zabudla som mu odpovedať na e-mail.

Daniel držal mobil tak, aby sme počuli obidvaja. „Nejaký chalanisko ti chce lízať angínu..." Zobrala som telefón a takmer sa prepadla pod zem.

„Ďakujem za pozvanie na koncert, ale nemohla som. Prepáč." Po telefonáte zostal Daniel vyškerený ako opica.

„Takže ani ty nie si neviniatko. Máš omotaných dvoch

chlapov naraz okolo malíčka. A jeden z nich má hlas ako neplnoletý tínedžer."

Naštartovalo to velikánsku hádku. Lietali všemožné výčitky a jeden kvetináč (z mojej strany). Prestali sme, až keď prišiel dole Rosencrantz v pyžame.

„Buďte už ticho," zakričal. „Rodičia, ste rozvedení. Tak sa aj správajte. Môj spánok by nemal byť prerušovaný len preto, že niekde v hĺbke vašich duší túžite po tom, aby ste boli spolu v tom vašom posratom malom svete..."

Pozreli sme prekvapene jeden na druhého. Ospravedlnili sme sa mu. Rosencrantz stál nad nami, kým sme neupratali rozbitý kvetináč s jukou. Potom som odišla spať. Daniel zostal spať na gauči.

Myslíš, že mal Rosencrantz pravdu v tom, že chceme byť s Danielom spolu? Určite nemal. Som si istá.


Piatok 24. júl 10.47
Adresát: marikarolincova@hotmail.co.uk

Bola som navštíviť Adama v nemocnici. Sedel na posteli a aj napriek chorobe vyzeral dobre. Má fakt úžasné hrudné svalstvo. Chcela som mu naň natrieť krém proti prechladnutiu. Myslím, že nadržané sestričky mali tú istú potrebu. Nikdy som ich nevidela starať sa o pacienta tak, ako sa starali o Adama. Liečili ho najmä dotykmi. :-)

Mám otázku: Ak by boli všetci pacienti takí sexy, bolo by to pre zdravotníctvo dobré, alebo práve naopak?

Normálne som bola prekvapená, aká som pre jeho chorobu smutná a vytešená zároveň, že ho vidím. Vraj sa všetko udialo nenormálne rýchlo. Ospravedlnila som sa mu za svoje správanie na letnom bále. Slabo sa usmial. „Hlavne, že si tu, Coco." Nezostala som dlho, lebo bol veľmi unavený. Pohladil mi ruku a poprosil, či by som za ním ešte prišla. Sľúbila som, že zajtra prídem.

Piatok 24. júl 18.07
Adresát: marikarolincova@hotmail.co.uk

Ďalší deň plný zážitkov. Nejako sa mi v poslednom čase hromadia. Keď som vstala, Daniel bol preč. Napísal lístok, že mi želá veľa šťastia so šou a predtým, ako sa vráti na svoje turné Piskot do vetra, sa zastaví u Meryl a Tonyho. Po skúške som stretla v záhradke Agathu. Povedala mi, že Adama v nedeľu previezli do nemocnice v kritickom stave. Jeho dcéra Holly ho našla doma v bezvedomí. Mal prasaciu chrípku, ktorá ho v kombinácii s jeho astmou zákerne napadla. Je taký statný a sexy na to, aby ho zložila astma. Nechápem. Pravdepodobne ležal na podlahe, keď som u neho vybuchovala na dvere a nadávala!

Nedeľa 26. júl 18.01
Adresát: adamrickard@nocnazabava.sro.info

Ahoj, krásavec, napadlo mi poslať Ti e-mail cez Nočnú zábavu, s. r. o.
    Ale dávaj si na nich pozor, sú veľmi drahí.

Dnes sme na skúške prvýkrát prešli celý muzikál. Bol to riadny zmätok, ako nejaká televízna šou, ktorá by mala byť vtipná, ale namiesto toho v nej účinkujúci pobehujú ako zmätené stádo. Viním za to Byron, pretože hercom zakázala, aby si pomáhali scenárom. Klavír znel úplne mimo hocakej tóniny. Jason sa snaží, ale ruku má stále obviazanú aj s vreckom ľadu, a preto sem-tam nevie trafiť správny kláves.

Budúci piatok budeme prvý raz skúšobne uvádzať hru v Camdene v malom divadle nad krčmou. Myslíš, že budeš dovtedy dosť zdravý a silný? Príde aj moja kamarátka Marika a rada by Ťa spoznala. Len nedávno sa doliečila z prasacej chrípky.

Coco

Cmuk

P. S.: Mám Ti priniesť krém na hruď proti prechladnutiu? :-)


Nedeľa 26. júl 21.30
Adresát: marikarolincova@hotmail.co.uk

Vždy, keď navštívim Adama, nasáčkujú sa k nemu sestričky a nenechajú nás osamote. Dnes večer mu trikrát merali tlak! Sestrička sa opierala o jeho biceps dlhšie, ako sa mi zdalo nevyhnutné. Nebola som si istá, či mám právo niečo namietať, asi ešte nie som jeho frajerka. Oficiálne, myslím. Mám na neho prednostné právo. Však?! Dovolil mi natrieť hrudník. Bolo to dosť intenzívne, ako sa moje prsty dotýkali jeho hebkej čiernej pokožky... Chytil mi ruku a zasnívane na mňa hľadel... Vtom vošla hlavná sestra a vyhodila ma von.

Vraj je koniec návštevných hodín. Bolo o päť osem a návštevné hodiny sú do 20.00. Krava!

„Tu ideme podľa mojich hodín," zazrela na mňa. Sledovala ma, ako si balím svoje veci. Bála som sa ho aj pobozkať na čelo a nieto na ústa.


Pondelok 27. júl 11.15
Adresát: marikarolincova@hotmail.co.uk

Adama prepustili ráno o siedmej. Pred skúškou som zaskočila k nemu domov. O minútku som sa minula s jeho dcérou Holly, ktorá ho priviezla. Uvarila som mu kávu.

„Coco, mohla by si prísť zajtra navečer? Chcel by som ťa zoznámiť so svojou dcérou."

Váhala som, čo sa mu veľmi nepozdávalo.

„Mám toho veľmi veľa, Adam, a zdá sa mi to príliš skoro." To sa mu nepozdávalo ešte viac.

„Ako moja frajerka by si mala poznať moju dcéru."

„Nevedela som, že som tvoja frajerka."

„Pozval som ťa predsa na pracovný letný bál."

„Kde si ma predstavil ako Coco!" V izbe zavládla hustá atmosféra.

Popravila som mu vankúše a povedala, že musím utekať na skúšku.

Prečo sa všetko deje naraz? Pred dvomi mesiacmi som nemala vzťah ani robotu, iba kopu voľného času. Teraz neviem, kde skôr skočiť. Všade ma potrebujú, chcú... Byron mi naparila ďalšiu pokutu. Tentoraz ma vyšla na 30 libier.

A to je môj muzikál! Pôjdem za Adamom neskôr, sľúbila som mu vyzdvihnúť lieky.


Pondelok 27. júl 19.55
Adresát: marikarolincova@hotmail.co.uk

Na obed som utekala do lekárne, potom Adamovi zaniesť antibiotiká a vzápätí na skúšku. Potrebovala by som krídla. Meškala som minútu. Byron ma pokutovala. Jedného dňa z nej zbankrotujem. Nevedela som nájsť mobil, aj keď som všetko prehľadala. Vysypala som celú kabelu. Až potom mi došlo, že som ho zabudla u Adama na stolíku.

Išla som si ho po skúške vyzdvihnúť. Adam ma čakal s naštvaným výrazom. Vieš, čo urobil? Celé poobedie čítal odoslané e-maily z môjho mobilu. Chcel vedieť, prečo som mu nepovedala, že som sa na Slovensku vyspala s Marekom a že u mňa minule prespal Daniel. Prečítal si všetko, čo som napísala. O ňom, o rozvode... VŠETKO!

Hrozitánsky sme sa pohádali. Bolo to ako v Hirošime! Povedal mi, že nie som taká žena, ako si myslel. Vraj som ako ostatné ženské. Schmatla som mobil a utiekla. Triasla som sa ako osika. Mala som mu povedať o Marekovi? Viem, že ma Adam pozval na rande pred dovolenkou na Slovensku, ale to neznamená, že som ho podviedla?! Alebo sa mýlim? Ako som ho mohla podviesť, keď sme spolu ešte nechodili? Nechápem to. Pomóc!!

Spätne som čítala svoje e-maily. Zostala som prekvapená, ako detailne opisujem noc s Marekom. A Adamovi som napísala (citujem): „Od rozvodu som s nikým nespala", čo bolo klamstvo.

Stále nemôžem uveriť, že sa mi Adam rýpal v mobile. Vyzeral taký sebaistý.



Utorok 28. júl 15.15
Adresát: marikarolincova@hotmail.co.uk

Adam sa neozýva. Na dnešnej skúške som urobila neformálne hlasovanie. Okrem Byron sa všetci priznali, že v minulosti alebo súčasnosti kontrolovali mobil frajera/frajerky, manžela/manželky.



Utorok 28. júl 23.01
Adresát: marikarolincova@hotmail.co.uk

Rosencrantz si nechal mobil na linke v kuchyni a išiel spať. Ja sa v ňom hrabať nebudem!



Utorok 28. júl 23.12
Adresát: marikarolincova@hotmail.co.uk

Ešte som sa nepozrela! A ani nepozriem!

Utorok 28. júl 23.51
Adresát: marikarolincova@hotmail.co.uk

Nevydržala som. Pozrela som mu do mobilu. Nebolo tam nič okrem tejto správy: AHOJ, MAMI, HOVORIL SOM TI, ŽE NEVYDRŽÍŠ! ĽÚBIM ŤA. R. CMUK. Počul, ako som zvrieskla, a prišiel za mnou dole.
„Mala by si dať Adamovi druhú šancu." Rosencrantz si zobral z mojej ruky svoj mobil. „Je vinný len z toho, že ťa veľmi ľúbi! A je fakt riadne sexy."


Streda 29. júl 23.40
Adresát: marikarolincova@hotmail.co.uk

Išla som popolievať záhradku, ale zase som skončila pri prepisovaní scenára na zajtra. Agatha kontrolovala políčka ako rozpálená dračica a začala kibicovať.
„Pani Pinchardová, vyzerá to tak, že si zo záhrady robíte opäť lacnú kanceláriu. Viete, koľko by tu stál prenájom úradovne?" zapálila si ušúľanú cigaretu a prstom ukazovala na moje vysušené rajčiny.
„Je mi zle pri pomyslení, ako tu nebohý pán Bevan zomrel a čo ste porobili s jeho záhradkou."
„Zomrel na infarkt a nie pre moje vyschnuté rajčiny. Alebo sa mýlim?"
„Je to jedno. Porušili ste zmluvu. Používate políčko na komerčné aktivity. Chcem, aby ste sa do konca mesiaca

vysťahovali," povedala Agatha, akoby bola kráľovnou zeme a morí.

Usmiala som sa a pozrela jej do očí.

„Neviete, či už Len zasadil štep hrozna zo zámku Hampton Court, alebo či ho má ešte strčený v nohaviciach?"

Otázka z nej vysala všetku farbu.

„Aha, takže aj vy v tom máte prsty. To je dosť vážne. Nemyslíte? Krádež z kráľovskej nehnuteľnosti."

Agathe sa zrýchlil pulz a začala sa okúňať. „Viete, asi som k vám bola trošku prísna. Len si sem-tam popolievajte a cíťte sa ako doma. Ak by ste potrebovali hnojivo, u mňa sa pre vás určite nájde extra vrece." HA-HA-HA!

Angie zajtra nemôže prísť na predstavenie do Camdenu. Jej mladý protežant robí problémy a musí za ním šoférovať do Oxfordu, aby ho podplatila novým playstationom.

Rozhodla som sa dať Adamovi druhú šancu, ale musí sa ozvať prvý. Nemyslíš? Obaja sme pochybili. Ja som ho oklamala a on sa mi nabúral do súkromia. Teda by sme mali byť vyrovnaní... Remíza. Ale aj tak by mal zavolať prvý. Je tak?


Piatok 31. júl 23.59
Adresát: angielangford@agenturabmx.biz


Predstavenie sme prežili celé. V hľadisku som sedela s Chrisom a s kamarátkou Marikou. Prišlo aj zopár známych našich účinkujúcich. Boli celkom dobrí. Zabávali sa na každej vete i pesničke a tlieskali ostošesť. Škoda, že nemohla prísť moja svokra Etela. Vždy úprimne povie, čo si myslí.

Prišiel aj Clive, čo hral na konkurze na klavíri. Vyzeral horšie ako naposledy. Vychvaľoval nás, vraj šou stojí už na vlastných nohách. Súhlasím s ním, ale tie nohy sú riadne roztrasené.

Jasonova ruka je v lepšom stave. Zajtra ide do
nemocnice, kde mu napichajú ďalšie steroidy, ktoré by mali účinkovať do konca augusta.

Chris zobral Rosencrantza a zvyšok osadenstva do katedrály. Nikdy ma tam nestretlo nič dobré, preto som sa radšej vrátila domov pokračovať v práci.

Postarala som sa o lístky na vlak do Edinburghu pre účinkujúcich. Kráľovnine róby sú v práčke na tridsiatke a ja sa zberám do postele.

# AUGUST

Sobota 1. august 10.01
Adresát: marikarolincova@hotmail.co.uk

Som vystresovaná už len pri pomyslení na cestu do Škótska. Mala som sa ísť radšej opiť s ostatnými. Rosencrantz mi ukázal fotky z odviazanej noci v katedrále. Celá banda sa predrala až do sekcie VIP, kde sa fotili s dvojníkom pápeža.

Potom mi povedal, kto s kým:

Clive s Byron (je medzi nimi štyridsaťročný rozdiel), Chris a Jason (videl, ako Chris vkladá zvodne tabletky proti bolesti ruky do Jasonových úst), Beryl a Hugo (čudná kombinácia, povedal Rosencrantz, keďže Beryl hrá kráľovnú a Hugo princa Charlesa aj princa Philipa).

„Ja som mal zálusk na Andyho Lobstera (pekný blondiačik, čo hrá kráľovninho služobníka Hansa von Strudela). Všetci si mysleli, že je bisexuál."

Jediný, kto po nikom nešiel, bola Spiffy Mc Creadyová (hrá Camillu Parkerovú Bowlesovú). Vraj je totálne asexuálna.

Do akého skazeného remesla sa ten môj syn púšťa?! Mala som dať na Etelu, keď našla Rosencrantzovi v sedemnástke prácu fotografa kriminálnikov na policajnej stanici.

Nedeľa 2. august 10.15
Adresát: angielangford@agenturabmx.biz

Pred chvíľkou mi volal veľmi smutný Jason. Musel ísť naspäť do nemocnice. Väz v ruke je poškodený väčšmi, ako si mysleli, a zakázali mu hrať na klavíri minimálne tri mesiace! Je zničený z toho, že nemôže ísť do Edinburghu. Aj ja som z toho úplne mimo.
Čo teraz? Hudbu nemáme nahratú ani na CD!

Nedeľa 2. august 10.40
Adresát: angielangford@agenturabmx.biz

Chris navrhol najať Cliva... Práve ho prepustili z odvykačky, ale myslím, že nemáme veľmi na výber. Clive nemá mobil, e-mail ani stále bydlisko, ale Rosencrantz hovorí, že išiel včera večer k Byron. Idem za ním do Byroninho domu vo Walthamstowe a porozprávam sa s ním. Dúfam, že je triezvy. Byron vždy rozpráva o tom, ako varí pivo v špajze.

Nedeľa 2. august 15.01
Adresát: angielangford@agenturabmx.biz

Chris a Rosencrantz išli so mnou za Clivom ako ochrana pred Byron. Dokopy nevážia viac ako stodesať kíl, ale myšlienka sa počíta. :-) Byron má izbu vo veľkom dome, ktorý si prenajímajú študenti. Otvorila nám síce v župane, ale nedotknutá Clivom. Rosencrantz si to celé zle vysvetlil.

Clive u nej prespal, keď sa jej najprv zveril, že nemá kde spať. Byron prespala na druhej sedačke. Sedela tam v dlhom tričku Frankie Says Relax a neumytom mejkape kráľovnej Alžbety. Vyzerala ako obrázok. :-) Byron mala pod županom oblečené tričko ZZ Top. Nikdy som ju ešte v ničom inom nevidela.

Opýtala som sa Cliva, či by chcel ísť s nami do Edinburghu a byť naším klaviristom na všetkých dvadsiatich šiestich predstaveniach.

„Niečo mi včera večer hovorilo, že ešte raz budem v živote potrebný," povedal Clive so slzami v očiach. „Bude mi cťou," pobozkal mi ruku. Bolo to veľmi dojemné.

Stále sa trochu obávam, že po zdravotnej stránke nie je celkom fit, ale takto na poslednú chvíľu nepoznáme iného skvelého klaviristu, ktorý by išiel s nami na mesiac do Škótska.

Išla som hore na poschodie do kúpeľne, keď ma na schodoch zastavila Beryl.

„Coco," opýtala sa ma smutným hlasom, „mohli by ste mi niečo čestne povedať? Myslíte si, že dokážem hrať?"

„Hmm... áno, ste veľmi dobrá, Beryl."

„Trochu ste váhali."

„Zostala som z vašej otázky v pomykove. Najala som vás, pretože ste veľmi dobrá herečka."

„Viete, ja len, že Hugo," pošepkala mi do ucha, „mal malú úlohu v komédii Bláznivá strela."

Zostala som úplne vyvalená, nevedela som, na čo Beryl myslí.

„Jeanette Charlesová," povedala, „bola aj vo filme Bláznivá strela. Hrala kráľovnú Alžbetu Druhú, viete, keď ju musel Leslie Neilson zachraňovať... Je najznámejšou dvojníčkou kráľovnej."

„Áno, spomínam si."

„Hugo mi povedal, že keď bude náš muzikál úspešný na festivale v Edinburghu, pošlú ho do West Endu a vy ma nahradíte Jeanette Charlesovou."

Uistila som ju, že je báječná, perfektná a vždy bude mojou kráľovnou. Uvedomila som si, aké sviňe dokážu byť niektorí herci. Hugo veľmi žiarli na Beryl, tak do nej stále rýpe. Ale aspoň som jej vliala trošku sebadôvery.

Pomaly sme sa pobrali domov a zobrali so sebou aj Cliva. Chrisa som zaviezla domov, a keď sme zastavili pri našom dome, Clive ma poprosil, či by sa so mnou mohol porozprávať medzi štyrmi očami. Rosencrantz išiel dnu a nechal nás v aute samých.

„Coco," chytil mi ruku, „práve ste mi zachránili život. Budete na mňa na festivale hrdá. Budem vyslancom vašej šou dňom i nocou. Položím za vás život, ak bude treba. Som váš oddaný služobník." Objal ma.

Mohla som mu, chudákovi, počítať kosti.

„Stačí, ak budete hrať na klavíri, Clive, ale ďakujem."

Doma som mu napustila horúcu vaňu a dala Danielovo

staré pyžamo. Jeho oblečenie som hodila do práčky. Vo vreckách mal iba maličký adresár a škatuľku na tabak.

Nedeľa 2. august 19.30
Adresát: marikarolincova@hotmail.co.uk

Všetci sme sa dobre dlho vyspali a potom nám Rosencrantz pripravil volské oká, opečenú slaninku, fazuľky na šťave a hrianky. Ešte teraz sa oblizujem.

Poobede som zobrala Cliva do záhradky. Pomohol mi s polievaním. Malo by to stačiť na pár dní. V chatke som Ti pre prípad nečakanej núdze nechala džin a tonik. Na zdravíčko. :-)

Záhradky sú strašne hrboľaté, musela som slabého Cliva podopierať, aby nespadol.

„Och, Coco, toto je úžasné. Vždy som túžil mať kúsok Anglicka, ktorý by bol môj."

Nato sa spustil na kolená a začal recitovať vyznanie pôde Richarda Druhého od Shakespeara. Jemne mi chytil ruku a pobozkal ju. Clive je džentlmen, takí už dávno vymreli.

Niekto zachrapčal. Otočili sme sa a stál tam Adam. Prázdnou krhlou klopkal na zem. Clive mi pustil ruku a podal ruku Adamovi.

„Dobrý večer, som Clive Richardson. Ako sa poznáte s touto úžasnou ženou?"

„Adam Rickard," potriasol Clivovou rukou a premeral si ho od hlavy až po päty.

„Takže zajtra odchádzaš, Coco?"

„Ráno o šiestej." Nastalo trápne ticho. Clive po ceste do

chatky stratil rovnováhu. Rýchlo som mu chytila ruku. Adam na mňa nevraživo zazrel.

„Veľa šťastia. Musím ísť," pozdravil a odišiel.

„Srdcová aférka?" opýtal sa Clive. Hľadeli sme na Adama, ktorý sa strácal v kríkoch. Zmohla som sa iba na súhlasné prikývnutie.

Nemám čas, aby som sa snažila pochopiť, čo sa mu preháňalo hlavou. Musím sa kompletne zbaliť, naplánovať cestu autom a dnes konečne dorazili vypchaté bábky kráľovských psov, do ktorých musím všiť píšťalky. Hurá! :-)

Coco


Pondelok 3. august 12.00
Adresát: chris@christophercheshire.com

Škoda, že nie sme s Vami vo vlaku. Z Londýna do Edinburghu za štyri a pol hodiny? Aká blaženosť. :-) Ide nám to s Rosencrantzom veľmi fajn, ale vyzerá to tak, že sa k Vám do tretej popoludní nedostaneme. Na poslednej odbočke na diaľnici som vyšla na zlú cestu, ktorou sme sa vrátili na diaľnicu späť do Londýna. Všimli sme si to až vtedy, keď sme zastavili na kávu a k stolu prišla tá istá čašníčka ako v poslednej diaľničnej kaviarni. Nebolo mi do smiechu. Malo mi to dôjsť, keď sme prešli druhýkrát okolo megasochy Anjel severu.

Pondelok 3. august 23.57
Adresát: marikarolincova@hotmail.co.uk

Do Edinburghu sme konečne dorazili o desiatej večer. Je mi zle. Asi to bude nervozitou a všetkými pečivkami, ktoré sme skonzumovali od Hadrianovho múru. Je tu celkom teplo a rušno ešte aj neskoro večer.

Všetci dokončujú prípravy na najväčší divadelný festival komédie na svete. Vylepujú svoje plagáty po uliciach a vešajú ich medzi lampy do vzduchu. Prešli sme hlavnou ulicou The Royal Mile (Kráľovská míľa), ktorá je vydláždená ako za starých čias a lemujú ju gotické kamenné budovy, množstvo kostolov a malých obchodíkov, čo predávajú whisky od výmyslu sveta a hrubé pulóvre. Táto ulica bude nadchádzajúci mesiac centrom festivalu. Zaplnia ju pouliční muzikanti, hltači ohňa, herci propagujúci svoje predstavenia letákmi a ukážkami hier na množstve javísk, ktoré sa tiahnu až po Edinburský hrad tróniaci na kamennom kopci.

Pred divadlom Carnegie sme museli čakať v dlhočiznom rade áut, ktoré čakali na nakladaciu rampu. Nevedela som sa dočkať, kedy uvidím sálu, v ktorej budeme hrávať náš muzikál. Mala som víziu malého divadielka s vyleštenou podlahou a červenými zamatovými sedadlami. Vízia spľasla veľmi rýchlo. Divadlo Carnegie sú v skutočnosti odstavené klenby starého bitúnka. Nepustili nás dnu, lebo hasiči museli najskôr vypumpovať vodu zo zaplavených priestorov.

Naše rekvizity sme vyložili do štvorca označeného nápisom NAHÁŇAČKA DIANY SPENDEROVEJ: MUZIKÁL.

O tri políčka ďalej bol veľký polystyrénový balkón, vyzdobený umelým viničom. Škatule vína a poháre boli naložené až po strop. Prešla som k políčku a zbadala ceduľu:

## REGINA BATTENBERGOVÁ: VÝROBA VÍNA NA BALKÓNE NAŽIVO!

Rosencrantz si všimol, že tam stojím s otvorenými ústami, a prišiel ku mne.

„Chcel som ti to povedať, ale mysleli sme si, že bude lepšie, ak to nebudeš vedieť, kým píšeš scenár."

„Čo?"

„Minulý týždeň sme sa dopočuli, že Regina Battenbergová tu bude mať svoju tolkšou," položil mi ruku okolo ramien.

„V tom istom divadle?"

„Áno."

„V našom divadle?" nechápavo som sa spytovala.

„Jej šou je o devätnástej... Urobili sme dobre, že sme ti to nepovedali?" Asi to vyhútali správne. Mám však veľmi zlý pocit z toho, že som tu, že ma s ňou budú porovnávať a vysmejú ma. Teraz je to celé ešte viac stresujúce.

Babizňa v klobúku nás prišla upozorniť, že musíme padať, lebo autá sa nevedia popri nás dostať von. Nemala som čas na premýšľanie, museli sme rýchlo vyložiť kostýmy a utekať.

Apartmány Palace neboli o nič lepšie. Chodník v tme zapratali čakajúci herci s kuframi. Práve sme pricestovali, keď dorazila aj domáca pani Dougalová. Oblečený mala kilt a cez hlavu mala uviazaný ručník. Ukázala nám, kam máme vhadzovať mince na dodávku elektriny.

Prečo tomu herci tlieskali? Nemám šajnu! Izbu si delím s Chrisom a Rosencrantz s Clivom. Apartmány Palace boli kedysi veľmi elegantnou zástavbou viktoriánskych domov, ale stavbári sa s nimi v nedávnej minulosti nemaznali a riadne ich svojím necitlivým prístupom zdevastovali. Krásne veľké okno v našej izbe zmenšuje predeľovacia stena na polovicu. Medzery vypchali záchodovým papierom. To je elegancia, čo?

Ale herci sú celkom šťastní, vraj mali už aj horšie ubytovanie.

Spiffy rozprávala príhodu o tom, ako jej na hlavu padol strop, keď hrala v predstavení Arzénové babky podpaľačky s Judy Denchovou. „A to som predstavenie dohrala!" hrdo sa pýšila svojou profesionalitou.

Musím povedať, že Byron je zatiaľ úžasná. Bola som za ňou v kancelárii, ktorú zriadila v maličkej miestnosti, čo kedysi bola asi umyvárňou.

„Povedali ti už o Regine Battenbergovej?" opýtala sa ma.

„Áno," oči sa mi zaliali slzami a na moje prekvapenie ma Byron objala. Tričko ZZ Top páchlo potom, ale bola som vďačná za ľudský prístup.

„Možno som niekedy poriadna suka," pozrela mi do očí, „ale tento muzikál je perfektný a som tu len preto, lebo chcem, aby sa z neho stal veľký hit!"

„Ďakujem, Byron." Ukázala mi, ako sa napojila na wifi v záložni vo vedľajšom dome, aby sme mohli kontrolovať predaj lístkov. Zatiaľ sme predali devätnásť lístkov na celý mesiac, čo nie je ani lístok na predstavenie, ale je to len začiatok.

Som si istá, že Regina s nami pozametá podlahu ako so špinavou handrou!

Utorok 4. august 12.00
Adresát: angielangford@agenturabmx.biz

Práve som sa vrátila z oddelenia predaja lístkov v divadle Carnegie. Ani jeden z pozvaných novinárov nepríde. Na dnes sme predali stále iba dva z tristo lístkov. Asi ma z toho chytí depka. Naši herci rozdávali ráno od ôsmej letáky na hlavnej ulici Royal Mile. V záujme publicity som im nakázala rozdávať ich v kostýmoch. Dúfala som, že keď bude Rosencrantz oblečený v miniplavkách, ktoré má v plážovej scénke z Cannes, priláka publikum gayov, ktoré je tu veľmi silné. Chudák, vonku bolo zima. O 10.30 zmodrel, našťastie, pomohli mu dve poľské čašníčky z neďalekého bistra, ktoré ho obalili kuchynskou fóliou.

Hugo všetkých deprimuje. Dokola nám rozpráva, aký je jeho herecký život iba jeden obrovský zlý vtip. V nemocnici musel sedieť s veľkými umelými ušami až do druhej ráno. Byron je zo svojho omylu zdrvená.

Utorok 4. august 17.12
Adresát: angielangford@agenturabmx.biz

Dvaja platiaci diváci v hľadisku bol veľmi milý párik z Lowestoftu.

S Chrisom som sedela o pár radov za nimi. Po predstavení boli veľmi zlatí a prisľúbili, že povedia svojim známym, aký bol muzikál výborný. Mám nutkanie sledovať ich a prestrihnúť brzdu na ich aute. Šou bola pohroma! Herci si nepamätali text, potkýnali sa jeden o druhého a Spiffy mala nehodu s jazdeckou prilbou. Zasekla sa jej o bradu, a preto ju mala na sebe aj vo vani s princom Charlesom.

Herci mali núdzovú skúšku v našom apartmáne, kde bolo ledva miesto pre nich. Clive ma pozval na poobedný čaj.

Išli sme do čajovne The Elephant House, kde J. K. Rowlingová napísala na servítkach prvého Harryho Pottera. Musela ich použiť príšerne veľa, lebo na tú, čo mi dali k pečivu, by sa nezmestila ani rýmovačka.

Pri druhom kúsku pečiva sa veľmi slušne ozval Clive. Išlo o výplatu.

Poriadne som sa hanbila, že som ho zabudla pri tom zhone vyplatiť. Kým som hľadala jeho obálku v kabelke, opýtal sa ma, či nepoznám nejakého lacného krajčíra. Jeho staré ošúchané oblečenie nebolo v zafúkanom Škótsku veľmi vetruvzdorné.

„Pod päťdesiat libier sa dá kúpiť krásny oblek v supermarkete Asda od Georgea," poradila som mu.

„Tak poďme na to," povedal natešený Clive.

Asda je trochu mimo Edinburghu. Cestou sa obloha ešte viac zaťahovala, čo ma dosť skľučovalo. Aj Clivovi sa zmenila náladička, keď zistil, že George nie je krajčír, ale značka odevov.

Počula som, ako si pri vyberaní obleku a teplého kabáta mrmlal popod nos: „Richardson, nevadí."

Pri pokladnici mi prišla správa od Byron. Na zajtrajšie predstavenie sme predali iba jeden lístok. Otočila som sa k poličkám so žuvačkami a snažila sa neplakať.

„Poďte, drahá," Clive mi podal papierovú vreckovku. „Je čas na guráž a ľstivosť."

Cestou späť sme išli okolo divadla Carnegie, kde stál dlhý rad na šou Reginy Battenbergovej.

„Nikdy som nebol veľkým milovníkom britského vína," vyhlásil Clive lojálne. „Je dobré iba na sterilizáciu rán."

Keď sme sa vrátili, Chris nám oznámil, že skúška dopadla

parádne! Osadenstvo vychutnávalo jedlo a pospevovalo pesničky z muzikálu. Išla som si hore ľahnúť. Neviem, či ten mesiac zvládnem, ak to bude takto pokračovať. Akoby som bola na zlom školskom výlete... Opäť premýšľam nad Adamom.


Utorok 4. august 23.44
Adresát: marikarolincova@hotmail.co.uk

Dnes sme mali kostýmovku. Naša divadelná sála v Carnegie je jedna zo šiestich na starom bitúnku. Sála má tristo miest na sedenie. Pred nami mal kostýmovú skúšku chalanisko zo šou Titanic jedného muža. Museli sme mu pomôcť von, lebo sa mu zasekla loď do dverí. Pýtala som sa Byron, či ten chalanisko používal nejakú arómovú mašinu, lebo celé divadlo smrdelo od morských rias. Nebol to on, ale vraj do divadla tečie skutočná morská voda. Edinburghom preteká rieka Leith, ktorá vteká do mora niekoľko sto metrov od nás. Býva súčasťou prílivu a divadlo Carnegie je pod hladinou podzemnej vody.

V našom časovom úseku sme nestihli prejsť celý muzikál, čo ma dosť straší. Chris zase spanikáril, keď zbadal, že pódium je v tvare triangla namiesto obdĺžnika, na ktorom sme doteraz mávali skúšky. Preto sú teraz postavenia hercov totálne mimo.

Po skúške sme museli utekať s Hugom do nemocnice. Byron omylom kúpila sekundové lepidlo namiesto latexového lepidla na protetické uši pre postavu princa Charlesa. Chudák Hugo. :-)

„Aspoň vieme, že sme na festivale," povedal Clive. „Už to bude len lepšie!" Na zajtrajšie prvé predstavenie sme predali iba dva lístky.

Streda 5. august 16.30
Adresát: angielangford@agenturabmx.biz

Dnes bolo hľadisko úplne prázdne. Jediného človeka, ktorý si kúpil lístok, do divadla nepustili, lebo meškal a majú zákaz púšťať meškajúcich divákov, aby nevyrušovali. Škoda, dnešné predstavenie bolo oveľa lepšie ako včerajšie. Takmer všetko vyšlo tak, ako malo a herci boli menej nervózni.

Hugo a Beryl boli po predstavení v bare mrzutí. Povedali Byron, ktorá to povedala Chrisovi, ktorý to povedal mne, že by sme sa mali pridržiavať nepísaného divadelného pravidla, čo hovorí, že ak je viac hercov ako divákov, predstavenie sa nehrá. Bojím sa, že pri takomto predaji lístkov nastane herecká vzbura. Momentálne mi pripadá ťažšie zohnať sedem platiacich divákov ako Madonnu do hlavnej úlohy.

Po silnom alkoholickom drinku som išla do pokladnice. Rozprávala som sa s mladým, trochu vytočeným chalanom v hrubých dioptrických okuliaroch.

„Zlatino, prečo ste nevypapierovali dom?" Nechápavo som na neho pozerala.

„Nevypapierovaný dom." Videl, že nemám šajnu, o čom točí.

„Miláčik. Papier u nás na festivale znamená lístky zadara a dom znamená divadlo. Divadlo Carnegie dáva prvé tri dni sto lístkov zadara na každé predstavenie, aby pomohlo s propagáciou. Tých tristo ľudí za vás spropaguje hru lepšie ako akákoľvek reklama."

„To každý takto papieruje?"

„Samoška, všetky predstavenia sú vypapierované."

„Aj tolkšou Reginy Battenbergovej?"

„Tá najviac!"

Byron ponúkla rezignáciu, len čo som jej povedala, ako to tu chodí. Začala sa búchať do pŕs. „Stratila som svoju tvár a zničila svoju povesť. Očiernila svoju profesiu!"

Naliala som jej drink a povedala, že nikam nejde a rezignáciu zamietam. Bez nej by sa to tu rozpadlo, pretože ona jediná dokáže prinútiť hercov, aby rozdávali ráno letáky.

Piatok 7. august 6.00
Adresát: marikarolincova@hotmail.co.uk

Včera ráno propagovala Regina Battenbergová svoju tolkšou v rannom programe televízie ITV. S reklamou, ktorá sa priamo dostala k miliónom divákov, a vínom, čo dávala zadarmo ku každému predstaveniu, nemôžem nikdy súťažiť.

Naše lístky nikto nekupuje a tí, čo si ich kúpili, urobili tak len preto, aby nezostali stáť vonku v daždi. Včera sme mali pár zmoknutých dôchodcov v premočených bundách, ktoré si k nám prišli vysušiť.

Chýbaš mi, aj môj dom, záhradka... Potrebujem svoj priestor! Deliť sa o izbu s Chrisom je fajn, ale posledné noci máva nočné mory z muzikálu a vykrikuje zo sna. Zobudil ma o piatej, tak som sa išla prejsť na Calton Hill. Vysedávam tu pri krásnom monumente, pofajčievam a užívam si výhľad.

Stavba vyzerá ako Partenón v Aténach. Kolonáda pompéznych mramorových stĺpov postavená na mramorovom základe. Priestor sa nevyužíva, ale je neskutočné vidieť takúto stavbu zaliatu v hmle na kopci v Škótsku. Podo mnou je Edinburgh ožiarený tisíckami pouličných lámp. Skutočná krása. Dnes je veľký deň – príde recenzent z časopisu Scotsgay. Byron plánuje zobudiť všetkých o siedmej, aby do ôsmej pendlovali na Royal Mile. Poznám hercov, minimálne tým starším sa to nebude páčiť. Stále sa ohradzujú, že pred desiatou nepracujú. Musela som ich podplatiť cigaretami. Všetci do jedného fajčia.

Nevidela si v záhradke Adama? Ak áno, ako vyzeral? Pýtal sa na mňa? Kedy nás prídeš pozrieť?

Piatok 7. august 18.40
Adresát: angielangford@agenturabmx.biz

Dnes desať kusov v hľadisku, čo zastavilo nadchádzajúcu vzburu osadenstva. Z časopisu Scotsgay poslali mladého zástancu kráľovskej rodiny. Bol zdesený takmer zo všetkého! Scénka spievajúceho princa Charlesa a Camilly so sexuálnym podtónom sa mu zdala surová a bol zhnusený z princeznej Diany, ktorá sa hrá humorne akože bohatá hlúpa hus. Povedal mi, že pácháme vlastizradu. Vlastne to nehovoril mne, ale Rosencrantzovi, s ktorým sa po predstavení dvadsať minút rozprával. Scotsgay ide zajtra do tlače. Reginina šou bola vypredaná. Mala aj špeciálneho hosťa, jednu z tých hlúpych postavičiek z Teletabis.

Sobota 8. august 15.30
Adresát: angielangford@agenturabmx.biz

Aktualizované info:
Recenzie: Žiadne. Nie sme v novom čísle Scotsgay a nikto mi u nich v redakcii nezdvíhal telefón.
Divákov: Osem
Hodín, koľko dnes zatiaľ pršalo: Dvanásť
Chris ma zobudil ráno o pol štvrtej výkrikom: „Preklial som muzikál!" Morálka klesla na minimum. Všetci sme ráno premokli do nitky a v apartmánoch nefungovalo kúrenie. V tomto momente nemáme predaný ani jediný lístok na zajtra.
Jediná dobrá vec je, že sa mi zatiaľ darí úspešne vyhýbať Battenbergovej, čo nie je až také ťažké, lebo do našej štvrte Leith by vstúpila asi iba v rakve. Ona je ubytovaná v penthouse luxusného hotela The Scotsman.

Nedeľa 9. august 17.00
Adresát: marikarolincova@hotmail.co.uk

Dnešok sa totálne zvrhol. Prišli iba štyria diváci a Hugo s Beryl odmietli hrať. Nepomohol ani pokus o ďalšie podplatenie cigaretami. Spiffi ich obvinila z neprofesionality, čo ešte prialo olej do ohňa a vášne sa rozprúdili na plné obrátky.
Musela som vyjsť na pódium a ohlásiť zrušenie predstavenia. Nebolo to ľahké, lebo ma prekrikovali herci,

ktorí sa hádali v zákulisí. Fakt, strašný deň! Hľadisko pozostávajúce z dvoch dôchodcovských párov sa zdvihlo a odišlo von. O dve minúty sa vrátili a pýtali si peniaze za lístky. V pokladnici im povedali, že keď nesúhlasili so zrušením predstavenia, nie sú zodpovední za vrátenie peňazí.

Nikdy som sa necítila depresívnejšie, ako keď som sa hrabala v kabelke a hľadala pre nich peniaze. Herci sa počas hádky presunuli na pódium, kde kráľovná Alžbeta II. prefackala Camillu Parkerovú Bowlesovú. Princ Charles sa ich snažil rozdeliť. Clive, ktorý všetko sledoval s hrôzou v tvári, začal improvizovane hrať dramatickú hudbu. Na sekundu jeden z dôchodcov zaváhal, či si peniaze vezme späť, alebo zostane a dopozerá, ale jeho žena ho schmatla za ruku a ťahala preč.

V tom momente som tam nemohla zostať ani o sekundu dlhšie a odišla som. Zakrádala som sa zadnými maličkými uličkami, aby som sa vyhla davu a ľuďom celkovo. Fajčila som jednu od druhej. Zazvonil mi mobil a Angin hlas oznámil, že práve pristála na letisku v Edinburghu. Manažment divadla Carnegie zvolal mimoriadnu schôdzu pre pretrvávajúce problémy, ktoré máme so zaplnením sály. Ledva som ju počula, v pozadí zneli výkriky a piskot...

„Čo sa to tam deje, Angie? Priletel pápež?"

„Letisko zaplavili húfy fotografov. Čakajú na prílet Kate Mossovej."

„Ide na festival?"

„Aj tak sa to dozvieš. Prišla ako hostka tolkšou Reginy Battenbergovej. Kate je ako lep na novinárov a celý šoubiznisový cirkus. Najmä v tomto prípade, keďže často nedáva rozhovory. Ledva vie otvoriť ústa."

Teraz čakáme pred kanceláriou manažmentu a chystáme

sa na najhoršie. Angie si niečo hundre popod nos, Chris plače a hovorí, že všetko, čoho sa dotkne, je prekliate.

Nedeľa 9. august 18.04
Adresát: marikarolincova@hotmail.co.uk

Manažment divadla tvoria Inga a Orla Shawové, identické dvadsaťročné dvojičky, ktoré nás vyslovene neznášajú. V divadle chceli Annu Frankovú: Divožienku. Preto sú naštvané, že vďaka Anginej šikovnosti sme im nanútili Poľovačku na lady Dianu: muzikál. Teraz sa nám chcú za to odplatiť. Oblečené boli v rovnakých bledomodrých čipkovaných šatách a vesmírnych okuliaroch. Bolo vidieť, že sa snažili pôsobiť ako trendové baby, ale vyzerali skôr ako dvojičky z hororu Osvietenie na ceste do 3D kina.

Angie sa nedala, aj keď sme v rukách nemali žolíka.

V pondelok nás chcú presunúť do ich ďalšieho priestoru The Carnegie – zábavné kocky. Sú to dve nafukovacie kocky, strčené na parkovisku na hornom konci hlavnej ulici s hľadiskom pre dvanásť ľudí.

Vymieňajú nás za šou Twitterati, niečo o sociálnej sieti twitter s televíznymi obrazovkami. Hra sa stala veľkým hitom a ľudia sa bijú o lístky.

Angie sa ich opýtala, čo sa stane, ak nebudeme súhlasiť. Povedali, že budeme zodpovední za 40 percent straty z predaja lístkov.

Súhlasili sme a odišli. Plakala som, aj Chris plakal a Angie mala slzu v oku, ale mohla ju mať aj z cigaretového dymu.

Myslím, že uvediem muzikál v novom priestore a prídem domov. Musím to ísť teraz oznámiť hercom.

Cestou von sme sa obišli s Kate Mossovou, ktorá išla robiť rozhovor do Regininej šou. Toľko bleskov som nezažila nikdy v živote, normálne som sa bála, že dostanem epileptický záchvat.


Nedeľa 9. august 20.24
Adresát: rosencrantzpinchard@gmail.com

Chris urobil to, čo robí zvyčajne, keď sa niečo poserie, a presťahoval sa do hotela. Prenajal si veľký penthouse. Zobral ma so sebou, aby som vypadla z toho cirkusu a dávala na neho pozor. Je zdevastovaný a za všetko viní seba. Angie odletela naspäť do Londýna.

Nič mi nevyčítala. Veľmi jej nebolo do reči, veď obe prídeme o kopec peňazí, ktoré sme investovali do muzikálu. Myslím, že pomaly naberá odvahu poslať ma k vode ako svoju klientku.

Ako sú na tom herci? Nechala som vrecko s drobnými na elektrinu plus peniaze na jedlo na stolíku pri dverách apartmánu. Najviac mi je ľúto Beryl. Nevedela som, že si ju má prísť v utorok pozrieť režisér, ktorý má o ňu záujem do svojho filmu. Šou bude vyzerať strašne trápne v nafukovacej kocke s rozmermi dvakrát štyri metre. Ak chceš vypadnúť, máme tu ešte jednu voľnú posteľ.

Mama

Cmuk

Nedeľa 9. august 23.33
Adresát: marikarolincova@hotmail.co.uk

Z hotelovej izby som zavolala Danielovi. Ani neviem prečo. Asi som sa potrebovala s niekým pozhovárať. Vždy sa s ním dobre rozprávalo. Povedala som mu, čo sa deje s naším muzikálom a že mi chýba... čo nie je pravda. Chýba mi niečo, čo sme mali spoločné, nie on ako človek.

Priznal sa, že aj jeho muzikál má veľké problémy. Vo väčšine Ameriky ho neznášajú, myslia si, že je pokračovaním muzikálu od Andrewa Lloyda Webbera. Diváci zostali zmätení, nahnevaní, znudení... Práve ukončili šnúru v Springfielde, štát Massachusetts, pred takmer prázdnymi hľadiskami a už len čakali telefonát, ktorý im oznámi koniec.

„Možno budem potrebovať nové bývanie," povedal Daniel. Spanikárila som a zložila telefón. Tušila som, kam to asi v mojom momentálnom depresívnom stave dospeje. Asi by som mu povedala, nech sa k nám vráti. Telefón niekoľkokrát zazvonil. Radšej som ho ignorovala a zhasla svetlo.


Pondelok 10. august 14.45
Adresát: marikarolincova@hotmail.co.uk

Zobudil ma telefón, ktorý mi v tme jačal pri hlave. Bála som sa, že to je Daniel, preto som ho nezdvihla. O sekundu sa rozzvonil iPhone. Bol to Rosencrantz. „Mami, to som ja. Vstávaj," povedal vzrušene. „Povedz recepčnému, nech ma pustí do tvojej izby, že som tvoj syn."

„Prosím?" so zlepenými očami som pozrela na hodinky. „Sú dve hodiny ráno!"

„Práve som videl titulku zajtrajších, vlastne už dnešných novín The Sun," Rosencrantz lapal dych. „Toto neuveríš, mami! Na titulke najpredávanejších novín je vyfotená Kate Mossová a v ruke drží náš promo leták. Leták na Poľovačku na lady Dianu: muzikál!"

Na pevnú linku mi zavolal recepčný a opýtal sa, či poznám vytešeného chlapčiska, ktorý sa na mňa odvoláva dole v hoteli. Kým sa ku mne Rosencrantz prepracoval, stihla som urobiť čaj. Podal mi noviny. Na fotke bol blízky záber na Kate Mossovú, ktorá sedela na hlavnej ulici na terase krčmy a popíjala víno s Reginou Battenbergovou. Kate sa smiala na niečom, čo povedala Regina, a v ruke držala náš leták, na ktorý sa pozerala. Aspoň to tak vyzeralo.

Nadpis článku bol: KATE POMÁHA REGINE S JEJ BALKÓNOVÝM VÍNOM.

Mobil začal opäť vyzváňať, tentoraz to bola Angie.

„Videla si noviny?" vyfúkla dym z cigarety. „Kontaktovala som paparazza, čo ju nacvakal. Hovoril, že Kate na leták ani nepozrela, iba ho použila pod nohu stola pred krčmou, aby sa neknísal."

„Škoda," povedala som smutne. „Takže ona nechcela prísť na náš muzikál?"

„Samozrejme, že nie. Len zložila náš leták a capla ho pod stôl. Ale na fotke vyzerá, že si ho ide pozrieť!" Angie položila.

„To je šťastie. Čo?" povedal Rosencrantz. „Spomínaš si na knihu Štíhla potvora? Vypredali ju, keď sa v novinách objavili fotky Viktórie Beckhamovej, ako ju drží v ruke."

„Z čoho sa tešíme?" povedala som trochu depresívne. „Z toho, že Regina Battenbergová popíja s celebritou?"

„Mami, takto to v dnešnom svete funguje. Kvalita a poctivá práca sa nepredá sama. Všetko je o správnej príležitosti, veľkom šťastí a dobrom marketingu."

„Idem spať, Rosencrantz. Toto celé je smiešne a odmietam sa radovať z toho, že náš leták použili na podloženie stola. Dobrú noc."

Natešený Chris ma zobudil o desiatej ráno.

„Prečo si ma nezobudila? Práve som dovolal s Byron. Na dnešné predstavenie sme predali sto lístkov, a to je pokladnica otvorená ešte len necelú hodinu!"

Padla mi sánka. Kým som sa obliekla a prišla do divadla, zostalo na dnešné predstavenie len posledných tridsať lístkov.

Prístup hercov bol na nepoznanie. Na nedorozumenia a hádky zabudli, sršalo z nich šťastie a vzrušenie pri myšlienke vypredaného hľadiska. Pred druhou hodinou poobede bol náš muzikál VYPREDANÝ!!

O chvíľku začíname. S Chrisom budeme musieť sedieť pri Byron za pracovným stolom, lebo nie sú voľné miesta!

Marika, nevieš si predstaviť, ako dobre sa to píše.


Piatok 14. august 16.02
Adresát: marikarolincova@hotmail.co.uk

Posledné dni boli krásne. Potom, čo sa Kate Mossová s naším letákom v ruke objavila v The Sun, Poľovačka na lady Dianu: muzikál sa stala najväčším hitom tohtoročného festivalu. V utorok o jednej poobede sme predali posledný lístok, teda všetky naše predstavenia sú totálne vypredané. Novinári zo všetkých veľkých časopisov a novín sa bijú o novinárske lístky a rozhovory.

Iba Inga a Orla Shawové nie sú nadšené. Oznámili nám, že pre nevídanú vlnu predaja lístkov nás nemôžu presunúť do The Carnegie – Zábavnej kocky.

„Je to najmä pre problémy s refundovaním," povedala Inga s kyslým výrazom.

„Aj tak si myslíme, že vaša šou je pre naše divadlo príliš komerčná," dodala Orla.

Pripomenula som im, že vo svojom divadle uvádzajú tolkšou starej mrchy, čo sedí na polystyrénovom balkóne. Radšej odkráčali vo svojich rovnakých šifónových šatočkách, ktoré asi ukradli Alici z krajiny zázrakov.

Byron vylepila zopár recenzií na naše plagáty, ktoré sú po celom Edinburghu.

Tieto sú moje obľúbené:

THE SCOTSMAN: „Hľadisko sa išlo zblázniť! Skvelá hudba, perfektný príbeh... Smial som sa, plakal, skúšal som si kúpiť ďalší lístok, ale šou je vypredaná!" ★★★★★

THE SUN: „Choďte, kým nebude vypredané! Aj vďaka nám sa stala Poľovačka na Lady Dianu: muzikál hitom leta!" ★★★★★

SCOTSGAY: „Videli sme prví, predtým, ako sa stal muzikál hviezdou festivalu. Milovali sme ju vtedy, milujeme ju aj teraz. Lístky sú ako nová kabelka Louis Vuitton, treba zohnať!" ★★★★★

Videla si dnes článok v The Independent? Napísali o mne článok, vďaka čomu si ma pozvala BBC1 do zajtrajšieho programu Sobotná kuchyňa. Zavolali ma namiesto Cindy Lauperovej, ktorá chytila chrípku. V Londýne sa zdržím zopár dní. Máš chuť na stretko a klebety?

Sobota 15. august 16.00
Adresát: chris@christophercheshire.com

Som rada, že si nevidel Sobotnú kuchyňu. Ale vieš, ako sa hovorí, že aj zlá reklama je reklama...
Moderátorom bol fešný kuchár Jean Christophe Novelli. Musela som sedieť na barovej stoličke v štúdiovej kuchynke, kým on varil obličkovo-steakový koláč a spovedal ma o Edinburskom festivale.

Ja krava som si zabudla vypnúť mobil, ktorý, samozrejme, zazvonil počas živého vysielania. Zahanbene som ignorovala zvonenie, ale Jean mi povedal, aby som zodvihla. Potom mi mobil zobral a priložil ho k svojmu mikrofónu.

Etelin hlas zaplnil celé štúdio.

„Hej, Coco, tá šalená Cyndi Lauperová je práve v telke. Nikdy som si neuvedomila, ako moc sa na teba podobá." Nastalo ticho. Jean Christophe jej povedal, že je v živom vysielaní BBC1.

Chcela som sa prepadnúť pod zem, ale Etela pokračovala v táraní.

„ÁÁÁ...! Som v telke! Si fešný žrebec, Jean, keby tak já mala o štyridsať rokov méň... Jean Christophe, si zadaný?" Povedal, že je, ale aj tak sa ho snažila dať dokopy so mnou.

„Pome, Jean Christophe, bozkaj Coco, bude vytešená!" Vzal ma elegantne do náručia a pobozkal na pery. Eteline výkriky sa ozývali štúdiom.

„Strč jej tam jazyk, Jean Christophe!" zakričala.

„Ešte není na zahodení." Chcela som ju zabiť.

Po programe prišli za mnou rozradostení producenti. Ďakovali mi za fantastický humorný vstup. Vraj im počas programu pre veľký ohlas skolabovala facebooková stránka. Jean Christophe bol veľmi milý. Pobozkal mi ruku a odišiel za svojou priateľkou do hotela Claridges.

Myslela som na Adama. Premýšľala som, či ma videl v telke, a ak áno, či aspoň trochu žiarlil.

Nedeľa 16. august 12.30
Adresát: chris@christophercheshire.com

Bola som pozrieť Etelu. V jej novom byte som dovtedy nebola. Je veľmi pekný, neďaleko pešej zóny v Catforde. V budove majú spoločenskú miestnosť a vrátnika. Ikeácky nábytok vyzerá celkom dobre. Etela sa nevie stále preniesť cez to, že má svoj vlastný byt.

„Nidy som nič nevlastnila," hladkala fotelku. Pamätám si, ako mi Daniel rozprával, že keď boli decká, mali požičaný dokonca aj hriankovač.

Jean Christophe Novelli mi dal pre Etelu svoju podpísanú kuchársku knižku. Ešte sa stále raduje, že bola v telke. Všetci jej susedia sa o tom rozprávajú. V dome je teraz celebrita. Stretla som jej novú najlepšiu kamošku, Irenu z Austrálie.

Venuje sa vešteniu z ruky. Etela odpratala prázdne šálky a Irena sa ponúkla, že mi vyveští z dlane.

„Stretnete vysokého, tmavého fešného muža," dotýkala sa čiar na mojej dlani.

„To sa jej už podarilo," zakričala Etela z kuchyne.

„On bol vysoký, tmavý žrebec, ale ona to poondila."

„Áno, áno, vidím to tu," Irena sa pozornejšie zahľadela na moju dlaň. „Láska vás obchádza celý život." Začala študovať ryhu pri malíčku.

„Vidím tu spoločníka... kocúra. Kúpite si krásneho kocúra."

„Nevidíte tam niečo o mojej práci?" snažila som sa zmeniť tému.

„Všade vidím mačky," povedala Irena. „Možno si otvoríte mačaciu chovateľskú stanicu."

„To je dobrý nápad, Irenka..." zakričala Etela. „Ten písací biznis z nej nigdy boháčku nespraví."

Teším sa späť do Edinburghu. Chýba mi celý ten festivalový humbug, Royal Mile... adrenalín pred začiatkom každého nášho predstavenia.

Marika sa sťahuje ku mne do hosťovskej izby. Majiteľ domu, kde je v prenájme, sa vyparil aj s jej šesťmesačnou zálohou a nevyplatenou pôžičkou. Myslela si, že bude mať do októbra pokoj. Vtedy sa jej zmluvne končí podnájom, ale banka dom zhabala. Idem po ňu autom. Chcem jej pomôcť so sťahovaním.

Pondelok 17. august 17.44
Adresát: chris@christophercheshire.com

Marika ma presvedčila, aby som dnes išla do záhrady. So sťahovaním sme skončili neskoro v noci, a keď sme poobede vstali, povedala, že si musíme užiť slnko.

Naozaj som nechcela stretnúť Adama, ale chcela som, nech sa Marika po problémoch s bývaním trochu uvoľní, a preto som súhlasila. Pohrabala som sa v jej kufri, hľadala som niečo letné na seba.

Na poriadnych letných nákupoch som nebola už veľmi dávno. Našla som pekné trendy tepláky.

Keď sme dorazili, pustila som sa do polievania. Marika vytiahla ležadlo, vyzliekla sa do tangáčových bikín a začala sa natierať olejom. To si mal vidieť. :-) Tým dedom skoro povypadávali protézy. Veľa toho neobkopali.

Poobede sa opaľovala a po chvíli zaspala. Vyšla som z chatky a na Adamovom pozemku som zbadala mladú (okolo tridsiatky) blondínku navlečenú do vypasovaných džínsov a vysokých sexy čižiem.

Zohnutá oberala Adamovu kukuricu.

„Hej, vy tam," ozvala som sa. Otočila sa a dala si dole okuliare. „

Čo?" odpovedala.

Chystala som sa jej vynadať, keď vtom vyšiel Adam
(hore bez, dole rifľové kraťasy-sexy). :-)

„Je všetko v poriadku?" Všimol si ma až neskôr.

„Coco, myslel som, že si v Škótsku!"

„Prišla som na pár dní... Kto je tvoja kamoška?"

„Som Tonya," povedala s nádychom drzosti. „A ty si kto? Kamarátka jeho mamy?" V jej pohľade bolo vidno, že vie veľmi dobre, kto som. Myslela som, že Marika spí, ale ona vyletela z ležadla. „Chceš facku, ty krava?"

Tonya zalomila rukami. „Ako si ma to nazvala?"

„Veľmi dobre vieš, že Coco je veľmi mladá na to, aby bola kamarátka jeho mamy," povedala Marika.

„Odkiaľ by som to mala vedieť? Nikdy som ju nestretla," povedala ustupujúca Tonya.

„Len aby si vedela. Dávaj si na nás pozor," zastrájala sa Marika, usadila sa naspäť do ležadla a nasadila si okuliare. Adam mi hľadel do očí s niečím, čo neviem presne opísať. Neviem, či to bola túžba, ľútosť alebo sa iba hanbil. Tonya zostala z Mariky vystrašená a prikázala Adamovi, aby sa poponáhľal.

Vrátila som sa k polievaniu. Adam s Tonyou zbalili kukuricu a vytratili sa na chodníku v prachu. Tonya stihla strčiť ruku do Adamovho zadného vrecka a otočila sa smerom ku mne. Išla som sa vyplakať do chatky. Marika prišla za mnou a objala ma.

„On ma nechce. Už má náhradu," zajakávala som sa, „on jej dovolí obhrýzať svoju kukuricu."

„Pravdepodobne to je len nejaká stará štetka z internetu," snažila sa ma upokojiť. Veľmi to nezabralo.


Utorok 18. august 18.00
Adresát: rosencrantzpinchard@gmail.com

Mala som stretnutie s Angie. Predstavitelia festivalu posielajú na naše predstavenie komisiu, ktorá udeľuje ceny Edinburského divadelného festivalu! Už len nominácia by bola fantáziou. Jerry Springer: opera vyhral na festivale v roku 2002 množstvo ocenení, vďaka čomu ho preložili do West Endu. Nehovor to našim hercom. Minulý týždeň prišla pozrieť Huga v muzikáli jeho teta a videl si, ako to na javisku preháňal.

Večer volala Tvoja babka, príde si pozrieť naše posledné predstavenie aj s Meryl a Tonym. Vieš, aké je tu počas festivalu drahé ubytovanie. Meryl chce prenajať nemobilný karavan pri Glasgowe.

Streda 19. august 21.00
Adresát: marikarolincova@hotmail.co.uk

Som rada, že som späť v Edinburghu. Snažím sa nemyslieť na Adama a užiť si skvelú atmosféru a úspech. Bola som si pozrieť veľa čudných, ale aj výborných predstavení. Titanic jedného muža bolo celkom dobré predstavenie. Nechala som sa pozvať Mikom, ktorý v Titanicu hrá, na drink. Má asi toľko rokov koľko ja, je vždy trošku nervózny, ale veľmi pekný. Ospravedlňoval sa mi, že jeho kryha nebola dosť veľká. Došli mu drobné na elektrinu, preto sa mu väčšina ľadu roztopila. Chcela som mu ponúknuť odvoz do supermarketu, aby si mohol dokúpiť ľad, no Rosencrantz ma odtiahol nabok.

„Mami, máš na viac!" Myslíš, že cíti moju obavu zo samoty?

Beryl a mňa dnes poobede pozvali na Obed s Hamiltonovcami. Je to ďalšia tolkšou a hostiteľmi sú Neil a Christina Hamiltonovci. Obaja boli veľmi milí. S Beryl sme vytvorili dobrý tím. Dnes som konečne nechtiac po prvýkrát narazila na Battenbergovú na točitých schodoch do baru. Okolo krku mala striebornú líšku a pod pazuchou niesla svojho psa Pippina.

„Gratulujem ti, drahá!" zachraptila Regina. Poobzerala som sa okolo a až potom mi došlo, že to hovorila mne.

„Vďaka."

„Chystala som sa ťa už dlhšie navštíviť," zaklamala. „Asi si mi veľmi vďačná za to, ako ti miláčik Kate Mossová náhodne pomohla s reklamou." Nahla sa ku mne a poklepkala si po nose. „Nehovor nikomu, ale tvoj leták som jej dala ja!" Potom ma objala. Pippin zavrčal.

„To je skvelý nápad, Pippin! Pippin mi práve povedal, že by si mala byť dnes hostkou v mojej tolkšou!"

Zazrela som na ňu, potom na Pippina a uvedomila si, že to myslí vážne.

„Čo na to povieš?"

„Dobre."

„Super! Potrebujem náhradu za chorú Cindy Lauperovú. To americké žieňa u nás dostalo chrípku!"

Srdce mi padlo do gatí, veľmi hlboko do gatí. Poprosila som Chrisa, aby išiel so mnou. Usadili nás do rezervovaných sedadiel v prvom rade a povedali, že Regina mi naznačí, kedy mám k nej vyjsť na pódium.

Presne o sedemnástej stlmili svetlá a hlas z reproduktora zahlásil: „Prosím, privítajte medzi nami jedinečnú Reginu Battenbergovú!"

Sálou sa ozývala hlučná ozvena ohlasovateľa. Opona sa otvorila a pohyblivý umelý balkón so sediacou Reginou s Pippinom na kolenách sa pomaly presúval do stredu javiska.

Regina nebola veľmi dobrá moderátorka. Hlavným hosťom večera bol veterán druhej svetovej vojny, ktorý sa osobne stretol s Adolfom Hitlerom. Rozhovor, ktorý mohol byť nesmierne zaujímavý, zruinovali banálne (debilné) otázky. Opýtala sa ho iba tri veci: Mal Hitler psa? Myslíte si, že Hitlerove fúziky boli nalepovacie? Posrali ste sa, keď ste stretli Hitlera?

Po zvyšok rozhovoru rozprávala sama o sebe. Potom ma zavolala na javisko. Divadelné reflektory neboli k Regine veľmi priateľské, osvecovali hrubú vrstvu púdru na zvráskavenej a chlpatej tvári. Jej tmavé oči boli ako dná prázdnych studní a doslova náter krikľavého rúžu všetko iba zaklincoval. Divákom oznámila, že som jej dnešnou poslednou hostkou v tolkšou Výroba vína na balkóne. Na javisku mi prikázala vyzuť sa, aby som nohami prešovala strapce hrozna v umelom lavóre, ako to robili ľudia za starých čias.

Svoju asistentku poprosila, aby mi osušila nohy. Usadila som sa, zatiaľ čo Regina vytiahla z lavóra hroznovou šťavou premočenú náplasť na kurie oko. „Coco, niečo si nám tu nechala po tých svojich syrákoch," povedala divákom na plné hrdlo a držala náplasť tak vysoko, aby ju každý videl. Diváci sa išli od smiechu popučiť.

„Poprosím veľký potlesk pre Coco Pinchardovú! Jedinú súťažiacu, ktorá pri výrobe vína vyrobí aj syr!"

Neskôr sme išli do baru. Zúrila som, že ma tá zákerná sviňa využila pre svoj lacný vtip. Najviac ma naštvalo, že Chris sa smial najhlasnejšie.

„Myslel som, že si sa s ňou na tej scénke dohodla."

Ak sa tá suka objaví na mojom predstavení, zabijem ju!

Piatok 21. august 16.44
Adresát: angielangford@agenturabmx.biz

Regina Battenbergová prišla na oplátku na naše predstavenie. Dostala sa dnu, aj keď boli všetky lístky vypredané. Manažment divadla jej pridal extra stoličku v prvom rade. Dokonca jej dovolili vstup s Pippinom! Hugovi sa to nepáčilo. Má silnú alergiu na zvieraciu srsť. Kýchal tak strašne, až mu odletelo nalepené ucho. Nahnevalo ma to. V hľadisku sme mali komisiu, ktorá rozhoduje o nomináciách na divadelné ocenenia festivalu. Po predstavení som išla do pokladnice a spýtala sa, ako je možné, že Reginu pustili dnu so psom. „Nie je slepá a Pippin nie je slepecký pes!"

„Slečny Battenbergovej sa zákaz netýka vďaka klauzule Paris Hilltonovej mestského zákona," povedal chlapčisko v popolníkových okuliaroch.

„Prosím?"

„Klauzula Paris Hilltonovej," zopakoval. „Mali sme ju tu pred pár rokmi, odmietla sa bez svojho psa pohnúť na krok. Mestská radnica narýchlo vymyslela klauzulu Paris Hilltonovej, podľa ktorej sa zákaz vodiť zvieratá do divadiel a uzavretých spoločenských priestorov netýka psov celebrít. Vďaka tomu tu máme každoročne množstvo hviezd ako Paris a naša Regina Battenbergová," povedalo chlapčisko veľmi vzrušene.

Neviem, čo je smiešnejšie, tá klauzula alebo fakt, že Reginu označujú za celebritu. Po predstavení mi prišla do baru zagratulovať. Na hlave s typickým turbanom, na ktorom mala vypchatú andulku. „Coco, šou bola fantabombastická." Veď to nie je ani slovo.

A to sa hrdí, že je spisovateľka? Komisárom z divadelných ocenení sa muzikál veľmi páčil, aspoň sa tak tvárili. Cestou domov som Hugovi kúpila antihistamíny.

Nedeľa 23. august 16.45
Adresát: angielangford@agenturabmx.biz

Chlapík z festivalových ocenení si prišiel ešte raz pozrieť predstavenie. Skoro mu od smiechu prasklo brucho. Uši tentoraz nelietali. (Myslím Hugove, umelé.)

Pondelok 24. august 16.45
Adresát: angielangford@agenturabmx.biz

Zase sme tu mali ľudí, čo rozhodujú o oceneniach. Tentoraz troch chlapíkov. Veľa si zapisovali. Všimla si ich Beryl pri poslednej pesničke.

Streda 26. august 16.17
Adresát: angielangford@agenturabmx.biz

Ďalší ľudia z oceňovania! Sledovala som ich celé predstavenie, vyzerali znudení a ani raz sa nezasmiali. Boli tu už štyrikrát! Ja sa na našom muzikáli smejem vždy, keď ho vidím, teda takmer každý deň. A to som ho napísala. Myslím, že to je choré. :-)

Štvrtok 27. august 12.10
Adresát: marikarolincova@hotmail.co.uk

Organizátori Edinburského festivalu a noviny The Scotsman práve ohlásili nominácie.

Poľovačku na Lady Dianu: muzikál nominovali na tri ceny Edinburského festivalu!!!!!!!!!!!!!!!!!!!!
Nominácie:
Najlepší muzikál: Coco Pinchardová, Jason Schofield
Najlepší nováčik: Beryl – postava kráľovnej Alžbety II.
Najlepší režisér: Christopher Cheshire
Nemám slov, som nadšená, najmä za Chrisa.

„Mohol by som byť naozajstný profesionálny režisér," povedal so slzami v očiach. Ocenenia sa budú udeľovať v sobotu večer v spoločenskej sále prekrásneho divadla Assembley.

Keď prídeš na predstavenie, chceš prespať u nás v hoteli? Máme už pre Teba nachystanú posteľ. :-) Chrisovi volali rodičia. Prídu na naše posledné predstavenie. Zostal celkom zaskočený, lebo jeho mama nerada cestuje na sever od Harrodsu... Zisťovala, aký je kurz škótskej libry. :-)

Je mi veľmi smutno, pretože sa blíži koniec festivalu. Posledné týždne tu bola jedna veľká žúrka. Edinburgh nikdy nespí a videli sme toľko predstavení, že si to nevieš ani predstaviť. Bežia dňom i nocou. Nevidela si Adama alebo tú odpornú Tonyu?

Nedeľa 30. august 7.14
Adresát: marikarolincova@hotmail.co.uk

Práve som sa prešla na vrch Calton a obdivujem nekonečný výhľad na hmlou zaliaty Edinburgh. Veľmi som sa nevyspala, lebo sme vyhrali!!! VYHRALI SME VŠETKY TRI OCENENIA!!! Škoda len, že som nebola trošku menej pripitá. Byron mala na starosti drinky pred odchodom na vyhlasovanie ocenení. Dala som jej sto libier na šampanské, ale veľká profíčka ich odmietla a použila peniaze, ktoré zostali z 15 000-librového rozpočtu. Teda 3,09 libry. V Leithe za to dostaneš šesť litrov svetlého radlera, čo nás všetkých dostalo do náladičky. Okrem Cliva, ten z toho bol na mol. Všetci boli v slávnostnom oblečení krásni, dokonca aj Byron. Tričko ZZ Top vymenila za elegantnejšie tričko Hard Rock Café Dubai s koženou vestou.

Na oceneniach bola dobrá náladička, ale aj dosť napätia a súťaživosti medzi zainteresovanými aktérmi. Každá nominovaná šou mala na tanečnom parkete vlastný stôl. Ocenenie samo osebe je zarámovaná divadelná doska veľkosti veľkej knihy, na ktorej je strieborným písmom napísané meno víťaza. Pri preberaní ceny za seba a Jasona som skončila v slzách ako Gwyneth Paltrowová na Oscaroch.

Rozhliadla som sa po sále. Hľadela som na hercov, na Chrisa, Byron a Angie, na Reginu Battenbergovú (vyťukávala na svojom Blackberry), na množstvo ľudí z divadelného biznisu... Oči sa mi zastavili na Rosencrantzovi. V smokingu bol veľký fešák, tvár mal plnú hrdosti a nádeje. Myslela som na to, čím všetkým som si tento rok prešla, na to, že on je ten najdôležitejší človek v mojom živote, na to, ako som na neho veľmi hrdá. Sníval o tom, že s Christianom urobí svoju vlastnú divadelnú hru. Keď sa mu jeho sen zrútil a skončil na kolenách, zachoval sa báječne a postavil sa k tomu chlapsky. Ani raz sa nesťažoval, ani keď som ho poslala do zimy na hlavnú ulicu rozdávať letáky v plavkách. Do mikrofónu som povedala, že toto ocenenie je aj pre neho. Keď som si sadla naspäť na stoličku vedľa neho, mal v očiach slzy.

„Ty si ale číslo, mami," povedal. Dúfam, že to myslel v dobrom. :-)

Aj Chris bol veľmi emotívny, v príhovore sa zameral na svojich rodičov.

„Mama, otec, konečne som sa uplatnil a mám svoju kariéru. Kariéru, takže ženiť ma do dobrej rodiny už nemusíte. Mám pred sebou veľa skutočnej práce!" Chudáčisko, zostal smutný, keď som mu povedala, že udeľovanie nedávali v telke, a preto jeho príhovor rodičia nepočuli.

Pri preberaní ceny na pódiu zostala Beryl zaskočená.

„Najlepší nováčik? Som herečka vyše tridsať rokov...

Bola som pravou rukou Bennyho Hilla v jeho šou."

Reginu nominovali iba na jednu cenu a ani tú nevyhrala. Zdolal ju Mike z Titanicu jedného muža. V tom momente som si veľmi želala, aby udeľovanie vysielali aj v telke, aby mohli ľudia vidieť Regininu zlostnú tvár, keď nevyhrala. :-) Za Mika som bola veľmi šťastná, veď takmer pri každom predstavení mal problémy s ľadom.

Pri Regininom stole boli usadení rôzni producenti, novinári, Pippin a Dorian, môj bývalý agent! Keď Regina odišla klebetiť k inému stolu, prisadla som si k nemu.

„Coco!" schmatol Pippina, ktorý začal obhrýzať kyticu

v strede stola, „gratulujem. Keby si prišla za mnou so svojím muzikálom, určite by som ťa vzal späť a zastupoval."

Uškrnula som sa na neho, „Skutočne? Nehovoril si mi, že som neriadená strela?"

„Nie, to niekto vytrhol z konceptu. Povedal som, že si neriadená žena," nevedel, ako sa z toho dostať, „vieš, ako Oprah Winfreyová... ako televízne hviezdy. Bol to kompliment. Sú to skvelé ženy!"

„Počula som, že Regina od teba odchádza," naťahovala som ho. „Práve rokuje s BBC." Našťastie, Regina sa akurát zhovárala s Alanom Yentobom z BBC. Dorian zbledol a pot začal z neho stekať cícerkom.

Nato Pippin zdvihol nohu a očúral mu košeľu!

Po udeľovaní sa musela Angie vrátiť do Londýna. Pred odchodom som si s ňou išla zapáliť von pred divadlo. Došli mi cigy, jednu som si od nej vypýtala.

„Vidíš," usmiala sa, „hovorila som ti, že nechcem, aby si mi na udeľovaniach kradla cigarety... Tentoraz ti to odpustím. Zvládla si všetko fantasticky, zlato!"

„Aj ty, zlato."

„To mi je jasné," zasmiala sa Angie. „Budúci týždeň máme stretnutie v trafalgarských štúdiách. Chcú sa s nami rozprávať o presune muzikálu do West Endu!"

Chcela som sa vybrať po cigarety domov, ale po takej skvelej správe a noci sme sa rozhodli ísť oslavovať do krčmy a neskôr na gay diskotéku CC Blooms v Leithe.

Neviem, ako dnes zvládnu posledné predstavenie.

Pondelok 31. august 13.41
Adresát: angielangford@agenturabmx.biz

Som schovaná v Byroninej minikancelárii. Má tu aj počítač, na ktorom Ti píšem. Po celom dome hučí soundtrack k Poľovačke na lady Dianu: muzikál. Byron ho nahrala na včerajšom predstavení. Je úžasný. Herci si pospevujú k vlastným hlasom, balia a upratujú. Dúfajme, že nám pani Dougalová vráti celú zálohu.

Musím Ti toho toľko povedať!

Na posledné predstavenie prišli všetci. Marika, Meryl, Tony, Etela a aj Chrisovi rodičia.

Clive mal pravdu, že divadlo má pre hercov zvláštnu, liečiacu energiu. Bolo nemožné, aby si si všimla, že tesne pred predstavením všetci vracali po opici. Výkony na javisku nemali chybu. Nemali sme čas byť sentimentálni, lebo hneď po šou sme museli všetko spratať, naložiť kostýmy aj kulisy do môjho auta a opustiť priestory divadla. Ledva som zaparkovala pri byte, keď mi prišla správa z neznámeho čísla. „Negdo špecálny tu na teba čaká."

Chcela som odpovedať, ale sprostý mobil sa vybil. Pobrala som sa späť do baru v našom divadle, lebo som sa dohodla na stretnutí s ostatnými. Rozum mi bežal na plné obrátky. Môže to byť Adam? Skúšala som si spomenúť, či som pri poslednom zúrivom záchvate vymazala jeho číslo. Nevymazala. A asi by nehovoril v tretej osobe.

Pri príchode do divadla som stretla v chodbe Chrisa, ktorý ukazoval mame a otcovi svoje festivalové ocenenie.

„Miláčik, to je kus dreva z podlahy?" povedala jeho anorektická mama Edwina. „Nemali by byť ocenenia, aspoň tie, na ktorých záleží, zo zlata?"

„Nie, Edwina," ozval sa otec. „Náš syn dosiahol fantastický úspech." Namiesto objatí nastalo trápne ticho, ktoré pretrhol jeho otec so slovami, že musia ísť, lebo majú rezervovaný stôl na večeru. A už ich nebolo.

„Netráp sa, Chris," povedala som mu, „hlavné je, že prišli." Zobrala som ho so sebou do baru. Bol totálne plný. Poobzerala som sa v očakávaní, kto je ten niekto špeciálny. V rohu stáli Meryl, Tony, Etela a... Daniel!

Nevedela som, čo mám robiť. Meryl zakývala a zavolala ma k nim.

„Drahá Coco! Šou bola výnimočná. Veľmi sa nám páčila. Si ozaj šikulka!"

„Ja som raz videl kráľovninu matku naživo," povedal Tony a očervenel. „Aspoň si myslím, že to bola ona. Bez klobúka vyzerala trochu inak."

„Panenka Mária, čuš, Tony," zastavila ho Etela. „Hra nebola o kráľovninej materi a čo by tak asi robila na trhu v Milton Keynes?" Pozrela som na Daniela.

„Ahoj, Coco," pozdravil ma ostýchavo.

„Ahá, kukni, do to je, Coco," povedala vytešená Etela. „Mój Danko. Došla ti moja esemeska?"

„To si mi poslala ty?"

„Jasnáčka. Kukni, kúpila som si jeden z tých čínskych mobilov." Z vrecka vytiahla čisto nový iPhone. „Poprosím Rosencrantza, nech ma dá na Twitter a na Facebook."

„Čo tu robíš?" opýtala som sa Daniela.

„Má pre teba prekvápko!" povedala Etela. „Danko ti ste néčo povedať," odstúpila a stiahla so sebou aj Meryl a Tonyho.

Daniel sa usmial. Bol nahodený v čiernom obleku a vlasy mal nagélované a zopnuté gumičkou do vrkoča.

„Môžem ťa pozvať na džin a tonik? Dáš si arašidy, Coco?"

„Stále si mi nepovedal, prečo si prišiel? Aké máš prekvapenie?"

„Spomínaš na náš posledný rozhovor? Chcela si ma späť v tvojom živote..." Zrazu bol v pomykove. „Nechcela?"

„Nie!" povedala som sebaisto. „Mala som depku. Prepáč, že som na teba tak pôsobila, nebolo to úmyselne."

„Takže teraz, keď sa tvoj muzikál stal veľkým hitom, ma nechceš?"

„Chceš mi povedať, že ty si to prekvapenie? To si vážne myslíš, že po tom všetkom prídeš za mnou do Edinburghu a ja padnem od šťastia pred tebou na kolená?!" začala som chytať nervy. Danielovi skĺzol pohľad na topánky.

„Zrušili mi Piskot do vetra."

„Daniel, nechaj ma na pokoji a choď domov."

„Vyskúšajme to spolu ešte raz," chytil ma za ruku. „Tentoraz poriadne, bez tých volovín z minulosti. Čo sa stalo, stalo sa..."

„Volovín?" zakričala som. Vytrhla som mu z ruky pohár piva a vyliala ho na nagélovanú hlavu.

„To, čo som práve urobila, je volovina. Nevera a rozvod je z úplne iného slovníka!"

Daniel zostal prekvapený stáť. Tieklo z neho pivo a v ruke kŕčovito stískal arašidy.

Etela vyšla spoza rohu s novým iPhonom nachystaným na fotenie.

„Hej, vy dvaja, scem si vás odcvaknúť!" Pozrela na Daniela a zostala v šoku.

„Etela," povedala som jej, „v živote sa už nedám dokopy s tvojím chrapúnskym synom!" Odišla som za Marikou a dotiahla som ju na kus reči do záchoda.

„Čo sa deje, zlato?"

„Nevítaný hosť. Prekvapko!"

„Myslíš Adama?"

„Nie, objavil sa tu Daniel."

„Nie. Adam bol na predstavení," povedala Marika.

„Nedostala si moju esemesku?"

„Čo? Nie. Mám vybitý mobil. Adam je tu?"

„Áno, som si istá, že to bol on. Sedel niekoľko radov za nami, kýval nám."

Snažila som sa pochopiť, čo som práve počula.

Dvere na záchode sa rozleteli a zjavila sa Etela.

„Danko sa išiel umyť. Vím, že to bol temer nemožný pokus, aby si ho zebrala spátky, já som ho len nescela v svojej hosťovskéj izbe. S Irenou sme z néj urobili vešťáreň. Biznis ide na roztrhání, preto som si mohla dovolit kúpit ten čínsky mobil." Dnu vošiel Rosencrantz.

„Drahúšik, ty si nemal chybu!" pochválila ho Etela a postrapatila mu vlasy. „Si jak mladý Marlon Brando."

Opýtala som sa ho, či nevidel Adama. Nevidel. Etela ho potom pozvala do baru na drink. Pozrela som na Mariku.

„Si si istá, že to bol on?"

„Myslím, že áno."

„Toto je choré. Práve som vyhrala úžasné ocenenie, dozvedela som sa, že budeme asi aj vo West Ende, a namiesto toho, aby som si to užívala, stojím tu posadnutá dvoma sprostými chlapmi." Etela vtrhla do záchoda.

„Hej, vy dve, skončili ste už?" zakričala. „Já len, že mój Danko vytĺka život z nejakého chlapíka!"

Utekali sme do baru. Daniel sa váľal na koberci so starším chlapom a mlátil ho hlava-nehlava. Etela kričala.

„Ešte mu daj, synu! Spomeň si na té boxérské lekcie, čo ti dával nebohý tato!"

Došlo mi, že toho chlapíka poznám. Bol to recenzent z londýnskych novín The Evening Standard a volal sa Al Malone. V roku 1988 Daniel produkoval svoj vlastný muzikál Do-re-mi. Trošku trápny muzikál o nepodstatnom francúzskom učiteľovi klavíra. V podstate išlo o zopár chlpatých francúzskych babeniek, ktoré tancovali okolo Daniela hrajúceho na klavíri, kým ja som drela na maľovaní veľkej Eiffelovky. Al Malone napísal recenziu na muzikál: „Strašná ne-umelecká maškaráda!" Daniel sa zaprisahal, že keď ho niekedy stretne, jednu mu vrazí. Obidvaja bitkári pokračovali v mlátení postojačky. Al Malone sa zobudil a vrazil Danielovi do nosa. Daniela odhodilo do hracieho automatu a z nosa mu začala tiecť krv. Al mu uštedril ďalšiu ranu a potom ďalšiu...

„Nehaj ho na pokoji, bastard!" kričala Etela a hrabala sa v kabelke.

„Nafilmujem ťa, jak mlátiš mojho synka a dám to..."

Nedostala šancu dokončiť vetu ani nafilmovať bitku. Ako vo sne medzi nás vtrhol Adam a Ala odtiahol od Daniela. Al si všimol, že Adam je minimálne o hlavu vyšší, preto sa radšej vytratil. Meryl s Etelou utekali k Danielovi.

„Ahoj, Coco," pozdravil ma Adam. Pozreli sme si do očí.

„Tvoj muzikál bol úžasný."

„Veľmi si mi chýbal," vyhŕklo zo mňa. „A je mi ľúto, že som ti nevysvetlila, čo sa stalo na Slovensku... Nepodviedla som ťa, len to bolo zle načasované, ak to dáva zmysel."

„Prepáč, že som sa ti hrabal v mobile... ako posadnutý hlupák," ospravedlnil sa Adam. Pritiahol ma k sebe na hrudník a objal.

„Počkaj!" odtiahla som sa od neho. „A čo Tonya?"

„A čo ten starší pán, s ktorým randíš?"

„Prosím?"

„Tamten chlapík," ukázal prstom na Cliva, ktorý hádzal s Byron šípky. „Ty si si myslel, že randím s Clivom?"

„Áno. V záhrade si ho držala za ruku a on ti kľačal pri kolenách s milostným predslovom."

„Držala som ho za ruku, lebo takmer spadol na hrboľatej zemi," smiala som sa. „Clive je veľmi milý, ale nič viac."

„Aha," Adam vyzeral zahanbený. „S Tonyou som bol iba na niekoľkých rande, kým mi nedošlo, že ty si pre mňa tá pravá. Preto som tu, Coco!" usmial sa.

Okolo nás prešiel Tony. „S tou bitkou si odviedol skvelú prácu, priateľu. Predbehol si ma, chcel som ich rozdeliť sám."

Pozreli sme na Daniela. Meryl mu vreckovkou utierala krv na nose. Etela vyberala špáradlá zo syrovo-ovocných tanierov a snažila sa z nich vyrobiť dlahu na nos. Adam ma objal okolo ramien. „Vyskúšame to ešte raz?" Súhlasne som prikývla. Nahol sa ku mne a pobozkal ma. Bol to neskutočne nádherný bozk. Prišla k nám Meryl. „Naložila som Daniela do taxíka a poslala ho do hotela." Pridali sa k nám aj Chris, Rosencrantz a Marika.

„Kde je váš otec, Chris?" opýtala sa Meryl. „Veľmi som chcela stretnúť lady a sira Cheshirovcov."

„Priniesla si aj špeciálnu vreckovku na ich podpisy," povedal Tony. Meryl sa zahanbila. Chris jej zobral vreckovku a sľúbil, že ju dá rodičom podpísať. Etela sa rozhliadala po nás všetkých a hrýzla si pery.

„Prepáčte, ale už to vác v sebe držať nemóžem. Meryl je nabúchaná!" Meryl zazrela na Etelu, ale potom sa usmiala na Tonyho. „Chceli sme počkať do dvanásteho týždňa tehotenstva, ale keď sme tu všetci, tak to poviem. Budeme mať bábätko!"

„Meryl, gratulujem vám," povedala som, „teším sa." Všetci sme sa vyobjímali. Meryl sa tlačili do očí slzy, „Budem niečou maminou," zasŕkala. „Sme celí bez seba," dodal Tony a náruživo ju objal.

„Povecte ím, čo vám vyveštila Irena," nabádala Etela.

Meryl zazrela na Etelu., „Nie, určite to nechcú počuť."

„Ale sťú! Je to strašidelné. Je to o tom, kedy to robili, to decko." Meryl zostala zahanbená, ale Etelu to nezastavilo.

„Víte, keď sa ondeli dvadsáteho šestého júna na dovolenke. Vtedy to decko vzniklo. V tú istú noc, čo umreu Michael Jackson." Etela čakala na reakcie a dodala. „Irena je parádna veštica a hovorí, že ich decko bude reinkarnuvaný kráľ popu."

Nikto nevedel, čo na to povedať. Adam a Rosencrantz zdvihli obočie, Chris a Marika sa otočili a chichúňali. Etela pozdvihla pohár:

„Pripime si na reinkarnuvaného kráľa popu Michaela Jacksona!" Zostalo mi Meryl ľúto. Ako vždy, Etela pri jej veľkej príležitosti zase strhla pozornosť na seba.

Zostali sme do neskorej noci. Marika sa išla vyspať do mojej postele v hoteli a ja som išla s Adamom do jeho izby v hoteli The Scotsman.

Dorazili sme o pol piatej ráno. Izba bola nádherne romantická s prekrásnym výhľadom na pomaly sa prebúdzajúce mesto. Na vankúš dopadali prvé ranné lúče a ležala na ňom malá svetlozelená škatuľka s veľkou bielou mašľou. Hneď som si pomyslela, že je to Tiffany! Otvorila som ju a na malom saténovom vankúšiku ležal nádherný strieborný náhrdelník. Prekrásny!

„To je Tiffany?" opýtala som sa nadšene.

„Áno, miláčik."

„Taký som chcela už dávno, asi od..."

„Vianoc?"

„Áno. Ako si vedel?"

„Nuž, vieš, čítal som tvoje súkromné e-maily," uškrnul sa. Jemne zobral náhrdelník a zapol mi ho okolo krku. Naskočili mi zimomriavky.

„Ale ja pre teba nič nemám."

„Viem, ako by si ma mohla obdarovať..." povedal a stiahol ma so sebou na mäkkú, kráľovsky vyzerajúcu posteľ.

# SEPTEMBER

Utorok 1. september 10.01
Adresát: angielangford@agenturabmx.biz

Ahoj, zlato. Chcela som Ti dať narýchlo vedieť, že budúci týždeň sa vraciam do Londýna. Daniel sa nedal odradiť. Opäť žobronil o odpustenie a aby sa mohol ku mne nasťahovať. Poslala som ho k vode. Kým si nenájde ubytovanie, môže bývať u Etely. Vôbec ma neprekvapilo, že sa potom pokúsil o trápnu odplatu. Iphone, čo mi daroval na Vianoce, je stále na jeho meno a žiada ho naspäť pre seba. Svoj rozbil pri bitke s recenzentom a vraj nemá peniaze na nový. Musím sa preorganizovať a kúpiť si nový mobil s novým číslom, takže chvíľku, jeden-dva týždne nebudem online.

Ak chceš vyzdvihnúť knihy Poľovačka na lady Dianu pre producentov z trafalgarských štúdií, Rosencrantz bude doma celý týždeň.

Aj Marika a Clive. :-) Clive u nás zostane, kým sa nedá trochu dokopy. Zaslúži si pomoc viac ako Daniel.

Musím utekať. Adam ma čaká v aute a ešte musím zaniesť mobil do Danielovho hotela.

S Adamom šoférujeme naspäť do Londýna. Chceme stráviť týždeň na cestách v čarovnom Škótsku a krásnom Anglicku. Prespíme v úžasných hoteloch, ktoré Adam rezervoval. Ešte nikdy som nebola pri Lochnesskom jazere alebo v kniežatstve Yorkshire.

A možno skočíme aj do írskeho Dublinu! Ktovie?

Dovidenia pri dobýjaní West Endu!

S láskou

Coco

# POĎAKOVANIE

Ahojte,

predovšetkým veľké ďakujem za to, že ste si vybrali čítať Tajný život Coco Pinchardovej. Ak sa vám páčila, bol by som veľmi vďačný, ak by ste o nej povedali aj svojim priateľom a rodine. Osobné odporúčanie je jedným z najsilnejších prostriedkov a pomáha mi oslovovať nových čitateľov. Vaše slová môžu veľa zmeniť! Môžete tiež napísať recenziu na knihu. Nemusí byť dlhá, stačí pár slov, ale aj toto pomáha novým čitateľom objavovať moje knihy.

Ak sa vám páčila Tajný život Coco Pinchardovej, prečítajte si o ďalších dobrodružstvách Coco Pinchardovej v Bláznivý život Coco Pinchardovej!

Dovtedy...

Rob Bryndza

# POĎAKOVANIE

**Robert Bryndza**

**Bláznivý život Coco Pinchardovej**

Prečítajte si druhú knihu z najpredávanejšej série Roberta Bryndzu o Coco Pinchardovej... Dostupné ihneď!

Coco prežíva úspešné obdobie svojej spisovateľskej kariéry a jej vzťah so sexy Adamom silnie každým dňom. Dokonca začnú spomínať aj svadbu! No odrazu, deň predtým, ako sa k nej má Adam nasťahovať, sa s ňou bez akéhokoľvek vysvetlenia rozíde...

Coco to nedá a po neúnavnom pátraní zistí príčinu rozchodu. Adam sa topí vo veľkých problémoch a potrebuje jej pomoc. Zničí Adamova nerozvážnosť ich budúcnosť? Alebo sa ich príbeh skončí rozprávkovým „a žili spolu šťastne, až kým nezomreli"?

# POĎAKOVANIE

**Robert Bryndza — Nový život Coco Pinchardovej**

Prečítajte si tretiu knihu z najpredávanejšej série Roberta Bryndzu o Coco Pinchardovej... Dostupné ihneď!

Coco Pinchardová sa pozbierala po chaotickom rozvode a je teraz najpredávanejšou autorkou. Popritom žiari novomanželským šťastím so svojím nádherným druhým manželom Adamom. Cíti sa silnejšia a múdrejšia a určite sa už druhýkrát poučí zo svojich chýb?

Ale veci nejdú úplne podľa plánu... Adam prišiel o prácu, Cocoin dospelý syn, Rosencrantz, si úplne zruinoval život, a bývalá svokra Ethel sa stále dostane do domu vďaka nekonečnej zásobe náhradných kľúčov. Keď sa literárna agentka Angie ujme Cocoinej úhlavnej rivalky, impozantnej Reginy Battenbergovej, zdá sa, že už to nemôže byť horšie. A potom Coco zistí, že je tehotná – v 44 rokoch.

Odkedy bola tehotná v dvadsiatke, veľa sa toho zmenilo. Dokáže to naozaj všetko zopakovať? Bezsenné noci, nové strie

## POĎAKOVANIE

k tým starým a obrovská zodpovednosť priviesť na svet nový život.

Tretia samostatná kniha z najpredávanejšej série o Coco Pinchardovej od Roberta Bryndzu je vtipným denníkom s Cocoiným typickým dôvtipom a úprimnosťou sledujúcim rozbúrené hormóny a mimoriadne zvraty, ktoré ju po druhýkrát privedú k materstvu.

# O AUTOROVI

Robert Bryndza je autorom mnohých bestsellerov, ktorých sa len v anglickom jazyku predalo viac ako sedem miliónov výtlačkov. Preslávil sa predovšetkým svojimi trilermi. Jeho debut na poli detektívnych trilerov, Dievča v ľade (The Girl in the Ice), vyšiel v Británii vo februári 2016 a počas prvých piatich mesiacov sa z neho predalo milión výtlačkov. Kniha sa stala číslom jeden na britskom, americkom aj austrálskom Amazone, do dnešného dňa sa jej predalo viac ako 1,5 milióna výtlačkov v angličtine a dočkala sa prekladov do ďalších 30 jazykov.

Po titule Dievča v ľade, v ktorom Robert predstavil vyšetrovateľku Eriku Fosterovú, pokračoval v tejto sérii knihami Nočný lov (The Night Stalker), Temné hlbiny (Dark Water), Do posledného dychu (Last Breath), Chladnokrvne (Cold Blood) a Smrtiace tajnosti (Deadly Secrets), ktoré sa tiež stali svetovými bestsellermi.

Potom sa Robert zameral na novú sériu trilerov s hlavnou hrdinkou Kate Marshallovou, bývalou policajtkou, ktorá sa stala súkromnou vyšetrovateľkou. Hneď prvá kniha zo série s názvom Kanibal z Nine Elms (Nine Elms) sa stala najpredávanejšou knihou na americkom Amazone, umiestnila sa v prvej pätici bestsellerov na britskom Amazone a postupne vyšla v ďalších 15 krajinách. Aj ďalšie prípady

Kate Marshallovej a jej asistenta Tristana Harpera s názvom Hmla nad Shadow Sands (Shadow Sands) a Keď sadá súmrak (Darkness Falls), ktoré vyšli v rokoch 2020 a 2021, sa stali svetovými bestsellermi.

Po troch prípadoch Kate a Tristana sa Robert na jeseň roku 2022 rozhodol vrátiť späť k obľúbenej Erike Fosterovej a jej tímu a pripravil im stretnutie s prefíkaným vrahom v knihe Osudné svedectvo (Fatal Witness). Teraz znova predstavuje detektívnu agentúru Kate Marshallovej a jej štvrtý prípad. Viac o autorovi aj o jeho knihách sa môžete dozvedieť na jeho webovej stránke www.robertbryndza.com.

facebook.com/bryndzarobert
instagram.com/robertbryndza

ROBERT BRYNDZA
Tajný život Coco Pinchardovej
Z anglického originálu The Not So Secret Emails of Coco Pinchard
preložil Ján Bryndza.
Redakčná úprava: Zuzana Kolačanová
Obálku navrhla Henry Steadman.
Vydalo: Raven Street Publishing v roku 2025

Copyright © Raven Street Limited 2012
Translation copyright © Ján Bryndza 2013
Print ISBN: 978-1-914547-97-3
Ebook ISBN: 978-1-914547-96-6

Upozornenie pre čitateľov a používateľov tejto knihy:
Všetky práva vyhradené. Žiadna časť tejto tlačenej či elektronickej knihy nesmie byť reprodukovaná a šírená v papierovej, elektronickej či inej podobe bez predchádzajúceho písomného súhlasu vydavateľa.Neoprávnené použitie tejto knihy bude trestne stíhané.

www.ingramcontent.com/pod-product-compliance
Ingram Content Group UK Ltd.
Pitfield, Milton Keynes, MK11 3LW, UK
UKHW050850280525
459001UK00007B/14/J

9 781914 547973